Dentro de Baader-Meinhof

Jean Michel Mikad

Published by Jean Michel Mikad, 2024.

Dentro de Baader-Meinhof

Jean Michel MIKAD

Capítulo 1

El sol aún no había declarado todo su esplendor cuando Anna se levantó de la cama, y sus pies encontraron el frío suelo de madera con una facilidad ensayada. El apartamento era pequeño, un capullo de su propia creación, con las paredes forradas de estanterías y fotografías que había tomado en tiempos mejores. Cruzó la habitación hasta la cocina, donde comenzó el ritual.

La cafetera cobró vida mientras la llenaba de agua y granos molidos. Su familiar zumbido era un consuelo, una obertura privada de la cacofonía del día que le esperaba. Se volvió hacia la ventana, un trozo de paisaje urbano visible a través de ella, y observó cómo el mundo exterior se despertaba.

De vuelta a la mesa, sus herramientas yacían dispersas: una cámara que había visto más de lo que la mayoría de los ojos ven en toda una vida, con su lente opacada por años de uso, pero no menos nítida para capturar verdades; un bloc de notas lleno de garabatos y taquigrafía de las escapadas de ayer; y periódicos apilados, que narraban el pulso de la ciudad. Los hojeó con ojo crítico, los titulares se difuminaban entre sí: escándalos, política, historias de interés humano que parecían más por curiosidad que por preocupación real por los demás.

Tomó su café negro. El líquido amargo se deslizó por su garganta mientras absorbía las palabras que tenía ante sí. El aroma del papel de periódico se mezclaba con el vapor que salía de su taza, una mezcla de tinta y cafeína que alimentaba sus mañanas.

Su desayuno era una ocurrencia tardía —una tostada o una manzana serían suficientes—, pero su mente ya estaba digiriendo cosas más sustanciosas: pistas a las que seguir, ángulos a considerar para su próxima pieza. Sus dedos bailaban sobre la superficie del bloc de notas mientras anotaba pensamientos y recordatorios.

La puerta del apartamento permanecía cerrada, pero no obstante hacía señas; Más allá se extendía una ciudad repleta de historias que esperaban ser desenterradas por alguien que supiera cómo mirar. Anna enjuagó su taza y la colocó en el fregadero con precisión antes de ajustar la correa de la bolsa de su cámara.

Sus ojos se detuvieron en un artículo sobre la corrupción en el ayuntamiento, uno que había estado siguiendo de cerca. Su cuaderno ya tenía páginas dedicadas a ella. Una historia como esa necesitaba a alguien lo suficientemente tenaz como para quitarle las capas.

Se puso su chaqueta, una prenda que se había convertido en parte de su identidad tanto como cualquier firma. Su reflejo en el espejo no mostraba ningún rastro de vacilación o dudas, solo determinación grabada en cada línea alrededor de sus ojos.

La puerta se cerró detrás de Anna cuando salió al aire fresco de la mañana.

En el silencio de su apartamento, ahora vacío, los periódicos crujían suavemente, como un aplauso lejano, por lo que estaba a punto de suceder: un día en la vida de alguien que busca no solo historias, sino respuestas dentro de ellas.

* * *

Anna entró en la sala de redacción, la cacofonía familiar de los teléfonos que sonaban, los teclados tintineaban y las conversaciones apagadas la inundaban. Navegó por el laberinto de escritorios, con la mirada fija en el reloj de la pared: llegó a tiempo, como siempre.

—¡Ana! Jim, un veterano reportero con un don para los escándalos políticos, le hizo señas para que se acercara desde su desordenado espacio de trabajo. "Escuché sobre su artículo en el ayuntamiento. Estás pisando algunos dedos gordos de los pies".

Ella sonrió, sus ojos se arrugaron divertidos. "Los dedos gordos de los pies necesitan aprender a moverse", respondió.

Jim soltó una risita y negó con la cabeza. "Solo cuídate las espaldas".

Su editor, Frank, un hombre cuyo rostro mostraba las arrugas permanentes de las presiones de los plazos, llamó desde su oficina. "¡Ana! Aquí".

Entró en el despacho de Frank con el aroma del café rancio flotando en el aire. Las paredes estaban llenas de portadas enmarcadas, recordatorios de historias que habían sacudido a la ciudad.

—Estás haciendo olas —empezó Frank sin preámbulos, con un tono extraño mezcla de preocupación y orgullo—. "Más vale que esta pieza de corrupción sea férrea".

—Lo será —dijo Anna asintiendo con la cabeza—.

Los ojos de Frank se suavizaron por un momento antes de entregarle una hoja con las tareas del día. "También tenemos un caso de malversación de fondos en una organización benéfica local y un denunciante en los muelles, podría ser de su agrado".

Anna echó un vistazo a la lista. Su dedo se detuvo sobre un elemento a mitad de camino: "Denuncia anónima: posible fraude electoral". Su pulso se aceleró.

—¿Tienes algo? —preguntó Frank.

Alzó la vista, con expresión serena pero alerta. "Fraude electoral", dijo tajantemente. "Podría vincularse con el ayuntamiento".

Frank se reclinó en su silla. —Está bien —dijo lentamente—. "Pero anda con cuidado".

"Siempre lo hago". Se metió el papel bajo el brazo y se dio la vuelta para marcharse.

—¿Y Anna? —añadió Frank justo cuando ella llegaba a la puerta—.

Se detuvo, pero no se dio la vuelta.

"No dejes que te vean venir".

Salió de la oficina de Frank y volvió a la ráfaga de actividad que definía su mundo. Se dirigió a su escritorio, situado en medio de una fila en la que estaban apostados periodistas de investigación serios como ella, aquellos que perseguían pistas hasta que desangrado la verdad.

Sus colegas asintieron con la cabeza y murmuraron de respeto a su paso; algunos sentían envidia, otros sentían curiosidad por saber qué descubriría Anna a continuación. Sabían que no debían distraerla cuando estaba en un olfato.

En su escritorio, Anna colocó sus notas de esa mañana junto a la hoja de tareas de hoy. Tomó su teléfono y marcó un número de memoria, uno que podría arrojar luz sobre esta nueva pista sobre el fraude electoral.

La línea sonó una vez antes de hacer clic, seguida de un silencio como si alguien hubiera respondido pero no hubiera hablado.

"Esta es Anna de The Daily Tribune", dijo con confianza en el auricular. "Estoy investigando las acusaciones de fraude electoral y creo que usted puede ayudarme".

Hubo otra pausa; La tensión se cernía como la niebla antes del amanecer.

Entonces una voz habló, distorsionada como si se tratara de un dispositivo destinado a enmascarar la identidad, lo que provocó escalofríos en la columna vertebral de Anna.

"No tienes ni idea de en qué te estás metiendo".

* * *

El aliento de Anna empañó el visor mientras encuadraba otra toma. Un mar de pancartas se balanceaba como una ola tormentosa, cada signo era un fragmento de ira o esperanza. El canto de cientos de gargantas, un ritmo unificado, se convirtió en el latido del corazón de la protesta.

Se acercó a la línea del frente, donde los manifestantes y la policía estaban a centímetros de distancia, una barrera invisible cargada de tensión. La voz de una mujer, fuerte y penetrante, se abrió paso entre los cánticos. Su rostro se torció con fervor mientras escupía palabras a un oficial, con la mandíbula apretada y los ojos ocultos detrás de unas gafas reflectantes.

El dedo de Anna presionó el obturador en rápida sucesión. Clic-clic-clic. La cámara captó lo que las palabras no podían: una narración con miradas congeladas y puños cerrados.

Un manifestante tropezó con Anna mientras una falange de oficiales avanzaba un paso deliberado. La multitud retrocedió como un solo organismo reaccionando al dolor. Se estabilizó contra el empujón y mantuvo la concentración.

"¡Quédense atrás!", gritó un oficial a través de un megáfono, su voz rebotando en los cañones de concreto de la ciudad.

Anna se deslizó a través de una abertura entre la multitud, sus movimientos eran practicados y precisos. Se había convertido en parte de la escena, pero permanecía al margen de ella; un observador que no podía —no quería— apartar la mirada.

Un hombre con ojos salvajes y cabello empapado de sudor llamó su atención. Gritó desafiante a centímetros de la visera impasible de un casco. El obturador volvió a hacer clic, atrapando su furia en ámbar digital.

Garabateó notas en su libreta sin mirar hacia abajo: "Pasión por ambos lados; Los rostros lo dicen todo". Su letra era casi ilegible, pero sabía que la descifraría más tarde, cuando volviera la calma.

Los manifestantes avanzaron, sus voces crecieron en un rugido que pareció hacer temblar el suelo bajo los pies de Anna. La policía levantó porras en señal de advertencia, pero se abstuvo de atacar. Cada momento se tambaleaba al borde del caos, pero se mantenía allí por algún acuerdo tácito entre ambas partes.

Una joven, de no más de dieciséis años, miró a Anna desde el otro lado de la refriega. Su letrero decía: "Nuestro futuro es ahora". Anna levantó su cámara y por un momento todo lo demás se desvaneció, solo su lente y esa mirada decidida.

Clic.

La muchacha asintió con la cabeza antes de darse la vuelta para gritar consignas a los hombres de cara de piedra vestidos de azul.

Anna sintió que el corazón le latía con fuerza contra las costillas, pero no por miedo; Era euforia mezclada con algo parecido a la claridad. Estaba exactamente donde tenía que estar: en medio del tumulto y la cruda vida de todo.

Luego se oyó un sonido que cortó todos los demás ruidos: un crujido agudo que podría haber sido madera astillada o algo peor. Las cabezas se volvieron al unísono hacia su fuente justo cuando Anna buscó su cámara una vez más...

* * *

El clamor de la protesta crecía alrededor de Anna, una cacofonía de voces y pasiones que llenaba las calles de la ciudad de una tensión palpable. Se abrió paso entre la masa de cuerpos, su cámara fue testigo silencioso del drama que se desarrollaba. Capturó imágenes que más tarde hablarían más fuerte que cualquier grito o cántico: una madre abrazando a su hijo, una fila de oficiales estoicos, un puño cerrado en alto.

Un repentino empujón la pilló desequilibrada. Anna tropezó pero no cayó. Se enderezó y se volvió para ver a un joven manifestante, con el rostro enrojecido por el fervor y los ojos encendidos por la convicción.

—¿Por qué estás aquí? —preguntó, con la voz entrecortada por el ruido. "¿Vas a tergiversar nuestras palabras? ¿Pintarnos como villanos?"

Anna lo miró fijamente. "Estoy aquí para informar la verdad", dijo con firmeza.

—¿La verdad? La palabra salió como una mueca. "¿De quién es la verdad? ¿El que te pagan por escribir?

Su pulso se aceleró, pero mantuvo su mirada. "Mi trabajo es mostrar lo que está pasando, no decirle a la gente lo que tiene que pensar".

Se acercó y, por un momento, pareció que iba a escalar más allá de las palabras. Pero Anna no se inmutó. Vio en él no solo ira, sino también miedo, miedo de que su historia se perdiera en la traducción.

—Mira a tu alrededor —dijo en voz baja—. "Estas son sus palabras, sus signos, sus rostros. Estoy aquí para asegurarme de que otros también los vean".

Su expresión vaciló mientras buscaba la sinceridad de ella. Por un instante, hubo un entendimiento silencioso entre ellos: dos extraños atrapados en la agitación de la historia.

Retrocedió entonces, tragado por la multitud una vez más. Anna respiró hondo y reanudó su trabajo. Su corazón aún se aceleraba por el encuentro; Sin embargo, fueron encuentros como estos los que le recordaron por qué había elegido este camino: estar en medio del caos donde la verdad a menudo se escondía bajo capas de complejidad.

Tomó otra foto, capturando la cruda emoción del grito de justicia de otro manifestante mientras el día avanzaba hacia un horizonte incierto.

* * *

Anna entró por la puerta de cristal de la redacción, el murmullo de las máquinas de escribir y el timbre de los teléfonos la saludó como a una vieja amiga. La protesta del día había agudizado sus sentidos, su mente convertida en un torbellino de imágenes y voces. Navegó a través del laberinto de escritorios, dirigiéndose directamente al cuarto oscuro para revelar sus fotografías. Pero antes de que pudiera llegar al refugio, la voz de Frank se abrió paso entre el estruendo.

– Anna -dijo desde su despacho, una pequeña habitación que parecía haber sido construida con pilas de periódicos del suelo al techo y tazas de café medio llenas-.

Cambió de rumbo y se acercó a su puerta con una sensación de premonición. El anciano estaba sentado detrás de su escritorio, con una cadena montañosa de papeles ante él. Miró por encima de sus gafas cuando ella entró, sus ojos sosteniendo historias que solo aquellos con tinta en las venas podían leer.

—Cierra la puerta —dijo, con un gruñido bajo que insinuaba urgencia—.

Anna hizo lo que se le ordenó, el chasquido del pestillo sonó como una finalidad. Observó cómo Frank metía la mano en un cajón y sacaba una lima tan gruesa que se apretaba contra sus ataduras. Se lo pasó; Tenía las manos firmes, pero había algo en sus ojos, una gravedad que ella solo había visto cuando había más en juego.

—Echa un vistazo —ordenó sin preámbulos—.

Abrió el archivo y escaneó el contenido. Página tras página estaba llena de notas, fotografías, documentos oficiales, cada uno de ellos una miga de pan que conducía a una historia que parecía oscurecerse con cada detalle. El pulso de Anna se aceleró mientras hojeaba las páginas que detallaban los tratos por la puerta trasera y los nombres que tenían peso en esta ciudad.

—¿Entiendes lo que es esto? —preguntó Frank, rompiendo su concentración.

Ella asintió lentamente, aún absorbiendo la enormidad de lo que tenía en las manos. Esto fue más grande que la corrupción del ayuntamiento; Era una podredumbre sistémica en el corazón de sus propias instituciones.

—Sí.

Sus ojos se clavaron en los de ella con una intensidad que exigía honestidad. "¿Puedes manejar esto?"

No hubo vacilación en su respuesta. —Sí.

Frank se reclinó en su silla y dejó escapar un suspiro que parecía llevar años de batallas libradas dentro de estas paredes.

—Esto está fuera de libro —dijo con severidad—. Nadie puede saber nada de esto, ni Jim, ni nadie.

Anna sintió que el peso del aislamiento se asentaba sobre sus hombros, pero no se inmutó.

—Entiendo.

Frank asintió con la cabeza y selló su pacto silencioso. Anna se metió el archivo bajo el brazo y se levantó para marcharse cuando él volvió a hablar.

—Ten cuidado, Anna —dijo en voz baja—. "Esta historia... Es más grande de lo que te imaginas".

Con esas palabras flotando en el aire como humo después de un disparo, Anna salió de la oficina de Frank y se sumergió en el abrazo de la incertidumbre. La sala de redacción bullía a su alrededor como si nada hubiera cambiado, pero todo había cambiado. Apretó el archivo contra su pecho y caminó entre la multitud de periodistas que permanecían ajenos a la tormenta que se avecinaba, una tormenta que ahora perseguiría de cabeza hacia su ojo.

Capítulo 2

Anna estaba de pie frente al escritorio de Frank, con el archivo que le había dado aún caliente por su agarre. La habitación era una pequeña cámara de secretos, con paredes forradas por estanterías cargadas con el peso de historias archivadas. Pudo sentir la importancia de este momento cuando Frank se inclinó hacia delante, con las manos apretadas con fuerza sobre la superficie de caoba.

—El grupo Baader-Meinhof —empezó Frank, con un murmullo bajo que parecía vibrar con la seriedad del tema—. "Han estado callados durante demasiado tiempo, y la inteligencia sugiere que están planeando algo grande".

Los ojos de Anna se entrecerraron ligeramente, su mente se aceleró. El grupo era notorio, una organización oscura que se había escapado de las manos de las fuerzas del orden una y otra vez. Sus actividades recientes habían sido una mezcla de susurros y rumores, nada concreto.

Frank extendió varias fotografías sobre su escritorio; Eran imágenes granuladas de figuras intercambiando maletines en callejones poco iluminados, de reuniones clandestinas en almacenes abandonados. "Necesitamos a alguien en el interior", dijo. "Alguien que reúna información que no esté manchada por la especulación o el miedo".

Anna sintió un escalofrío a pesar de la sofocante temperatura de la habitación. ¿Infiltrarse en el grupo Baader-Meinhof? La tarea parecía insuperable, llena de peligros a cada paso.

Su sorpresa inicial se transformó en aprensión mientras contemplaba cada fotografía con un cuidadoso escrutinio. Esta no era una historia más; Era una tarea que podía tragársela entera.

—Frank —empezó a decir Anna, con voz firme pero entrecortada por la preocupación—, ya sabes lo que esto significa.

Acercarse a ellos... No se trata solo de entrar en el foso de los leones; Se está moviendo con el orgullo".

Frank asintió, con expresión sombría pero resuelta. – No te preguntaría si no creyera que puedes manejarlo, Anna. Tienes una habilidad especial para mezclarte y llegar al corazón de las cosas".

Anna se recostó contra un archivador, sintiendo el frío metal contra las palmas de sus manos. Respiró hondo mientras procesaba lo que esto significaba para ella, para su seguridad y para su carrera.

—Necesitaré recursos —dijo finalmente después de una pausa que se extendió entre ellos como un alambre tenso—. "Una nueva identidad, una copia de seguridad... todo fuera de registro".

"Concedido", respondió Frank sin dudarlo.

Dejó escapar otro suspiro que no se había dado cuenta de que estaba conteniendo y miró a Frank una vez más antes de apartar la mirada para ocultar cualquier atisbo de duda.

"Tendremos que ser inteligentes en la comunicación", continuó metódicamente. "No hay contacto directo a menos que sea absolutamente necesario".

Frank asintió de nuevo. "Usa tu mejor juicio; siempre lo haces".

Anna fijó su mirada en una foto particularmente inquietante, una silueta envuelta en la oscuridad, y sintió que una determinación se asentaba sobre ella como una armadura. Sabía que había mucho en juego; El fracaso no era una opción.

Cuando se dio la vuelta para salir de la oficina de Frank, ninguno de los dos habló de lo que sucedería si las cosas salían mal: algunas verdades era mejor no decirlas. Pero cuando Anna salió a la bulliciosa sala de redacción una vez más, un acuerdo silencioso flotaba en el aire detrás de ella: se estaba aventurando en aguas peligrosas donde incluso los tiburones podrían temer nadar.

Y luego solo hubo silencio, un silencio que pareció resonar con preguntas no formuladas y despedidas no dichas cuando Anna desapareció de la vista.

* * *

Anna estaba sentada sola en su cubículo, rodeada por el sordo zumbido de los mecanografías y las conversaciones distantes que llenaban la sala de redacción. Sus ojos estaban fijos en una pila de recortes, cada artículo era una narración de las hazañas del Grupo Baader-Meinhof. Los titulares hablaban de bombardeos, secuestros e ideología radical. Eran fantasmas del pasado, que rondaban el presente con susurros de violencia y revolución.

Hojeó los periódicos metódicamente, absorbiendo las palabras que pintaban un cuadro sombrío de miedo e indignación pública. Estaba claro que el grupo prosperaba en las sombras, y que sus acciones resonaban más fuerte de lo que sus voces podrían hacerlo. Los artículos iban desde los hechos hasta los sensacionalistas, un testimonio de la facilidad con la que se podía distorsionar la verdad cuando se mezclaba con el miedo.

Una foto le llamó la atención: una imagen en blanco y negro de una calle después de una explosión. Los vidrios cubrían el pavimento como escarcha en una mañana de invierno; Un metal retorcido se extendía como las ramas de un árbol caído. La foto capturaba la desesperación, pero no había rastro de los responsables, solo de las secuelas.

Anna dejó el recorte a un lado y se frotó las sienes, sintiendo el peso de lo que estaba a punto de emprender. No se trataba solo de infiltrarse en una organización clandestina; Se trataba de navegar a través de capas de engaño para descubrir una verdad que pudiera iluminar o encender.

Su mirada se desvió hacia su propia cámara, que descansaba sobre el escritorio, una compañera silenciosa que había visto más de lo que le correspondía de verdades y mentiras. Le recordó por qué se había convertido en periodista en primer lugar: para arrojar luz sobre lo que acechaba en la oscuridad, para dar voz al silencio.

Pero esta misión requeriría algo más que arrojar luz; Exigía que se convirtiera en una sombra entre las sombras. Tendría que cambiar su identidad por una tejida a partir de la ficción y el engaño, todo ello manteniendo fiel a su brújula moral.

Un reflejo en la pantalla de su computadora mostraba el rostro de Anna marcado por la preocupación. Se miró a sí misma como si buscara consuelo en sus propios ojos. La reflexión no vaciló, fue tan resuelta como tenía que estar.

En ese rincón tranquilo de la redacción, con el eco de la historia resonando a su alrededor, Anna sintió el frío abrazo de la soledad. Sin embargo, dentro de ella, había claridad. Se dio cuenta de que, si bien podría estar sola en esta empresa, lo que buscaba descubrir hablaría por muchos.

Sus dedos rozaron otro artículo, uno que hablaba no solo de terror, sino también de corrupción dentro de los pasillos donde el poder se negociaba como moneda. Solidificó su determinación.

Anna se levantó lentamente de la silla, enderezando la espalda como si se preparara para la batalla. Su expresión se endureció, pasando de ser de preocupación a una determinación inquebrantable. Sabía que historias como estas venían con precios lo suficientemente altos como para exigir su libra de carne, pero también sabía que valían cada onza.

Apagó el monitor de su ordenador con un clic decisivo y agarró la bolsa de su cámara con manos firmes: las herramientas de su oficio ahora eran armas en una lucha por la verdad. Al salir al bullicio de la sala de redacción una vez más, Anna no dejó lugar a dudas; Había aceptado el reto que se le presentaba sin reservas ni retirada.

* * *

Anna estaba de pie frente al espejo de su cuarto de baño, su reflejo era un agente de cambio desconocido. Se tiñó el pelo de un castaño intenso, el color corría por sus mechones como ríos oscuros contra la piel pálida. Un par de tijeras yacían junto al fregadero, y ella se las pasó por el pelo con cortes precisos, dándole forma de algo irreconocible. Se maquilló con una mano ligera, contorneando sombras donde antes caía la luz.

En su dormitorio, rebuscó en una maleta de ropa adquirida para este mismo propósito. Las prendas susurraban mientras las examinaba: chaquetas de cuero que hablaban de desafío, vaqueros gastados que contaban historias de trabajo. Eligió las piezas con cuidado, vistiéndose en capas que pudieran mezclarse con cualquier escena que el Grupo Baader-Meinhof pudiera frecuentar.

Su apartamento se había transformado en un estudio improvisado. Las paredes estaban empapeladas con fotografías y artículos sobre los miembros conocidos del grupo y sus actividades. Se sentó en un escritorio lleno de notas, cada una de las cuales garabateaba una miga de pan que conducía a lo más profundo del laberinto de las operaciones clandestinas. Anna se volcó en manifiestos y propaganda, diseccionando el lenguaje y la ideología.

Le llamó la atención una foto pegada en la pared: una instantánea de una de sus manifestaciones. Los rostros estaban oscurecidos por máscaras y pañuelos, pero sus ojos ardían de fervor. Anna estudió aquellos ojos; Guardaban secretos que ella necesitaba descifrar.

El teléfono sonó una vez antes de que ella contestara.

—Anna —la voz de Frank sonó clara y urgente—.

—Frank —reconoció, manteniendo el tono de calma—.

"Recuerde mantener la distancia emocional", aconsejó. "Estas personas no son tus amigos".

Ella respondió con un silencio que se cernía sobre ellos antes de que Frank terminara la llamada.

Anna volvió a su tarea, interiorizando nombres y rostros hasta que se volvieron tan familiares como los suyos. Ensayaba frases de su literatura en voz alta hasta que las palabras se sentían naturales en su lengua.

Las horas pasaban como sombras al anochecer mientras los preparativos de Anna se fundían con el anochecer. El apartamento se quedó en silencio a su alrededor; Sólo el sonido de pasar las páginas rompía el silencio.

A medida que se acercaba la medianoche, Anna se levantó de su escritorio. Se acercó a la puerta, pero se detuvo para mirar hacia atrás a su trabajo, a la transformación tanto del espacio como de sí misma que había ocurrido dentro de estas paredes.

Apagó la luz y salió al pasillo. Sus pasos eran suaves pero decididos contra las tablas del suelo mientras bajaba a la calle, donde un mundo incierto esperaba a su nueva personalidad.

* * *

La cafetería era un santuario de normalidad, su aroma a granos de café tostados y el sonido de la leche al vapor contrastaban con el peligroso camino que Anna había elegido. Vio a Clara en su mesa habitual de la esquina, su sonrisa era un faro en la sala abarrotada.

Anna se deslizó en el asiento frente a su amiga, sintiendo el peso de su misión secreta presionarle las costillas como el delantal de plomo de la consulta de un dentista. Removió su café, observando el remolino que había creado como si pudiera desenredar los nudos de su estómago.

—Parece que estás a punto de ir a la guerra —dijo Clara, entrecerrando los ojos con preocupación—. "¿Qué está pasando?"

Anna vaciló. Sus palabras debían andar con cuidado; Incluso las paredes tenían orejas en estos días. —Tengo una historia —empezó a decir en voz baja—. —Es grande, Clara. Más grande que cualquier cosa en la que haya trabajado".

Clara se inclinó, con los codos apoyados en la mesa, olvidando su propio café. "¿Qué tan grande estamos hablando?"

—Una organización clandestina grande —susurró Anna—. "El Grupo Baader-Meinhof".

Clara se llevó la mano a la boca, con los ojos muy abiertos por la sorpresa y el miedo. "Anna, eso es... Eso no solo es grande, es colosal y peligroso".

Anna asintió solemnemente. Había esperado esta reacción y también la necesitaba: una voz que la enraizara cuando la historia amenazaba con arrastrarla.

—Lo sé —dijo Anna—. "Pero si puedo exponerlos... Podría cambiarlo todo".

Clara extendió la mano hacia el otro lado de la mesa y tomó la mano de Anna. Su agarre era firme y cálido, un ancla en la tormenta que se avecinaba.

—Entiendo por qué tienes que hacer esto —dijo Clara después de una pausa llena de preocupaciones tácitas—. Pero prométeme que tendrás cuidado.

Anna se echó hacia atrás, encontrando consuelo en la comprensión y la fuerza de Clara. —Lo prometo.

Se sentaron un momento en silenciosa camaradería antes de que Clara volviera a hablar, abriéndose paso entre los pensamientos de Anna como la luz del sol a través de las nubes.

—Siempre has sido imparable a la hora de encontrar la verdad —dijo Clara con una sonrisa de admiración que no llegaba a sus ojos preocupados—. "Solo asegúrate de volver con nosotros de una pieza".

—Lo haré. Anna se encontró con la mirada de Clara con la determinación grabada en cada rasgo de su rostro.

Clara suspiró y miró por la ventana las bulliciosas calles de la ciudad, calles que escondían secretos que Anna estaba decidida a descubrir.

—Recuerda —añadió Clara en voz baja, volviéndose hacia Anna con una seriedad que desmentía sus años de amistad marcados por conversaciones más ligeras mientras tomaban café—, no estás sola en esto. Tienes gente que se preocupa por ti... que están aquí para ti".

Anna sintió que algo se aflojaba en su pecho, una opresión de la que no se había dado cuenta hasta que se alivió bajo las palabras de Clara.

—Gracias —murmuró ella agradecida—.

Su conversación continuó mientras navegaban por detalles demasiado arriesgados para lugares públicos, hablando en lugar de coraje y convicción, de lo correcto y lo incorrecto en tonos más grises de lo que cualquiera de los dos prefería.

Cuando se separaron fuera del café, Clara abrazó a Anna con fuerza, una promesa silenciosa de apoyo inquebrantable, y le susurró al oído.

"Sé valiente, pero lo más importante, sé inteligente".

Anna observó cómo Clara se alejaba antes de volverse hacia su propio camino, un camino envuelto en sombras, pero que, de todos modos, había elegido. Con cada paso que daba lejos de la seguridad y la familiaridad, llevaba consigo no solo la carga de la verdad, sino también la calidez de la amistad, un recordatorio de que incluso en la oscuridad había focos de luz esperando a ser encontrados.

* * *

Anna permanecía en la quietud de su aposento, el murmullo de la ciudad más allá de sus muros era un murmullo lejano. Tenía una fotografía en las manos, la imagen que capturó en la protesta: un cuadro de rostros contorsionados por la pasión y la ira, un microcosmos del malestar de la sociedad. El blanco y negro todavía parecía palpitar con vida, cada arruga y grito congelado pero vibrante. Fue un momento capturado, una historia contada sin palabras.

Los rostros de la fotografía le devolvían la mirada, sus ojos exigían ser comprendidos, que se les diera voz. Había entrado en el periodismo por esta misma razón: para iluminar los rincones ocultos de la verdad que yacían oscurecidos a plena vista. El Grupo Baader-Meinhof era otro rincón sombrío, uno que podía engullirla si no tenía cuidado. Sin embargo, allí estaba ella, a punto de entrar en ella voluntariamente.

Anna dejó la fotografía sobre la mesa, junto a sus notas y los artículos que había estado estudiando durante días. Eran un mapa hacia un destino desconocido, cada palabra era un escollo potencial o una guía. La investigación se había convertido en parte de ella ahora, sus detalles estaban grabados en su mente como líneas en las palmas de sus manos.

Se acercó al espejo que colgaba de la pared, cerca de la puerta. Había sido testigo de muchas transformaciones, disfraces que se ponían para historias pasadas, pero ninguna tan significativa como esta. Anna se miró a sí misma, asimilando los cambios que había hecho para integrarse en un mundo en el que los ideales se afilaban en armas.

Ahora tenía el pelo más corto, su color alterado por los tintes que borraban su identidad anterior. Sus ropas fueron escogidas cuidadosamente; Hablaban de solidaridad con aquellos en los que intentaba infiltrarse, pero no tan alto como para despertar sospechas. Anna se tocó ligeramente la cara; Todavía era suya, pero mostraba signos de la máscara que tendría que usar, una máscara no solo para disfrazarse sino para protegerse.

El reflejo que miraba a Anna era a la vez familiar y extraño, una dualidad necesaria para lo que estaba por venir. Sabía que no podía haber vacilación en su corazón si quería tener éxito y regresar completa de este viaje a la oscuridad.

Pensó en la advertencia de Frank, en la preocupación de Clara, en las voces que resonaban con amor e inquietud, y se dio cuenta de que sus palabras no hacían más que cimentar su determinación. El periodismo no se limitaba a informar sobre los acontecimientos; Se trataba de defender el tejido de la sociedad de aquellos que buscaban destrozarlo con secretos y mentiras.

Los ojos de Anna se endurecieron con determinación mientras se miraba por última vez en el espejo. Reconocía el riesgo grabado en cada línea de su nuevo rostro, pero lo aceptaba como parte de su vocación. Esto era más que una asignación; Fue un acto de fe, en sí misma, en el periodismo y en la necesidad de la verdad.

Sin volver a echar un vistazo a la habitación que contenía fragmentos de lo que solía ser, Anna apagó la luz y salió al pasillo. La puerta se cerró tras ella con un chasquido que sonó como una finalidad —una decisión tomada, un camino elegido— y Anna se alejó de todo lo que estaba a salvo y conocido hacia un futuro plagado de sombras e incertidumbre.

Capítulo 3

Clara llegó sin previo aviso, un golpe en la puerta rompió el silencio del apartamento de Anna mientras caía la noche. La habitación estaba tenuemente iluminada, una sola lámpara proyectaba un suave resplandor sobre el desorden de trabajos de investigación y libros que se habían convertido en los compañeros constantes de Anna. Clara entró, la calidez de su presencia contrastaba con la fría gravedad de la misión de Anna.

—Anna —dijo Clara, con una voz que hacía juego con el ceño fruncido—. "He estado pensando en lo que te estás metiendo. Es impredecible, peligroso".

Anna ofreció una silla y sirvió dos tazas de café de una cafetera que parecía estar siempre caliente, siempre lista para vigilias nocturnas o revelaciones matutinas. Le tendió una taza a Clara y sus dedos se rozaron, un fugaz momento de consuelo.

—Lo sé —respondió Anna, sin apartar los ojos de los de Clara—. "Pero esto es lo que hago. Persigo historias; Desentierra verdades".

Clara bebió un sorbo, dejando que el calor se filtrara en ella antes de continuar. —Pero esta no es una historia cualquiera, Anna. Este grupo... No son solo titulares. Son reales y no juegan con ninguna regla que conozcamos".

El vapor de las tazas de café se mezclaba con sus respiraciones, creando remolinos efímeros que se elevaban y desaparecían en el aire, muy parecidos a las garantías que Anna deseaba poder dar.

—Su imprevisibilidad es la razón por la que tengo que entrar —dijo Anna con una convicción que desmentía la opresión en su pecho—. "Alguien tiene que exponerlos".

Clara se inclinó hacia delante, sus ojos escudriñando el rostro de Anna en busca de cualquier signo de vacilación. "¿Y si te atrapan? ¿Y si descubren quién eres realmente?"

Anna dejó la taza en el suelo con mano firme. "Entonces me encargaré de eso", dijo simplemente.

Se sentaron allí por un momento, dos amigos envueltos en los acogedores confines de un apartamento lleno de sombras y secretos. El suave zumbido de la vida de la ciudad zumbaba fuera de la ventana, una canción de cuna para aquellos que no se daban cuenta de la oscuridad que acechaba debajo.

Clara extendió la mano hacia el otro lado de la mesa y agarró la mano de Anna. —Prométeme que tendrás cuidado —susurró—.

Anna se echó hacia atrás, asintiendo en silencio. Su mente se llenó de pensamientos de historias encubiertas y reuniones clandestinas, pero en ese pequeño gesto de Clara había un ancla, un recordatorio de que no importaba cuán profundo fuera de incógnito, no estaba sola.

Con una mirada final que transmitía más de lo que las palabras podían expresar, Clara se puso de pie para irse. Se envolvió en su abrigo como si se preparara para algo más que el aire frío de la noche.

—Cuídate —dijo Clara en la puerta—.

Anna observó cómo Clara desaparecía por el pasillo antes de volver a sus papeles y fotografías esparcidos por todas las superficies, la manifestación física de su determinación.

El silencio zumbaba con más fuerza ahora en ausencia de Clara, dejando a Anna sentada en medio de los preparativos para un viaje incierto a la oscuridad, uno que ella aceptaba no solo como su deber sino como su vocación. Los riesgos eran claros; Así fue su camino a seguir.

* * *

Anna estaba sentada frente a Clara, con los ojos fijos en la mujer que la conocía mejor que la mayoría. El vapor de sus tazas de café se mezclaba en el aire entre ellos, una barrera transitoria que no podía ocultar la preocupación grabada en el rostro de Clara.

—Sabes que no son solo un grupo de activistas alborotadores —dijo Clara, con voz baja y firme—. "Han cruzado líneas que no se pueden descruzar".

Anna asintió, asimilando las palabras que tenían peso como plomo. Sintió que se le asentaban en el estómago, un recordatorio de la gravedad a la que se enfrentaba.

—El atentado de Fráncfort del año pasado —continuó Clara, insistiendo en su punto con precisión—. "Y ese atraco a un banco en Hamburgo... La gente murió, Anna.

El aire de la habitación parecía volverse más denso con cada incidente que Clara relataba. Anna podía sentir la tensión que se le anudaba entre los omóplatos mientras escuchaba.

Se inclinó ligeramente hacia delante, con los brazos apoyados en la mesa y las manos juntas, como si quisiera mantenerse firme contra la marea de preocupación que brotaba de los labios de Clara. Sin embargo, sus ojos permanecieron inquebrantables; Eran los ojos de alguien que había visto mucho y estaba preparado para ver más.

—Lo sé —dijo Anna en voz baja pero firme—. "He leído todo al respecto, más de lo que ha salido en los periódicos".

Clara se reclinó en su silla, escudriñando a Anna con una mirada que buscaba penetrar y comprender. "Estás entrando en un nido de víboras", dijo. "Estas personas no dudarán en atacar si sienten un intruso".

Los músculos de la mandíbula de Anna se tensaron por un momento antes de volver a relajarse. Bebió un sorbo lento de café, sintiendo que su calor se extendía por su pecho, un marcado contraste con el escalofrío del miedo que intentaba abrirse paso en su corazón.

—Tengo que hacer esto —dijo Anna después de dejar la taza con un suave tintineo contra el platillo—. "Ya no se trata solo de conseguir una historia, sino de exponer algo mucho más grande que yo mismo".

Clara extendió la mano por encima de la mesa y colocó una mano sobre la de Anna. Su tacto era suave pero firme, un ancla en medio de la tormenta que se estaba gestando dentro y alrededor de ellos.

—Prométeme que te mantendrás a salvo —imploró Clara—. "Prométeme que no te perderás en esto".

Anna se encontró con la mirada de Clara y vio reflejada toda la preocupación de una amiga que miraba fijamente a un abismo que amenazaba con tragarse a alguien a quien amaban profundamente.

—Te prometo que tendré cuidado —dijo, apretando la mano de Clara antes de soltarla—.

Clara se apartó a regañadientes y se levantó de la mesa. Se envolvió en su abrigo como si se preparara para algo más que el frío exterior.

—Recuerda por qué estás luchando —dijo Clara antes de darse la vuelta—. "Y recuerda que hay personas que se preocupan por ti".

Anna observó cómo Clara salía del café, desapareciendo entre la multitud que había fuera, la misma multitud que pronto tendría que sortear bajo falsos pretextos y un peligro real.

Ahora sola, Anna sintió que la determinación se endurecía dentro de ella como el acero templado por el fuego. Reconoce los riesgos y sabe muy bien lo que está en juego; Pero más allá del miedo y la inquietud estaba la verdad, una verdad que exigía ser perseguida, sin importar cuán peligroso pudiera ser el camino por delante.

* * *

Anna estaba sentada sola en su escritorio, el eco de las palabras de despedida de Clara aún resonaba en el espacio silencioso. Miró fijamente la pared, donde había fijado artículos de sus investigaciones pasadas. Cada pieza era un testimonio de su creencia en el poder transformador de la verdad.

Un artículo en particular le llamó la atención: una historia sobre unas elecciones locales que habían sido amañadas por los que estaban en el poder. Las secuelas de su publicación han sido tumultuosas, pero han dado lugar a un proceso electoral más justo. Era la prueba de que su trabajo importaba, de que podía promulgar el cambio.

Pasó los dedos por otra pieza, una que había expuesto una organización benéfica fraudulenta que canalizaba donaciones a bolsillos privados. Esa historia había movilizado a la comunidad, provocando una oleada de apoyo a las verdaderas víctimas y marcando el comienzo de regulaciones más estrictas.

No se trataba solo de historias; Eran batallas libradas con lápiz y papel, con la verdad como única arma. Eran la evidencia de que el periodismo podía servir como un faro, atravesando la oscuridad y el engaño para guiar a la sociedad hacia la justicia.

Las preocupaciones de Clara eran válidas; No se podía negar el peligro al que se enfrentaba. Pero mientras Anna reflexionaba sobre sus victorias pasadas, sintió que una oleada de convicción la inundaba. Su trabajo hizo algo más que informar: protegió, reveló, hizo que el poder rindiera cuentas.

Con cada artículo que clavaba en la pared, con cada individuo corrupto que ayudaba a desenmascarar, Anna sabía que estaba construyendo algo mucho más grande que una cartera de firmas. Ella estaba fortaleciendo un legado de integridad y dedicación inquebrantable al derecho del público a saber.

El peso de la advertencia de Clara seguía oprimiéndole los hombros como una pesada capa. Sin embargo, debajo de ella yacía una armadura forjada a partir de la determinación y el propósito. Anna entendió que el peligro venía con el territorio cuando luchaba contra las sombras; La luz siempre atrajo a las tinieblas.

Cuando el silencio se asentó a su alrededor una vez más, Anna sintió que el acero dentro de ella se solidificaba. Se levantó de su escritorio y se acercó a la ventana. La ciudad se extendía ante ella, un laberinto de historias que esperaban ser contadas, y se sintió lista para sumergirse en sus profundidades una vez más.

Sabía que habría riesgos; algunos incluso podrían decir que insuperables. Pero mientras contemplaba la ciudad que se había convertido en campo de batalla y hogar, Anna sabía una cosa con certeza: su deber como periodista, revelar la verdad, no era negociable.

Con las palabras de Clara como una ocurrencia tardía, Anna se alejó de la ventana y agarró su abrigo. La noche la atraía con susurros de secretos aún descubiertos, y ella no rehuía a ellos. Salió de su apartamento con la determinación grabada en cada paso, lista para enfrentarse a lo que se escondía en las sombras que tenía delante.

* * *

Los ojos de Clara, por lo general tan brillantes y llenos de risa, ahora brillaban con lágrimas no derramadas. Se sentaron uno frente al otro, los restos de su café se enfriaban en las tazas que había entre ellos. Clara extendió la mano, rozando con los dedos la mano de Anna, en una silenciosa súplica de consuelo.

—No eres invencible, Anna —dijo Clara, con una voz apenas superior a un susurro—. "Estas personas... Son peligrosos. He visto lo que pueden hacer".

El corazón de Anna se encogió ante el miedo que vio en el rostro de su amiga. Conocía los riesgos mejor que nadie, los había sopesado frente a la ardiente necesidad de arrojar luz sobre las sombras que se deslizaban por las calles de la ciudad. Pero Clara no tenía ese fuego; Solo tenía miedo de perder a alguien que le importaba.

"Sé lo que estoy haciendo", respondió Anna, con voz firme a pesar de la tormenta de emociones que se estaba gestando dentro de ella. "He estado en situaciones difíciles antes, y siempre he regresado".

—Pero esto es diferente —insistió Clara, apretando su mano alrededor de la de Anna—. "El Grupo Baader-Meinhof no es solo otra historia a través de la cual se puede encantar. No dudarán en... para..." Su voz se apagó, incapaz de dar vida a sus miedos más oscuros.

Anna vio las palabras no pronunciadas que permanecían entre ellos: secuestro, tortura, muerte. Eran posibilidades que había aceptado como parte del camino que había elegido, pero que flotaban pesadas en el aire ahora que Clara les había dado forma.

—No dejaré que llegue a eso —dijo Anna con más confianza de la que sentía—. A cambio, apretó la mano de Clara, tratando de transmitirle una certeza que solo podía esperar que fuera contagiosa.

Clara sacudió la cabeza lentamente, mirando sus manos entrelazadas como si buscara una respuesta en sus manos. —Prométeme que tendrás cuidado —dijo finalmente—.

—Te lo prometo —dijo Anna sin dudarlo—.

Permanecieron así un momento más, aferrándose el uno al otro como si de alguna manera pudieran anclarse el uno al otro contra la tormenta que se avecinaba. Cuando Clara se levantó para irse, había una renuencia en sus movimientos, una vacilación nacida del deseo de quedarse y proteger a su amiga de amenazas invisibles.

Mientras Clara se alejaba, Anna la vio marcharse con una mezcla de afecto y tristeza. Sabía que no había palabras que pudieran calmar los temores de Clara; fueron una parte tan importante de este viaje como la determinación de Anna de buscar la verdad y la justicia.

Al quedarse sola con sus pensamientos una vez más, Anna sintió que el peso de la preocupación de Clara se asentaba sobre sus hombros como algo tangible. Se mezcló con su propia determinación, un potente recordatorio de lo que estaba en juego más allá de los titulares y los elogios.

Anna se levantó lentamente y dejó atrás el tranquilo santuario de su apartamento. Cuando cerró la puerta tras de sí, no solo dejaba un apartamento, sino también un pedazo de sí misma, un fragmento que se aferraba a la seguridad y la normalidad.

Afuera le esperaba un mundo plagado de peligros y engaños en el que Anna se pondría una identidad completamente diferente, una que la llevaría a las profundidades del peligro en aras de descubrir lo que se escondía debajo de capas de mentiras y violencia.

* * *

El apartamento de Anna, que una vez fue un santuario de comodidad y familiaridad, ahora era un testimonio de su determinación. Las paredes, adornadas con marcos, guardaban en su interior los fantasmas de historias pasadas, cada foto era un testigo silencioso de su incansable búsqueda de la verdad. Mientras guardaba sus objetos esenciales en una bolsa, su mirada se posó en un fotograma en particular: un collage de sus anteriores trabajos exitosos. Las imágenes iban desde los rostros sombríos de los afectados por el fraude electoral hasta la sombría realidad del fraude de caridad. Cada fotografía capturó un eco de la victoria contra el engaño.

Hizo una pausa y dejó que sus dedos trazaran los bordes del encuadre. No se trataba solo de historias; Fueron batallas libradas con pluma y cámara, cada victoria ganada con esfuerzo a través de la perseverancia y el coraje. Los recuerdos incrustados en esas imágenes alimentaron su espíritu; Eran una prueba tangible de que podía, y de hecho lo hizo, marcar la diferencia.

Las palabras de Clara de su último encuentro flotaban en el aire, una melodía tácita de preocupación y miedo. Ana conocía bien el peso de las aprensiones de Clara; Eran válidos, cargados con el costo potencial de ahondar demasiado en las sombras. Pero aquí, rodeada de esos momentos congelados de triunfo sobre la corrupción y la mentira, Anna encontró fuerzas.

Respiró hondo, absorbiendo el silencioso aliento de la galería de su pared. Esta misión no se parecía a ninguna otra; Era una zambullida en un abismo donde reinaba la anarquía y el peligro era un compañero constante. Pero si antes podía arrojar luz sobre la oscuridad, ¿quién iba a decir que no podía hacerlo de nuevo?

La habitación zumbaba con una energía que solo ella podía sentir: una fusión de éxitos pasados y posibilidades futuras que galvanizaba su espíritu. Su reflejo en el cristal le devolvía no sólo una imagen, sino una encarnación de la tenacidad.

Anna cogió su cámara, una fiel aliada en todos sus esfuerzos, y se la colgó del hombro con una facilidad ensayada. Echó un último vistazo a la foto de la pared, dejándola grabada en su memoria por última vez antes de alejarse de todo lo que le resultaba familiar.

En ese momento, mientras miraba el collage que trazaba su viaje hasta el momento, no había lugar para la duda o la vacilación. Su decisión fue tan clara como el clic nítido de un obturador que captura la verdad.

Con los ojos fijos en lo que le esperaba, Anna se apartó de la pared y caminó hacia la puerta. Sabía que le esperaban desafíos; La oscuridad acechaba detrás de cada esquina, lista para engullir a aquellos que se atrevieran a enfrentarla. Pero Anna también sabía algo más, algo que el miedo no podía tocar: estaba preparada.

La puerta se cerró tras ella con un suave chasquido, un sonido que podría haber señalado un final, pero que para Anna marcó un comienzo. Y así, se adentró en un mundo plagado de secretos que esperaban ser desenterrados por aquellos lo suficientemente valientes como para buscarlos.

Capítulo 4

Anna abrió la pesada puerta del despacho de Frank y un crujido familiar la saludó cuando entró en una habitación que era menos una oficina y más un testimonio de una vida dedicada a la búsqueda de la verdad. Las paredes, cargadas de elogios enmarcados e historias de primera plana, parecían hundirse bajo el peso de la historia. Pilas de periódicos, algunos amarillentos por el tiempo, se tambaleaban en el borde del escritorio y se derramaban por el suelo, creando un laberinto que solo Frank podía navegar.

Contempló la habitación con unos ojos que oscilaban entre el respeto y una curiosidad investigadora que se había convertido en una segunda naturaleza. Su mirada trazó el contorno de una fotografía descolorida clavada en el tablero de corcho: un joven Frank estrechando la mano de un prominente político de una época pasada. La ironía no pasó desapercibida para ella; Frank probablemente había jugado un papel decisivo en la caída de ese político.

En una esquina de su escritorio había una vieja máquina de escribir, con las llaves gastadas por años de papel llamativo, y cada letra era un eco de historias que alguna vez despertaron a la ciudad. Ahora permanecía en silencio, una reliquia en una época en la que las palabras digitales pasaban por las pantallas a velocidades vertiginosas.

A su lado, un cenicero rebosante competía por el espacio con una botella de bourbon medio vacía, un compañero líquido para las noches y los plazos que se avecinaban. El espeso aroma del tabaco mezclado con el almizcle del papel viejo creaba un aroma único en este santuario del periodismo.

Los dedos de Anna rozaron una pila de números recientes, cada titular más audaz que el anterior, haciendo una crónica de escándalos y victorias por igual. Sintió la energía palpable que brotaba de esos papeles, la misma energía que alimentaba su propio impulso implacable.

Sus ojos se detuvieron en una pequeña fotografía escondida de toda la grandeza; mostraba a una Frank mucho más joven de pie junto a una reportera novata, su primer día de trabajo. Recordó cómo su comportamiento brusco la había intimidado e inspirado a la vez.

Allí estaba, en medio de este orden caótico, de este archivo del deber cívico. Ella sabía que ella también era parte de este legado: sus propias historias estaban ahí afuera entre esas pilas, sus propios esfuerzos contribuían a la narrativa cada vez mayor que se nutre dentro de estas paredes.

La silla de Frank crujió cuando se acomodó en ella frente a ella. Sus ojos se encontraron con los de ella sobre montañas de palabras impresas, ojos que habían visto demasiado pero que aún miraban hacia adelante con una determinación infatigable.

El momento se interpuso entre ellos: un reconocimiento silencioso de un propósito compartido antes de que se adentraran en una conversación sobre peligros y verdades aún por descubrir. La mano de Anna se posó momentáneamente en la correa de su cámara; Era a la vez escudo y espada en las batallas que libraban detrás de sus escritorios y en las calles.

Se aclaró la garganta suavemente, lista para discutir sus próximos pasos en la incertidumbre sin revelar qué inquietud podría haber sentido. Esta sala contenía demasiada historia para el miedo: exigía acción.

* * *

Anna se sentó frente a Frank, con el escritorio entre ellos lleno de los detritus de una vida dedicada al periodismo. Sus dedos, retorcidos por años de teclear, hurgaron en una pila de recortes amarillentos. Cada uno de ellos era un monumento a las batallas libradas con lápiz y papel, escaramuzas que habían alterado el curso de la opinión pública y habían hecho rendir cuentas a los que estaban en el poder.

"Éste", dijo Frank, golpeando con el dedo un artículo con un titular que gritaba sobre un escándalo político de hace una década, "derribó a un senador. Te acuerdas.

Lo hizo. Era una de esas historias que habían reverberado por los pasillos del poder, enviando ondas de choque que se habían sentido mucho después de que la tinta se hubiera secado. Anna observó cómo colocaba otro recorte a su lado.

"Y esto", continuó, señalando una denuncia sobre los negocios ilegales de armas, "puso fin a una guerra".

Los recortes formaban un conjunto ante ella, cada uno de los cuales era un testimonio del poder de su profesión. Con cada historia que se presentaba, Anna sentía que el peso pesaba más sobre sus hombros, una carga que agradecía.

Los ojos de Frank se encontraron con los de ella a través del campo de batalla cubierto de papeles. —Lo que estás a punto de hacer —dijo con su voz grave que tenía la autoridad de la experiencia—, está en esta liga. Tal vez por encima de eso".

Ella asimiló sus palabras como un buzo que conserva oxígeno antes de sumergirse en profundidades desconocidas. La habitación pareció encogerse a su alrededor a medida que la enormidad de su tarea se cernía sobre ellos.

"Esta vez no solo vas a perseguir a políticos corruptos o negocios turbios", agregó Frank solemnemente. "Estás entrando en una arena con personas que no tienen reglas. Juegan para quedarse".

El corazón de Anna latía con fuerza contra sus costillas como si tratara de abrirse paso a golpes y escapar de lo que le esperaba. Era consciente de cada respiración que respiraba, de cada sutil cambio en la expresión de Frank mientras hablaba.

Sacó otra pieza, más nueva que el resto, una foto de las secuelas de una explosión que habían utilizado apenas unas semanas antes.

Fue su última advertencia sobre lo que podría suceder si las sombras no se controlaban.

—La pluma —dijo Frank en voz baja, pero con acero subyacente— es más poderosa que la espada porque puede herir el alma de la sociedad. Pero también puede convertirte en un objetivo".

La mirada de Anna no se apartó de la suya; Absorbió cada palabra como si fuera un evangelio. Esta fue más que una historia más; Era una cruzada contra la oscuridad misma.

Se reclinó en su silla, que protestó bajo su peso con un crujido que hablaba de muchas noches y madrugadas pasadas en este mismo escritorio.

"¿Estás listo para esto?", preguntó, aunque no era realmente una pregunta.

Anna enderezó la espalda, su propia silla silenciosa bajo su cuerpo decidido. Ella asintió una vez, con firmeza, un pacto silencioso hecho entre periodista y editor.

El momento se extendió entre ellos hasta que Frank finalmente lo rompió con un gesto de asentimiento y comenzó a reunir los recortes en su carpeta: el expediente de victorias pasadas y advertencias por igual.

Anna se puso de pie, sintiendo el eco de cada recorte en sus huesos como tambores de guerra que la impulsaban a avanzar. Salió de la oficina de Frank con determinación a cada paso; Llevó no solo la carga, sino también el legado de quienes escribieron antes que ella.

Al cruzar el umbral hacia la incertidumbre y el peligro más allá de todo lo que había enfrentado antes, Anna no miró hacia atrás. La puerta se cerró detrás de ella con un clic definitivo: el sonido puntuó su compromiso de descubrir lo que fuera que se escondiera en las sombras esperando su llegada.

* * *

La oficina de Frank era un museo de triunfos pasados y duras lecciones aprendidas. Su escritorio estaba sentado como una isla en medio de un mar de papeles, y cada ola era una historia que alguna vez había tenido a la ciudad en sus garras. Anna contempló las paredes forradas de fotografías en blanco y negro que capturaban momentos de triunfo y fragilidad humana. Frank se reclinó en su silla, con los dedos en la mano y los ojos fijos en un lugar más allá de la habitación.

"Sabes", comenzó, con la voz teñida de nostalgia, "durante la Guerra Fría, las cosas no eran tan diferentes de ahora. Había mucho en juego. ¿Los enemigos? Sobre todo sombras".

Anna escuchó atentamente mientras la mirada de Frank se posaba en una fotografía descolorida que colgaba justo a la derecha de su estantería desordenada. Representaba una versión más joven de sí mismo de pie junto a un hombre cuyo rostro estaba oscurecido por las sombras, ambos hombres rodeados por las líneas descarnadas de la arquitectura de Berlín.

"Estaba en Berlín Oriental", continuó, "rastreando una historia sobre información de contrabando. En ese entonces, todo eran microfilmes y conversaciones en voz baja. Las líneas morales se difuminaron cuando te diste cuenta de que cada dato podía ser una cuestión de vida o muerte".

Anna se inclinó ligeramente hacia delante, absorbiendo cada palabra mientras Frank pintaba un mundo en el que la verdad era tan peligrosa como vital.

—Un contacto —dijo, bajando la voz—, una joven muy parecida a ti, estaba atrapado entre dos mundos. Tenía información que podía cambiarlo todo, pero compartirla... bueno, significaba traicionar a su propia familia".

Anna pudo ver el peso del recuerdo presionando los hombros de Frank. Comprendió entonces que esto no era solo historia; Era una advertencia.

—Los paralelismos con su misión son claros —dijo Frank con aguda claridad—. "Puede que el Grupo Baader-Meinhof no sea una superpotencia en guerra, pero no es menos peligrosa para quienes se oponen a ella".

Anna asintió lentamente. Ahora se dio cuenta de que el periodismo de investigación no siempre se trataba de héroes y villanos bien definidos; Se trataba de personas atrapadas en situaciones que escapaban a su control.

—¿Y qué le pasó? —preguntó Anna en voz baja.

Frank suspiró profundamente y se miró las manos antes de responder. —Pagó un precio —dijo solemnemente—. "No con su vida, sino con su tranquilidad. Vivía siempre mirando por encima del hombro".

Hizo una pausa antes de mirar a Anna una vez más.

"Pero ella creía que la verdad valía la pena", terminó con firmeza.

Anna sintió que la gravedad de sus palabras se asentaba a su alrededor como un manto invisible. Esto era más que una asignación; Era parte de algo mucho más grande que ella misma: una tradición de periodistas dispuestos a arriesgarlo todo en aras de arrojar luz sobre la oscuridad.

La expresión de Frank se suavizó un poco mientras observaba a Anna digerir su historia.

"Recuerda", aconsejó, "que toda historia tiene su costo. Asegúrate de que estás dispuesto a pagarlo".

Cuando Anna se puso de pie para irse, llevó consigo no solo el peso de su asignación, sino también la sabiduría impartida por la experiencia de Frank. Salió al pasillo con renovada comprensión y determinación, lista para navegar por el campo de batalla lleno de matices donde la verdad chocaba con las consecuencias.

* * *

Anna se sentó con Frank. Sus palabras, deliberadas y cargadas de importancia, resonaron dentro de los confines de la habitación. -Tienes que mirar más allá de los titulares, Anna -dijo, reclinándose en la silla, con el cuero crujiendo bajo su peso-. "El Grupo Baader-Meinhof no es solo una lista de crímenes y manifiestos. Hay gente detrás de esas máscaras".

Ella asintió, absorbiendo su consejo como una esponja. Los ojos de Frank sostenían los suyos con una intensidad que subrayaba la gravedad de su misión. "La empatía", continuó, "esa es tu herramienta. Entiéndelos, métete en sus cabezas. Así es como desentrañarás la verdad".

Anna sintió que una chispa se encendía dentro de su pecho, una fusión de determinación y perspicacia que había estado esperando un catalizador así. Podía sentirlo en las yemas de los dedos, la necesidad de despegar capas de historia como si fueran papel tapiz viejo, revelando lo que se escondía debajo.

—No te defraudaré —dijo en voz baja, pero con un filo de acero en su voz que transmitía algo más que una mera seguridad—; Era un voto.

Frank la estudió durante un momento más antes de asentir una vez, bruscamente, un gesto que transmitía tanto aprobación como advertencia. Cuando Anna se levantó de su asiento y se dirigió a la puerta, sintió su confianza como un peso y un privilegio.

La sala de redacción zumbaba a su alrededor mientras pasaba por ella, pero Anna apenas se dio cuenta del caos de los teléfonos que sonaban y el tintineo de las máquinas de escribir. Su mente ya estaba vagando por callejones de pensamiento, buscando caminos hacia los corazones y las mentes de aquellos a quienes necesitaba entender.

Con cada paso hacia la salida, su determinación se profundizaba; Ahora no solo perseguía sombras, sino que buscaba profundidad en un mundo que a menudo se satisfacía con las superficies.

* * *

Anna estaba junto a la puerta, lista para cruzar el umbral hacia un mundo lleno de peligros e incertidumbre. La voz de Frank, rica en años de experiencia y bordeada por la seriedad de las pruebas pasadas, la ancló por un momento más.

—Recuerda, Anna —dijo, clavando los ojos en los de ella—, la verdad no consiste solo en exponer lo que está oculto. Se trata de entender el por qué detrás de los hechos. El elemento humano siempre está ahí, enredado en la red de motivos y consecuencias".

Anna asintió, absorbiendo sus palabras como la tierra seca absorbe la lluvia. Siempre había admirado la capacidad de Frank para ver más allá de la superficie, para encontrar la historia dentro de la historia. Era una habilidad que aspiraba a dominar por sí misma.

Frank metió la mano en el cajón de su escritorio y sacó un pequeño cuaderno encuadernado en cuero que parecía desgastado por el tiempo y el tacto. Lo extendió hacia ella. —Toma esto —dijo en voz baja—.

El cuaderno se sintió cargado de significado cuando ella se lo quitó. La funda era lisa contra sus dedos, arrugada por el uso pero firme, al igual que el propio Frank.

"Esto", continuó, "ha sido mi compañero constante a través de todas las historias que importaban". Su voz tenía una nota de nostalgia al transmitir esta reliquia de su trayectoria periodística. "Ha visto cómo se revelan las verdades y cómo se desentrañan las mentiras. Quiero que lo tengas".

Hojeó las páginas con reverencia, notando las tenues hendiduras dejadas por los vigorosos trazos de la pluma, un testimonio de historias que alguna vez ardieron por ser contadas.

—Gracias —alcanzó a decir Anna, con la garganta apretada por la emoción—. Esto era más que una ficha; Era un emblema de confianza y expectativa.

Frank se reclinó en su silla, con una sutil sonrisa en los labios. —Pronto lo llenarás con tus propios cuentos —dijo con confianza—. "Solo recuerda: mantente alerta pero no insensible. Cada persona que conoces tiene una historia que merece respeto, incluso aquellos que están en el lado equivocado de la historia".

Anna cerró el cuaderno y lo metió en su bolso junto a su cámara: las herramientas de su oficio ya estaban completas. Se sentía más decidida que nunca, lista para lo que le esperaba.

—No dejes que te vean estremecerte —añadió Frank mientras ella se daba la vuelta para marcharse—. Y Anna, vuelve con algo que les haga sentarse derecho.

Ella asintió con la cabeza llena de promesa y determinación antes de salir de su oficina y entrar en la refriega que la esperaba más allá de esos muros: la ciudad palpitante con secretos que pretendía sacar a la luz.

Frank la vio partir, con el orgullo mezclado con la preocupación en su pecho mientras esperaba en silencio que ella saliera de este juicio no solo ilesa sino triunfante, una verdadera portadora de la antorcha periodística que le había entregado hoy.

Capítulo 5

Anna estaba sentada en su escritorio. Sus ojos recorrieron meticulosamente cada objeto mientras creaba su nueva identidad.

Empezó con un nombre. Tenía que ser lo suficientemente común como para mezclarse, pero lo suficientemente único como para ser memorable si era necesario. Anna murmuró varias combinaciones en voz baja, saboreando cada una de ellas hasta que se sintió bien en su lengua. – Eva Richter -decidió al fin-. El nombre tenía un filo, una pizca de fuerza entretejida en sus sílabas.

Luego vino la historia de fondo, un tapiz de verdades a medias diseñadas para ser tanto armadura como disfraz. Eva Richter era una fotógrafa independiente apasionada por los temas sociales, lo suficientemente vaga como para evitar sospechas, pero lo suficientemente detallada como para resistir el escrutinio. Anna imaginó la historia de Eva como una serie de fotografías que podía barajar y presentar a voluntad: aquí una imagen del activismo en Berlín, allí una instantánea de las protestas estudiantiles en Múnich.

Mientras Anna tejía la narración, su mano alcanzó los documentos falsificados esparcidos por su espacio de trabajo. Los certificados de nacimiento, los pases de prensa, las referencias, todo fue creado con una precisión minuciosa. Cada trazo de su pluma era deliberado; Cada letra se formaba con cuidado, como si fueran runas imbuidas del poder de protegerla.

De vez en cuando se detenía, entrecerrando los ojos para mirar los documentos a través de lentes que ayer no eran suyos, pero que hoy pertenecían a Eva. Eran parte de la transformación, un cambio en la apariencia que había comenzado con tinte para el cabello y tijeras y ahora continuaba con cambios más sutiles en el comportamiento y la vestimenta.

Anna practicó la firma de Eva una y otra vez hasta que fluyó naturalmente de su mano. Los bucles y las líneas se convirtieron en amigos familiares, susurrando garantías de que no la traicionarían cuando se les llamara. Mientras firmaba con el nombre de Eva por última vez, Anna se permitió una pequeña sonrisa ante la idea de que podría lograrlo.

Su enfoque nunca flaqueó mientras continuaba con su metamorfosis: ropa cuidadosamente elegida por su naturaleza anodina, pero que insinuaba un desafío subyacente apropiado para Eva Richter. Cada pieza fue seleccionada no solo por su aspecto, sino por cómo la hacía sentir: capaz, de incógnito, lista.

Las horas pasaban desapercibidas mientras Anna trabajaba hasta altas horas de la noche. Salió de cada tarea más entrelazada con Eva Richter, una mujer nacida de la necesidad pero hecha real a través de la pura fuerza de voluntad. Y cuando Anna finalmente se levantó de su escritorio, dejando atrás restos de vidas desechadas como piel mudada, no había duda de que Eva Richter estaba lista para enfrentar lo que le esperaba en los rincones sombríos de la ciudad.

* * *

Eva Richter miró a Anna desde el espejo. La reflexión contrastaba con el periodista que había vivido en este apartamento, cuyos elogios se alineaban en las paredes, cuyo nombre resonaba en las salas de redacción. Eva tenía los ojos de Anna, pero ahora tenían una historia diferente: una historia de lucha y disidencia, una historia tejida a partir de la necesidad y la determinación.

Anna ensayó la historia de Eva como un mantra. Era una fotógrafa independiente de Stuttgart, apasionada por los temas sociales, atraída a la ciudad por su vibrante escena activista. Cada detalle que Anna grababa en su memoria construía la existencia de Eva, un edificio del que dependía su misión.

Practicó la risa de Eva —una breve ráfaga de sonido que no llegaba a sus ojos— diferente de la cálida risa de Anna que a menudo llenaba las habitaciones con facilidad. Anna caminaba por su apartamento como lo haría Eva, con los hombros decididos pero con una pizca de inquietud. Sus gestos eran mesurados; Cada inclinación de la cabeza y cada inflexión de su voz se calibraban para que coincidieran con la historia de fondo que había creado.

Frente al espejo, se ejercitó en puntos clave: dónde fue Eva a la escuela, sus fotógrafos favoritos, por qué se fue de Stuttgart, historias que contenían granos de verdad pero que estaban superpuestas con ficción para ocultar las verdaderas intenciones de Anna. Afinó los patrones de habla de Eva, permitiendo que un matiz de dialecto regional se filtrara en sus palabras.

Eva no gesticulaba tanto como Anna; Era más reservada, pero estaba dispuesta a discutir cuando sus creencias eran desafiadas. Anna practicaba estos debates en susurros bajos, respondiendo a provocaciones imaginarias con réplicas agudas o insinuaciones astutas que coincidían con lo que sabía de la retórica del Grupo Baader-Meinhof.

Anna examinó la ropa de Eva, una mezcla cuidadosamente elegida de practicidad y piezas llamativas que reflejan el guardarropa de una activista. Se puso una chaqueta de cuero que tenía un aire desafiante y se calzó unas botas hechas para largas jornadas en el pavimento implacable.

A medida que se movía por la habitación, vislumbrando en el espejo desde diferentes ángulos, Anna se despojó de capas de sí misma como piel vieja. Con cada zancada por las tablas del suelo que crujían, cada destello de la mirada acerada de Eva en el cristal, se convertía menos en la periodista que buscaba verdades ocultas a través de la lente de una cámara y más en el personaje que podía caminar entre los que vivían en las sombras.

Anna hizo una pausa antes de salir de su apartamento, el umbral entre dos mundos, y echó un último vistazo al reflejo de Eva Richter. La mujer que miraba hacia atrás no dudó; Sabía quién se suponía que debía ser. La puerta se cerró detrás de ella con un suave chasquido cuando Anna entró en el mundo completamente blindada en otra identidad, lista para lo que le esperaba en esta peligrosa danza entre la verdad y el engaño.

* * *

La mirada de Eva Richter se detuvo en la luz que se desvanecía afuera mientras abría la puerta de un café con poca luz, cuyas paredes eran un lienzo de graffiti y desafío. El aire zumbaba con el murmullo de las conversaciones susurradas, como si cada cliente albergara secretos demasiado potentes para la luz del día. Anna, bajo el disfraz de Eva, permitió que sus ojos se adaptaran un momento al interior sombrío, absorbiendo la energía bruta que latía a través de esta guarida de disidencia.

Encontró un lugar cerca del fondo, una mesa modesta que le ofrecía una amplia vista de la habitación. El tintineo de las tazas y el leve aroma del tabaco surcaban el aire, mezclándose con una corriente subterránea de urgencia que parecía apoderarse de cada ocupante. Pidió café con un gesto despreocupado, su voz apenas por encima de un susurro para evitar cualquier enredo innecesario con el barista.

Mientras esperaba su bebida, los sentidos de Anna se agudizaron; Era una cazadora que rastreaba rastros que no se veían. Sus ojos se movían de un grupo apiñado a otro, con cuidado de no mirar demasiado tiempo o con demasiada atención a una reunión. Era en su lenguaje corporal —la inclinación del interés, las manos gesticulando apasionadamente debajo de las mesas— que leía sus historias.

Un grupo en la esquina llamó su atención. Hablaban en voz baja, pero con un fervor que sugería importancia. Anna abrió casualmente su cuaderno —el regalo de despedida de Frank— y comenzó a garabatear notas y bocetos al azar, disimulando su intención mientras forzaba el oído para captar fragmentos de su diálogo.

"... La acción debe ser decisiva —siseó una voz, apenas audible por encima de la molienda de la máquina de café expreso—.

"Demasiados ojos mirando", replicó otro con cautela.

La mano de Anna se movía con paso firme por la página, escribiendo sin ver mientras memorizaba cada palabra. Bebió su café lentamente, y cada sabor la enraizó aún más en el personaje de Eva Richter: una fotógrafa independiente con una ventaja para el activismo.

Su mirada vagó por los carteles y pegatinas desgastados que adornaban todas las superficies, cada uno de los cuales era un testimonio de innumerables batallas libradas tanto en las calles como en las mentes. Eran símbolos que hablaban más fuerte que las palabras en este ambiente clandestino donde Anna buscaba la verdad escondida entre capas de retórica y bravuconería.

La conversación en la mesa de la esquina cambió; Los tonos se suavizaron aún más, como si se tratara de algo sagrado o prohibido. Anna se reclinó ligeramente en su silla con el pretexto de estirarse, pero se inclinó para mejorar la acústica. El corazón le latía con fuerza en las costillas, no por miedo, sino por anticipación; Para eso vivía: para develar realidades que acechaban bajo las superficies.

De repente, una figura pasó rozando su mesa hacia los baños de la parte trasera, un toque fugaz en su hombro que podría haber sido accidental o una señal que solo entendían los iniciados en los códigos no escritos de este mundo. Anna se tensó imperceptiblemente antes de volver a relajarse; Eva no se inmutaría ante tal contacto.

Captó fragmentos de una manifestación y un lenguaje codificado que insinuaba planes más allá de la protesta pacífica. Pero todo estaba velado, susurros entre susurros, un rompecabezas desafiante incluso para oídos experimentados como el suyo.

A medida que pasaban los minutos y las sombras se extendían por las tablas descoloridas del suelo, Anna supo que era hora de marcharse antes de que se quedara más tiempo que la bienvenida o de que la curiosidad se despertara por esta nueva cara entre ellos. Cerró el cuaderno de Frank y se puso de pie, dejando monedas sobre la mesa para su café, una transacción silenciosa destinada a no ser recordada.

Volviendo al abrazo del crepúsculo frente a la puerta del café, Anna se mezcló con el tráfico peatonal de la tarde mientras reflexionaba sobre lo poco que había aprendido de las conversaciones escuchadas, los hilos iniciales de una historia que esperaba con impaciencia ser desentrañada.

* * *

Eva Richter, con su nueva identidad ajustada a su alrededor como una segunda piel, se paseaba por las bulliciosas calles de la ciudad. Su corazón palpitaba con el pulso de la metrópolis a medida que se alejaba del café murmurante. El frío de la noche la envolvía, pero era la emoción de la misión lo que le provocaba escalofríos. Anna, como Eva, mantenía la mirada aguda y los sentidos más agudos.

Se encontró en un distrito donde los letreros de neón parpadeaban y la gente salía de bares poco iluminados, sus risas se mezclaban con el zumbido de la vida de la ciudad. Los pasos de Anna fueron medidos, sus ojos escudriñaron rostros y escaparates, trazando rutas de escape en caso de que las necesitara.

Entonces sucedió: una figura se separó de un grupo de fumadores fuera de un bar y se interpuso en su camino. El reconocimiento brillaba en sus ojos, una antigua colega de sus días de periodista que había compartido más de una cita nocturna con Anna. Su mente se aceleró; No podía permitirse el lujo de que la desenmascararan.

"¡Oye! ¿No te conozco?", gritó, entrecerrando los ojos mientras se acercaba.

El corazón de Anna le martilleaba contra las costillas. No podía dejar que conectara a Eva con Anna; Había demasiado en juego. Con una facilidad practicada, fingió confusión y sonrió cortésmente, el tipo de sonrisa que intercambian los extraños cuando accidentalmente se encuentran con miradas.

—No lo creo —dijo con una voz que era la de Eva, confiada y con un toque de desinterés—.

"No, lo juro..." Se acercó un paso más, con el ceño fruncido en señal de concentración.

Una oleada de adrenalina impulsó a Anna a la acción. Se echó a reír levemente —un sonido extraño para Anna pero apropiado para Eva— y se volvió hacia una amiga imaginaria al otro lado de la calle.

—¡Marie! ¡Ahí estás!" Ella hizo un gesto en dirección a la nada y comenzó a alejarse de él. "Lo siento, tengo bastante prisa".

El hombre se detuvo a mitad de paso, su certeza se desvaneció bajo el pretexto de la aparente distracción de Eva. La tenue luz jugó a favor de Anna mientras se mezclaba de nuevo con la multitud, dejándolo allí de pie con la duda grabando sus facciones.

Una vez a la vuelta de la esquina y fuera de la vista, Anna se apoyó contra una fría pared de ladrillos y se permitió un momento para respirar. La llamada cercana resonó en sus venas como un disparo de advertencia. Ahora estaba más claro que nunca que la vigilancia sería su mejor aliada en este camino traicionero que había elegido.

Con la cubierta intacta por el momento, Anna siguió adelante a través de las arterias y venas de la ciudad, sus calles y callejones, su determinación reforzada por la casi traición de la noche. Cada paso se midió frente a posibles amenazas; Cada rostro podría ser una perdición o un aliado aún no descubierto.

Anna sabía que Eva Richter debía convertirse en algo más que una máscara que llevar; debía convertirse en una segunda naturaleza si Anna quería navegar por este mundo que se tambaleaba al borde del caos. La noche la envolvió con su manto oscuro mientras se desvanecía en sus profundidades una vez más, decidida a desenterrar verdades enterradas bajo capas de engaño y peligro.

* * *

Eva Richter se movía con la multitud, sus ojos rozaban rostros y posturas, sus oídos sintonizados con el zumbido de las conversaciones que se tejían en el aire como hilos en un tapiz. La tarde había envuelto a la ciudad en su oscuro abrazo, y bajo el manto del crepúsculo, buscaba pistas con la paciencia de un depredador.

Se encontró en una pequeña reunión, donde los murmullos de disidencia se mezclaban con el tintineo de las copas. Aquí, los miembros menos conocidos del Grupo Baader-Meinhof podrían revelar secretos como monedas de un bolsillo suelto. Se quitó pelusas imaginarias de la chaqueta —un hábito nervioso que le había asignado a Eva— y se acercó a un hombre que estaba solo, con la mirada fija en un cartel que gritaba revolución en letras rojas.

"Imágenes poderosas", comentó Eva, señalando con la cabeza el póster.

El hombre se volvió, con los ojos cautelosos pero curiosos. "Sí", respondió, "capta nuestra lucha".

Eva ofreció una sonrisa que sugería camaradería. "Soy nueva en la ciudad", dijo. "Eva Richter. He estado siguiendo tus movimientos desde Stuttgart.

Se presentó como Markus, y su nombre se le dio con una pizca de orgullo. Hablaron de injusticias y sueños de cambio, Eva asintió con la cabeza, su interés parecía despertado por su fervor.

Mientras conversaban, los instintos periodísticos de Eva parpadeaban bajo su apariencia como brasas esperando el viento. Enhebró sus preguntas entre asentimientos y afirmaciones, cada una calculada para parecer orgánica dentro de su intercambio.

"Muchos grupos hablan", reflexionó Eva en voz alta, "pero pocos toman medidas. ¿Cómo planea Baader-Meinhof elevarse más allá de las meras palabras?

Markús se acercó más, como si la conversación tuviera una confianza sagrada. —No somos solo palabras —susurró—. "Hay planes, acciones que van a hacer temblar los cimientos".

El pulso de Eva se aceleró, pero mantuvo la expresión tranquila. "¿Acciones?", repitió con fingida inocencia.

Dudó antes de continuar. Sus palabras eran crípticas, pero llenas de intención; Protestas planeadas al amparo de la noche y lugares donde los susurros se convirtieron en rugidos.

Ella asintió lentamente, como si estuviera digiriendo sus palabras, mientras su mente corría detrás de los ojos tranquilos: cada detalle era precioso; Cada uno podría ser la clave para desentrañar la historia más grande oculta en las sombras.

Su conversación fluía como un río que se acerca a su cresta; Eva sintió que se acercaba a romper el dique del secreto sin llamar la atención sobre la fuerza de sus indagaciones.

El entusiasmo de Markús se desvaneció mientras miraba su reloj, una alarma silenciosa de que el tiempo se estaba acabando. Se excusó con una sonrisa de disculpa y se escabulló entre la multitud.

Eva permaneció quieta un momento más de lo necesario antes de alejarse del lugar de reunión. Se marchó con más de lo que había venido: hilos arrancados a Markús que podrían llevar a desentrañar todo un tapiz de planes ocultos.

Su corazón latía a un ritmo constante contra sus costillas, un tamborilero que mantenía el tiempo para una marcha hacia la verdad mientras se fusionaba una vez más con el bullicio nocturno de la ciudad.

Capítulo 6

Eva Richter, conocida por sí misma como Anna, estaba de pie en el umbral del almacén abandonado. El lugar apestaba a óxido y desuso, una estructura olvidada tragada por la apatía de la ciudad. Una sola bombilla parpadeaba sobre la entrada, proyectando un resplandor errático sobre los grafitis que hablaban de disidencia y decadencia.

Su corazón mantenía un ritmo constante, sin delatar nada de la adrenalina que corría por sus venas. Pasó por encima de un charco que reflejaba la luz fracturada y entró. Las sombras se aferraban a los altos techos y a los vastos espacios interiores, donde pequeños grupos se apiñaban como espectros conspirando con la oscuridad.

Anna se movía con determinación, sus pasos medidos, sus ojos escudriñaban la escena que tenía ante sí. Dejó que sus sentidos se estiraran para absorber cada susurro, cada mirada fugaz intercambiada en la turbia extensión. El aire flotaba cargado con un cóctel de humedad y anticipación, como si el propio edificio contuviera la respiración por lo que estaba por venir.

Encontró un lugar discreto a lo largo de una pared marcado por el tiempo y el abandono. El frío cemento presionaba contra su espalda a través de la delgada tela de su chaqueta, una solidez tranquilizadora en medio de la incertidumbre fluida que la rodeaba.

Aquí, bajo una luz tenue y envuelta en el disfraz de Eva Richter, Anna se convirtió en un camaleón entre aquellos que guardaban secretos como segundas pieles. Anotó las salidas, memorizó las caras, detalles que podrían ser salvavidas o pasivos en los días venideros.

Los habitantes del almacén eran una amalgama de fervor y miedo: ojos brillantes de convicción o envueltos en sospecha. Susurraban sobre el cambio, sobre acciones que desgarrarían el tejido de la sociedad. Anna sintió que sus palabras revoloteaban a su alrededor como polillas que buscan la luz en la oscuridad.

Mantuvo la respiración incluso mientras se inclinaba ligeramente hacia adelante para captar fragmentos de conversaciones: charlas sobre logística e ideología ferviente que se tejían en el aire como el humo de incendios invisibles.

Una figura se acercó, un hombre cuyos ojos recorrieron antes de fijarse en Anna. Su andar era casual, pero su presencia llamaba la atención, un magnetismo forjado a partir de la confianza o la locura.

—Eva —saludó con un gesto de asentimiento tan sutil que podría haberse imaginado—.

—Johannes —respondió ella con la misma discreción—.

Su intercambio fue breve, un roce momentáneo de almas entre murmullos y sombras, pero marcó el paso de Anna a su mundo. Mientras Johannes se escabullía entre la multitud, se permitió una sonrisa fugaz al ver la facilidad con la que Eva Richter se había fundido en su tapiz.

Anna permanecía inmóvil contra la pared, pero atenta a cada pulso dentro del almacén. Aquí era donde las historias yacían ocultas bajo capas de verdad y mentira; Allí era donde los encontraría.

A medida que los minutos se convertían en horas y las voces se convertían en silencio por lo que estaba a punto de suceder, Anna se mantuvo vigilante, una centinela envuelta en el nombre de otra persona, lista para presenciar lo que sucedería a continuación.

* * *

Desde su posición ventajosa en un rincón, Anna inspeccionó el almacén con los ojos agudos de un periodista experimentado. El aire zumbaba con conversaciones bajas y el tintineo de herramientas improvisadas. Podía sentir el pulso del grupo, un organismo vivo con su propia jerarquía y juegos de poder.

Se recostó contra la fría pared y su mirada recorrió el espacio, captando las sutiles señales que revelaban quién dominaba. Allí estaba Markús, su estatura no era imponente pero su presencia era magnética mientras los demás se inclinaban para captar sus susurros. Sus manos se movían animadamente, puntuando sus palabras con una pasión que atraía a los seguidores como polillas a una llama.

Frente a él estaba Johannes, sólido y sin sonreír. Sus ojos recorrieron a su alrededor, sin perderse nada: un centinela que guardaba secretos que Anna anhelaba descubrir. Cuando hablaba, era lacónico y punzante; La gente escuchaba no por encantamiento, sino por respeto mezclado con un toque de miedo.

La mente de Anna catalogaba cada interacción: la forma en que algunos miembros cedían ante otros, los rápidos asentimientos de acuerdo o las sacudidas agudas de disidencia. Había alianzas aquí tan intrincadas como cualquier otro panorama político sobre el que hubiera informado. Y al igual que en la política, también hubo tensiones, rostros que se apartaron demasiado rápido para ocultar sus dudas o desacuerdos.

Se fijó en una mujer de pelo corto que se destacaba ligeramente del resto. Su actitud era tranquila, pero sus ojos eran calculadores. Hablaba poco, pero cuando lo hacía, las cabezas se volvían, una autoridad silenciosa que intrigaba a Anna. ¿Quién era ella? ¿Qué papel jugó en esta compleja red?

Un joven parecía orbitar alrededor de esta mujer, ansioso, tratando de probarse a sí mismo tal vez. Su risa era demasiado fuerte a veces; sus movimientos buscaban la aprobación de aquellos a quienes claramente admiraba. Anna vio en él una vulnerabilidad, del tipo que podía ser explotada o que podía estallar en algo peligroso.

El instinto periodístico de Anna, perfeccionado a lo largo de años en la sala de redacción, la hizo absorber cada detalle sin mirar demasiado tiempo ni parecer demasiado interesada. Su postura era relajada pero alerta; Su expresión era de curiosidad pasiva enmascarada bajo un velo de desapego.

La dinámica de grupo se desplegaba ante ella como un diálogo tácito: cada mirada y cada gesto era una frase en su lenguaje secreto.

Comprendió que tendría que aprenderlo si quería desenterrar sus historias.

Mientras continuaba su observación silenciosa desde las sombras, Anna sintió que el peso de la responsabilidad se asentaba sobre sus hombros como un abrigo viejo, familiar pero pesado al mismo tiempo. No podía permitirse errores aquí; Cada nota mental grabada en la memoria era una pieza potencial de un rompecabezas más grande, una historia que necesitaba ser contada.

Y así observó y esperó, como centinela por derecho propio, al borde del descubrimiento, pero invisible dentro de esta guarida de rebelión susurrada y planes encubiertos.

* * *

El almacén, que alguna vez fue un hervidero de conversaciones en voz baja e intercambios encubiertos, se sumió en un pesado silencio cuando la puerta se abrió con un chirrido. Anna, con los sentidos agudizados por el instinto del periodista para detectar el cambio, sintió que el aire se volvía denso por la expectación. Se volvió hacia la entrada, donde una figura emergió de las sombras, llamando la atención de inmediato.

Karl Weiss entró en el espacio poco iluminado, su presencia llenó el vacío como el humo de una habitación vacía. Se movió con pasos deliberados, sus ojos recorrieron a la multitud antes de detenerse en un escenario improvisado en la parte delantera. Anna notó cómo todos los ojos lo seguían, cómo cesaba todo susurro; Incluso el inquieto arrastrar de los pies se detuvo, como si el suelo mismo reconociera su autoridad.

Karl se mantuvo erguido e inflexible. Su cabello, un revoltijo de ondas oscuras, enmarcaba un rostro que tenía una cualidad eterna: un lienzo para experiencias inéditas. Llevaba su carisma como un abrigo viejo: cómodo y perfectamente ajustado a su figura. Cuando llegó al escenario y se giró para mirarlos a todos, fue como si absorbiera su energía colectiva y la reflejara como un aura de control.

Anna observaba atentamente a Karl desde su rincón de observación. Sus dedos se retorcieron contra su bloc de notas, ansiosos por garabatear cada matiz de este hombre que parecía más mito que carne. Se dio cuenta de que su mirada se detenía el tiempo suficiente en cada persona para que se sintieran vistas pero no expuestas, un golpe magistral para alguien que ejercía la influencia como un arma.

Levantó ligeramente las manos, sin pedir silencio, sino más bien reconociéndolo, y comenzó a hablar con una voz que no solo viajó por la habitación, sino que pareció resonar dentro de ella. Sus palabras eran precisas y escogidas con cuidado; Cada sílaba fue pronunciada con intención. El tono no era ni fuerte ni suave, pero tenía una cualidad que te hacía acercarte para no perderte algo vital.

—Camaradas —comenzó, y Anna sintió que un colectivo se inclinaba hacia él por parte de los que se habían reunido a su alrededor. "El tiempo de los susurros ha pasado". Sus ojos revolotearon de nuevo por la habitación: un capitán de barco buscando tormentas en el horizonte.

Anna garabateó fragmentos de lo que él dijo a continuación: urgencia... acción... solidaridad... Pero no se limitaba a tomar notas sobre su discurso; Ella estaba trazando el terreno de la influencia de este hombre. Era evidente en la forma en que hablaba sin prisas, confiado en que nadie se atrevería a interrumpir; Era claro en la forma en que pintaba visiones de su futuro compartido solo con palabras.

Mientras Karl hablaba de los planes, lo suficientemente velados como para mantener el secreto, pero lo suficientemente vívidos como para conmover los corazones, Anna vio cómo todos se aferraban a cada palabra. No era el miedo lo que los mantenía embelesados; Era algo más profundo: creer en él tanto como en su causa.

Miró a su alrededor y vio rostros encendidos por el fervor y se dio cuenta de que Karl Weiss no solo los estaba dirigiendo; los estaba forjando en algo unificado y formidable. Y en medio de esta comprensión, Anna supo que comprender a Karl Weiss era clave para desentrañar esta historia, una historia en la que se sentía atraída más profundamente con cada momento que pasaba.

* * *

Anna se quedó quieta mientras el almacén zumbaba con los murmullos de la revolución, el aire cargado con las persistentes palabras de Karl Weiss. Sus ojos recorrieron el mar de rostros, cada uno grabado con convicción, cada uno de ellos una historia que aún no había contado. Percibió un cambio en la atmósfera, una onda de tensión que se acercó a ella como una corriente de aire frío.

—Tu rostro es nuevo —una voz cortó el silencio residual que dejó la partida de Karl—. La que hablaba era una mujer con ojos penetrantes que parecían despojarse de cualquier pretensión. Anna se volvió, con el corazón latiéndole con fuerza contra la caja torácica.

—He oído hablar mucho de este movimiento —respondió Anna, con voz firme a pesar de la adrenalina que corría por sus venas—. "Eva Richter", se presentó con un movimiento de cabeza, asumiendo la identidad que había creado meticulosamente.

La mujer se acercó lo suficiente como para que Anna percibiera una bocanada de humo de cigarrillo adherido a su chaqueta. "Muchos quieren unirse a nosotros", dijo, con un tono de escepticismo agudo. "No todos entienden por qué luchamos".

Anna la miró a los ojos, canalizando la supuesta historia de activismo y descontento de Eva. "Busco el cambio", declaró Anna, inyectando pasión en sus palabras. "Las injusticias que he visto no pueden continuar sin control".

Los ojos de la mujer se entrecerraron mientras buscaba en el rostro de Anna algún signo de engaño. —¿Y qué injusticias te han traído hasta aquí? ¿Qué acciones han tomado contra ellos?"

Anna se basó en las historias que había cubierto como periodista, historias de corrupción y opresión que se mezclaban entre sí. Habló de protestas inventadas y enfrentamientos con figuras de autoridad que nunca ocurrieron, pero que se sentían lo suficientemente reales en esta guarida de verdades y mentiras.

—Hablas bien —concedió la mujer después de un momento que se extendió demasiado para ser consolada—. "Pero las palabras son viento sin convicción".

Anna asintió solemnemente, consciente de que cualquier paso en falso podría destrozar la frágil credibilidad que tenía en este lugar. Se inclinó ligeramente hacia adelante, reflejando la intensidad de la mujer. "Sé que es necesario actuar", insistió. "Estoy aquí para ofrecer mis habilidades, mi cámara para documentar nuestra causa, para mostrarle al mundo por qué luchamos".

La mujer escudriñó a Anna en busca de otro latido del corazón antes de dar un paso atrás, su expresión se suavizó gradualmente. "Necesitamos gente dispuesta a correr riesgos", dijo finalmente.

Anna exhaló lentamente mientras el alivio se apoderaba de ella en una ola invisible. La confrontación había terminado tan rápido como había comenzado, sin dejar rastro más que una persistente cautela en la mente de Anna.

Cuando la mujer se fundió de nuevo con la multitud, Anna se dejó mimetizar con el fondo una vez más. Tomó nota de cada salida y de cada cara de nuevo, preparándose para lo que pudiera venir después, y se prometió a sí misma que no volvería a bajar la guardia.

Su cámara se sentía pesada en sus manos; Era a la vez escudo y espada en esta batalla por la verdad, una verdad que pretendía revelar sin perderse en el proceso.

* * *

Eva Richter, o más bien Anna bajo el disfraz, se abría paso a través del denso aire del almacén con una facilidad practicada. Era una sombra entre ellos, con los sentidos agudizados y en busca de susurros que pudieran desentrañar el misterio que pretendía desentrañar. Los murmullos a su alrededor eran como hilos, cada uno de los cuales conducía a un nudo secreto en el corazón de la red del Grupo Baader-Meinhof.

Sus ojos parpadearon a través del mar de rostros, cada uno grabado con un propósito y fervor. Hablaban en un tono justo por encima del silencio, sus palabras cuidadosas y cargadas de significado. Los oídos de Anna se sintonizaron con las señales sutiles, los leves asentimientos y las miradas fugaces que decían mucho a quienes sabían escuchar.

Un par de figuras en un rincón oscuro llamaron su atención; Sus cabezas se inclinaron juntas mientras compartían palabras que no estaban destinadas a los demás. Anna se quedó cerca con el pretexto de ajustar la correa de su cámara, su mente grabando su conversación sobre una reunión, un evento envuelto en urgencia. La mención de un lugar y un tiempo estaba velada en clave, pero descifró lo suficiente como para intuir su significado.

Otro fragmento llegó mientras pasaba junto a un grupo que discutía animadamente sobre logística: suministros que eran inocuos por sí solos, pero sospechosos en cantidad. Hablaron de entregas y tiempos, asegurándose de que ningún rastro los llevara a ellos. Anna también memorizó estos detalles; Cada uno podría ser una pieza que completara el rompecabezas.

Mientras continuaba navegando a través de grupos de conspiradores, Anna se sentía como una arqueóloga desenterrando reliquias de una antigua civilización. Cada pieza contenía una historia, cada historia contenía una verdad, y era dentro de estas verdades donde se escondía el peligro.

Se topó con un intercambio entre dos miembros que señalaban los planos desplegados en una caja. El diseño era para algún edificio público; Las anotaciones resaltaban las entradas y salidas, todas marcadas con precisión. El corazón de Anna latía con fuerza de adrenalina al comprender que estos planes no eran para un uso ocioso, sino que estaban planeando su próximo movimiento.

Su cuaderno —regalo de Frank— permanecía oculto pero siempre presente en el bolsillo de su chaqueta. Cada pieza de información recopilada estaba grabada en el ojo de su mente como negativos de película esperando ser revelados en el cuarto oscuro de su conciencia.

En este océano de susurros e intercambios crípticos, Anna permaneció vigilante, como una centinela silenciosa en medio de la corriente de revolucionarios que la rodeaban. Se había convertido en parte de su mundo, pero se mantenía al margen, una agente encargada de traer luz a las sombras que muchos temían pisar.

La gravedad de lo que había reunido la presionaba con un peso tangible, una responsabilidad de la que no podía escapar ni deseaba eludir. Cada fragmento era un paso más hacia la comprensión de sus planes, cada paso hacia la revelación de verdades que podían sacudir los cimientos o destrozar vidas.

Con cada conversación en voz baja desmenuzada y almacenada dentro de su bóveda mental, la determinación de Anna se endurecía como el acero templado por el fuego. Sabía lo que estaba en juego; Ya no se trataba solo de conseguir la historia, sino de evitar cualquier oscuridad que este grupo pretendiera desatar sobre la ciudad por la que se movían como fantasmas en la noche.

A medida que volvía a mezclarse con la multitud una vez más, con los ojos atentos y la mente acelerada con la información recién obtenida, Anna se preparó para lo que vendría después, sabiendo muy bien que cada paso adelante traía su propio borde peligroso.

obtenida, Anna se preparó para lo que vendría después, sabiendo muy bien que cada paso adelante traía su propio borde peligroso.

Capítulo 7

Anna permanecía de pie en el rincón poco iluminado de la habitación, con los ojos trazando los contornos de los rostros sombreados y los movimientos vertiginosos. Ahora era Eva, una identidad cosida con fragmentos de su propia vida, hilos tejidos en un tapiz de mentiras. El aire zumbaba con el zumbido de la conversación y el ocasional tintineo de los cristales.

Markus Weber se movió a través de la reunión como una brisa, tocando aquí, deteniéndose allá, su afabilidad parecía estar en desacuerdo con la tensión que se apoderaba del espacio. Anna lo observaba, su mente de periodista catalogaba cada gesto, cada cambio de postura. Era un enigma, abierto pero cauteloso, y eso encendió las alarmas en su cabeza.

Se acercó a donde él estaba, riendo suavemente con un par de reclutas con los ojos muy abiertos. Parecía que el momento era propicio para la intervención.

—Markús —dijo una voz desde el otro lado del círculo—, conoce a Eva Richter. Es nueva en nuestros círculos, pero parece tener fuego".

Anna le tendió la mano cuando Markús se volvió hacia ella, con una sonrisa que no era ni cálida ni fría. "Eva Richter", repitió, metiéndose en el personaje. "He oído hablar mucho de tu trabajo".

Le estrechó la mano con firmeza. "Espero que todo sea bueno", respondió.

Su agarre era confiado pero fugaz; Anna leyó cautela en el breve contacto. Primero hablaron de asuntos triviales —la imprevisibilidad del clima y el rostro cambiante de la ciudad—, pero debajo de las bromas superficiales yacía un duelo sondeador.

- Pareces que te sientes como en casa aquí -aventuró Anna, con un tono ligero pero penetrante-.

Markús soltó una risita suave. "Uno encuentra consuelo entre personas de ideas afines", dijo. Sus ojos buscaron los de ella por un momento antes de alejarse para inspeccionar la habitación.

Anna asintió como si estuviera de acuerdo mientras observaba cómo su mirada parpadeaba, sin detenerse demasiado tiempo en una sola persona o cosa, un hombre acostumbrado a cuidarse las espaldas.

—¿Y tú? —preguntó después de una pausa que pareció mesurada. —¿Qué te trae a este redil?

La pregunta pendía entre ellos como una pistola cargada. Anna había ensayado para esto; Sacó de su historia inventada y habló de las injusticias presenciadas y de la ira albergada, una historia lo suficientemente plausible como para pasar la prueba.

"Busco el cambio", dijo simplemente, dejando que la sinceridad se filtrara en su voz.

Markús la estudió durante un momento más de lo cómodo antes de asentir lentamente. "El cambio es lo que todos buscamos", aceptó, con un tono que implicaba capas aún no expresadas.

Su conversación continuó, una danza en torno a verdades y mentiras, mientras Anna se esforzaba por quitar capas de su comportamiento reservado sin revelar su propia apariencia. Su mente se aceleraba con cada palabra intercambiada; Cada frase era una oportunidad para saber más sobre este hombre que dominaba entre las sombras.

Mientras Markús se excusaba para atender a otros invitados, Anna se quedó quieta un momento más, pensando en su intercambio. Había algo en él, algo que no encajaba del todo con su encanto exterior, que le irritaba los instintos.

Se encerró entre la multitud mientras otra figura ocupaba el lugar de Markús a su lado, una distracción de la contemplación inmediata, pero los pensamientos de Anna se posaban en él como humo en el aire quieto.

* * *

En la penumbra del almacén, Anna observó cómo Markús se abría paso entre la multitud de activistas. Saludó a cada uno con un movimiento de cabeza o un apretón de manos, su sonrisa inquebrantable. Sin embargo, mientras se movía, Anna notó un parpadeo en sus ojos, un lapsus momentáneo que parecía estar fuera de sintonía con el fervor del grupo.

Vio cómo sus dedos golpeaban su muslo con un ritmo ansioso cuando creía que nadie lo miraba. Cómo su risa llegaba demasiado fuerte, demasiado rápido, sin llegar a esos ojos que escudriñaban la habitación como un hombre en busca de salidas. Era como si llevara la solidaridad como un abrigo, uno que no le quedaba bien, que podía quitarse en cualquier momento.

La muchedumbre estaba pendiente de cada palabra de Karl, pero ¿Markús? Su atención se desvió. Cuando las discusiones giraban en torno a los planes y los riesgos, sus contribuciones sonaban ensayadas. Los demás se inclinaban cuando hablaban de cambio y sacrificio; Markús se echó hacia atrás.

A Anna se le retorcieron las tripas con inquietud. Lo vio reírse de una broma con un grupo de jóvenes idealistas, vio la forma en que su mano se detuvo en un hombro un poco más de la cuenta. Fue un acto bien ejecutado, pero no a la perfección, una grieta en la fachada para aquellos que miraron lo suficientemente cerca.

¿Qué era lo que pasaba con Markus? ¿Guardaba secretos como ella? Su mente de periodista zumbaba con preguntas que le hacían daño a su determinación. ¿Era otro infiltrado? ¿O algo más, un comodín dentro de las filas?

Cuando Markús pasó junto a ella una vez más, sus miradas se cruzaron brevemente. Su sonrisa no flaqueó, pero por un momento llegó a esos ojos cautelosos, un reconocimiento de su escrutinio o tal vez algo más conspirativo.

Su corazón latía más fuerte que antes. Tenía que andar con cuidado; Cualquier paso en falso podría desentrañar las historias de ambos. Anna sabía que debía observar y esperar: la verdad se mostraría con el tiempo. Por ahora, se mezcló de nuevo en las sombras del almacén, su cámara como escudo y su bloc de notas como espada.

La reunión se prolongó, las voces se elevaron y bajaron en la pasión y el debate, pero la mirada de Anna permaneció fija en Markus Weber, ese enigma entre los verdaderos creyentes. Su misión era clara, pero ahora más compleja; tenía que descubrir no solo los planes del Grupo Baader-Meinhof, sino también comprender el papel que desempeñaba Markus dentro de este peligroso tapiz.

A medida que los murmullos comenzaron a desvanecerse y la gente comenzó a dispersarse en grupos más pequeños que planeaban sus próximos movimientos, Anna sintió el peso del aislamiento en su tarea. Estaba rodeada de personas unidas por una causa o una pretensión mientras permanecía sola, su lealtad solo a la historia esperaba ser contada.

* * *

Anna se detuvo cerca de los bordes del almacén, con los ojos siguiendo a Markús mientras se abría paso a través de grupos de fervientes conversaciones. Era un enigma, una disonancia en la sinfonía de la rebelión que llenaba el aire. La luz de los candelabros improvisados proyectaba sombras sobre su rostro, profundizando las líneas de tensión que ella había empezado a notar.

Necesitaba hablar con él a solas.

La oportunidad se presentó cuando Markus se escabulló de la multitud y se dirigió hacia una sección más tranquila del almacén, donde las cajas apiladas contra la pared ofrecían una apariencia de privacidad. Anna respiró hondo y la siguió, sus pasos se mantuvieron silenciosos sobre el suelo de cemento.

- Markús -gritó en voz baja cuando estuvo lo suficientemente cerca como para no asustarlo.

Se dio la vuelta y su rostro pasó de la sorpresa a una expresión cautelosa. —Eva —dijo él asintiendo con la cabeza—. —¿Qué te trae aquí?

Anna señaló un espacio vacío junto a una pila de palés de madera. "¿Un momento de tu tiempo? El estruendo puede ser abrumador".

La consideró por un segundo antes de consentir con una inclinación de cabeza. Se acomodaron en el rincón tranquilo, lejos de miradas indiscretas.

—Quería darte las gracias —empezó Anna, infundiendo gratitud en la voz de Eva—. "Por abrirme los ojos a lo que está pasando".

Markús se relajó un poco y bajó un centímetro los hombros. "Al final, todos encontramos nuestro camino", dijo con ensayada facilidad. —¿Qué fue lo que te abrió los ojos?

- Las protestas de Fráncfort -mintió Anna suavemente, atenta a cualquier reacción reveladora en su rostro o en su lenguaje corporal-. "Ver a la gente unida contra la injusticia... Fue inspirador".

Su asentimiento fue lento, contemplativo. "Es poderoso cuando la gente se une", coincidió. Pero había algo más allí, una corriente subterránea que no podía comprender del todo.

—¿Y tú? —insistió con suavidad. —¿Qué te ha traído hasta aquí?

Apartó la mirada por un instante antes de volver a encontrarse con su mirada. —Muchas cosas —dijo vagamente—. "El mundo está roto en muchos sentidos".

Anna se inclinó ligeramente hacia delante, fingiendo entusiasmo mezclado con curiosidad. —¿Pero debe haber algo personal que te impulse? Una historia o... ¿Un evento?"

Markús vaciló; Sus ojos buscaron los de ella como si sopesara su sinceridad.

"¿No es suficiente con querer un cambio?", replicó después de una pausa.

—Lo es —concedió Anna con una pequeña sonrisa destinada a tranquilizarlo—. Necesitaba que confiara en ella, que la viera como una aliada y no como una interrogadora.

Se sentaron en silencio durante un momento antes de que Anna volviera a hablar.

"Pareces... A veces entran en conflicto —observó en voz baja, con cuidado de no empujar demasiado fuerte y demasiado rápido—.

Markús se puso rígido imperceptiblemente, pero no dijo nada.

—Solo quiero decir que es normal —continuó Anna rápidamente, cubriendo cualquier paso en falso con calidez en su tono—. "Todos estamos aquí porque nos preocupamos profundamente y a veces eso nos pesa mucho".

Su guardia pareció bajar un poco en ese momento, su postura se relajó en sus asientos improvisados.

– Eres observadora, Eva -admitió finalmente Markús con una sonrisa irónica que no le llegó a los ojos-.

Anna le devolvió la sonrisa, manteniendo sus facciones abiertas y de aspecto honesto, otra capa en la personalidad construida de Eva.

"Tenemos que cuidarnos los unos a los otros", dijo con seriedad.

Cuando salieron de su apartado rincón de conversación y se reunieron con los demás, Anna se sintió más conectada y más a la deriva que antes: su intercambio había ofrecido fragmentos, pero no claridad sobre el verdadero papel de Markús dentro de las maquinaciones de este grupo. Ella lo siguió de regreso entre la multitud, pero se mantuvo lo suficientemente distante como para observar: un periodista escondido detrás del disfraz de su personaje, listo para cualquier revelación que viniera después.

* * *

Anna escuchó cómo Markús contaba una historia de su pasado, con una voz que mezclaba orgullo y tristeza. El almacén a su alrededor pareció retroceder, el estruendo de la conversación se difuminó en un zumbido distante mientras ella se concentraba en sus palabras. Habló de una infancia marcada por la pérdida y la injusticia, una narrativa que lo había impulsado a los brazos del activismo. Su historia lo pintó como un hombre impulsado por la tragedia personal a buscar el cambio, sin importar el costo.

Sin embargo, a pesar de lo convincente que fue la anécdota de Markus, se convirtió en ambigüedad en lugar de claridad. Había lagunas en su línea de tiempo, momentos en los que sus ojos se alejaban y casos en los que su voz flaqueaba lo suficiente como para sugerir omisiones. Anna sintió que la historia estaba ensayada, tal vez incluso hecha a su medida. Se preguntó cuánta verdad había en sus palabras y hasta qué punto había artificio diseñado para atraerla.

La mirada de Anna se detuvo en Markús después de que concluyera su relato con un triste movimiento de cabeza. El almacén volvió a ser el centro de atención, con los miembros del grupo moviéndose como sombras entre las austeras filas de cajas y mesas improvisadas. Pensó en el hombre que tenía delante: ¿era Markús un libro abierto u otro acertijo disfrazado de aliado? ¿Podía permitirse el lujo de confiar en él?

El debate interno se desarrollaba silenciosamente en su interior. Cada hueso del cuerpo de Anna le advertía que no tomara nada al pie de la letra, pero no podía negar la atracción de camaradería que historias como la de Markus estaban diseñadas para evocar. Sabía muy bien cómo las narrativas compartidas podían cerrar las brechas entre extraños.

Anna estudió el rostro de Markús en busca de cualquier señal que pudiera revelar su verdadera posición dentro de este grupo o insinuar si podía desviarse de su rumbo, si podría ser alguien a quien pudiera recurrir cuando fuera necesario. Su expresión permanecía impasible, sin revelar nada.

Luchó con la idea de que él podría ser un alma gemela atrapada en la corriente equivocada o tal vez otra capa de peligro que aún no había comprendido completamente. Su misión giraba en torno a distinguir a los aliados de los enemigos en un paisaje donde cada sombra podía ocultar una amenaza.

Anna decidió que la precaución sería su confidente más cercana; La confianza tendría que ganarse centímetro a centímetro precario. Sin embargo, no podía quitarse de encima el persistente pensamiento: ¿y si Markús era un activo a la espera de ser descubierto? Guardó cada detalle de su historia como piezas de un rompecabezas para su posterior escrutinio.

A medida que su conversación se desvanecía y se separaban con cordiales asentimientos, Anna se movió entre la multitud una vez más, cada paso cargado de contemplación. El peso de la incertidumbre presionaba contra su determinación mientras contemplaba su próximo movimiento en esta intrincada danza de verdad y engaño.

* * *

Anna se alejó del rincón donde Markús había compartido fragmentos de su vida, mientras su mente daba vueltas a la conversación como un detective que busca pistas entre un montón de cenizas. Las palabras que había pronunciado flotaban en el aire, una mezcla de verdad y tal vez algo más, algo ensayado. Había un ritmo en su discurso, demasiado pulido para una charla casual, y eso le molestó.

Se encontró a sí misma volviendo sobre los pasos de su diálogo, recordando cómo sus ojos evitaban los de ella cuando hablaba de su supuesta pérdida. La forma en que se movía de un pie a otro, cómo sus dedos se movían en el dobladillo de su manga, todo estaba demasiado calculado. La narrativa que ofrecía pretendía ser convincente, una historia de dolor que conducía al activismo, pero carecía del borde crudo de la emoción genuina.

Sus desvíos eran ingeniosos, una danza alrededor de sus preguntas inquisitivas. Cada vez que se acercaba a algo tangible, Markús daba un giro, volvía la pregunta hacia ella o se ponía filosófico sobre la necesidad de motivos personales. Era hábil en este juego; Eso estaba claro.

Anna encontró un lugar aislado entre las cajas y los escombros esparcidos en el almacén y se sentó, con la espalda apoyada en el frío hormigón. Sacó el gastado cuaderno de cuero de Frank y empezó a anotar sus observaciones. Las inconsistencias en la historia de Markús necesitaban un examen cuidadoso; Eran grietas en su armadura o cebos colocados en una trampa.

Su instinto le decía que Markús era importante, algo más que un alma apasionada atrapada en el fervor del grupo. Había una corriente subterránea en él que no coincidía con las olas que hacía en la superficie. Decidió entonces que lo mantendría bajo un estrecho escrutinio.

Markús había revelado lo suficiente sobre sí mismo como para despertar el interés de Anna, pero no lo suficiente como para satisfacerlo. Resolvió observarlo con ojos de periodista, atenta a cada gesto, a cada inflexión de la voz. Su intuición sugería que aún quedaban capas por despegar, secretos ocultos detrás de su cuidada fachada.

Con cada paso que daba a través del almacén poco iluminado, Anna estaba más segura de que Markus tenía las claves para comprender no solo los planes del Grupo Baader-Meinhof, sino también su dinámica interna. Si había vulnerabilidades dentro de sus filas o agendas ocultas en juego, creía que Markús podría llevarla a ellas sin saberlo.

Miró a su alrededor los rostros absortos en acaloradas discusiones o perdidos en la contemplación de su causa. Todos tenían historias; Todos tenían razones para estar aquí. Pero entre estos revolucionarios con los puños cerrados y una retórica ardiente, Anna sintió que el papel de Markús era fundamental y potencialmente precario.

Mientras se deslizaba hacia el abrazo de la noche con solo la luz de la luna como compañera, Anna supo que el día siguiente traería otra capa de peligro. Pero también prometía otra oportunidad: volver a observar a Markús y acercarse un poco más a la verdad que yacía enterrada bajo su carácter cuidadosamente construido.

Capítulo 8

Anna entró en el lugar local poco iluminado, el aire estaba cargado de olor a cerveza rancia y humo de cigarrillo. El lugar era un lugar conocido por los miembros del Grupo Baader-Meinhof, sus paredes estaban cubiertas de carteles que llamaban a la revolución y volantes que denunciaban la corrupción del gobierno. Sus ojos se adaptaron rápidamente a la atmósfera nebulosa mientras examinaba la habitación, notando los grupos de conversaciones intensas que llenaban el espacio con una tensión palpable.

Entre la ferviente multitud, una figura se destacó. Lukas se apoyó en la barra con un encanto fácil que parecía estar en desacuerdo con la urgencia que lo rodeaba. Su risa atravesó el bajo murmullo del diálogo, atrayendo miradas y relajando los hombros a su alrededor. Anna respiró hondo y se preparó para lo que vendría después. Se acercó a él, con pasos medidos, una postura relajada pero alerta.

– ¿Está ocupado este asiento? -preguntó ella, señalando un taburete vacío a su lado.

Lukas se volvió hacia ella, con una sonrisa desarmante mientras negaba con la cabeza. "Todo tuyo", respondió con una calidez que parecía genuina.

Se sentó en el taburete, cuidando de mantener una actitud despreocupada. —Pareces estar muy a gusto —comentó ella con ligereza, sin que sus ojos se encontraran del todo con los de él—.

Lukas soltó una risita y se pasó una mano por el pelo alborotado. "¿Qué es la vida sin un poco de ligereza?", bromeó. "Luchamos por el cambio, pero nos olvidamos de vivir".

Anna se sintió momentáneamente atrapada por su perspectiva, un encanto en sus palabras que iba más allá del mero carisma. Sin embargo, mantuvo su cubierta cerca como una armadura, asintiendo con la cabeza mientras mantenía su verdadera intención oculta bajo capas de la identidad de Eva Richter.

"El mundo está lleno de demasiado dolor como para no encontrar alegría donde podamos", dijo Anna a cambio, reflejando su sentimiento mientras buscaba una apertura hacia una conversación más profunda.

Lukas alzó una ceja levemente mientras bebía de su vaso. "Entonces, ¿qué te trae aquí? ¿A este lugar de dolor y alegría?", preguntó, inclinando ligeramente la cabeza como si la estuviera estudiando.

—Estoy buscando —dijo vagamente— momentos que valga la pena capturar. Dejó que sus dedos rozaran la cámara colgada de su hombro, un accesorio y una herramienta a partes iguales.

—¿Un fotógrafo? El interés de Lukas pareció despertarse cuando se acercó. —¿Y qué momentos has encontrado?

—Momentos de la verdad —respondió Anna enigmáticamente—. Sintió la mirada de Lukas en su rostro y la encontró brevemente con una expresión de intriga antes de separarse de nuevo.

Él asintió lentamente, como si sopesara sus palabras. "La verdad es un bien escaso en estos días".

Anna sintió que algo se agitaba en su interior, una mezcla de excitación y cautela, mientras su conversación se entrelazaba entre verdades veladas y preguntas tácitas. Estaba jugando un juego peligroso con cada palabra intercambiada, pero estaba decidida a llevarlo a cabo.

La presencia de Lukas era magnética; Estaba claro por qué podía navegar por estas aguas con tanta facilidad. Tenía una autenticidad que atraía a la gente, un comportamiento apasionado envuelto en un encanto desenfadado, y Anna no podía evitar sentirse intrigada a pesar de sí misma.

Su diálogo continuó en esta danza de curiosidad y contención hasta que Lukas fue llamado por el gesto de otro miembro del grupo desde el otro lado de la habitación.

* * *

Anna observó a Lukas mientras hablaba, el fervor en su voz era inconfundible. Se inclinó hacia delante sobre la superficie desgastada de la mesa del bar, con los ojos encendidos por un fuego que parecía arder desde dentro. Podía ver la forma en que sus manos se movían con determinación, gesticulando para enfatizar los puntos como si pintara sus creencias en el aire humeante entre ellas.

"No somos solo un grupo de voces enojadas", dijo Lukas, con un tono de pasión. "Somos la encarnación del cambio. El mundo está dormido y nosotros somos su llamada de atención".

Asimiló cada inflexión de su discurso, su mente diseccionó las capas de significado. Su convicción era palpable, una fuerza que parecía llenar el espacio a su alrededor y tocar a todos los que estaban al alcance del oído. Los instintos de Anna como reportera aumentaron, lo que la llevó a desentrañar las capas del compromiso de Lukas para comprender qué lo impulsaba.

—¿Y cómo crees que se producirá ese cambio? —insistió ella con suavidad, no queriendo perturbar el flujo natural de sus revelaciones, pero necesitando profundizar más.

La expresión de Lukas se hizo más intensa. "A través de la acción directa", dijo. "Las palabras son viento sin acción. Debemos enfrentar la injusticia de frente".

Anna asintió, con una expresión neutra pero atenta. Su elección de palabras —"acción directa"— resonó con significado. Archivó mentalmente cada frase, analizándolas en busca de su verdadera intención y sus posibles implicaciones.

"¿No hay riesgo? La violencia engendra violencia —observó en voz baja, sondeando sin acusación—.

Hizo una pausa por un momento, considerando sus palabras antes de responder con una determinación inquebrantable. "El riesgo es inherente a cualquier lucha por la justicia. Pero, ¿qué es la vida sin propósito? ¿Qué es el aliento sin libertad?"

Sus preguntas retóricas flotaban en el aire como una melodía sin tocar a la espera de una resolución. Anna sintió que la dedicación de Lukas era más que ideológica: era personal, tal vez arraigada en experiencias que aún no había compartido.

La interrupción se produjo de repente: un grito desde el otro lado de la habitación que exigía la atención de Lukas en otra parte. Se puso de pie enérgicamente, ofreciéndole a Anna una sonrisa de disculpa que no llegó a sus ojos.

Su misión era clara: revelar la historia oculta bajo este tapiz de convicción y carisma tejido por miembros como Lukas, una historia que pudiera reivindicar o vilipendiar su causa ante el ojo público. Con una respiración profunda, se preparó para lo que viniera después en esta peligrosa danza de verdad y engaño.

* * *

Las risas estridentes del bar y el acalorado debate se desvanecieron en un telón de fondo cuando un repentino silencio cayó sobre la sala. El ferviente discurso de Lukas había sido interrumpido por un alboroto en la entrada, desviando la atención de la multitud. En medio del caos, Anna se encontró de pie junto a Lukas, ambos momentáneamente aislados del grupo.

Le llamó la atención y vio un destello de algo que no esperaba en este antro de activismo y complots clandestinos: dudas. Fue una mirada fugaz, pero se despojó de capas de bravuconería para revelar a un hombre cuestionando su lugar en esta pelea.

"¿Alguna vez te has preguntado si estamos en el lado correcto de la historia?" La voz de Lukas apenas pasaba de un susurro, su asertividad habitual dio paso a la introspección.

Anna sostuvo su mirada, su respuesta tuvo cuidado de no traicionar su verdadera identidad. "Toda historia tiene muchas caras.

Lo que importa es buscar la verdad en cada uno". Sus palabras se sintieron como un ancla para sus propias convicciones tanto como una rama de olivo para Lukas.

Por un momento, su soledad compartida creó un santuario improbable donde podían bajar la guardia. El clamor a su alrededor parecía lejano mientras permanecían allí, conectados por su búsqueda mutua de un propósito en las enmarañadas narrativas en las que se encontraban.

Lukas se pasó una mano por el pelo y la tensión de sus hombros se alivió ligeramente. "A veces me canso de luchar contra las sombras", confesó. "Echo de menos capturar la vida... sin una agenda".

Anna sintió la oportunidad de profundizar en la historia de Lukas, pero dudó. Esta inesperada vulnerabilidad resonó en ella; Le recordó las innumerables noches que pasó cuestionando su camino como periodista.

"Las sombras no pueden existir sin luz", respondió en voz baja. "Y tal vez eso es lo que ambos estamos tratando de hacer: arrojar luz sobre lo que está oculto".

Lukas asintió lentamente, considerando sus palabras. Sus miradas se volvieron a encontrar, esta vez con un entendimiento que iba más allá de sus supuestos roles dentro de esta red de secretismo y rebeldía.

El momento se rompió tan abruptamente como se había formado cuando alguien llamó a Lukas. Se volvió hacia la multitud, su rostro volvió a deslizarse en su familiar máscara de convicción. Pero mientras se alejaba, lanzó una mirada prolongada por encima del hombro a Anna, un reconocimiento silencioso de su experiencia compartida.

Anna lo vio irse, sintiendo el sutil cambio entre ellos. La conexión era tenue pero innegable; Insinuaba profundidades aún inexploradas y secretos aún no contados en voz alta. Apretó la cámara con más fuerza, recordando una vez más por qué estaba allí: para capturar estos momentos de la verdad dondequiera que la llevaran.

* * *

La reunión se disolvió en grupos de conversaciones en voz baja y el roce de las sillas contra el suelo de hormigón. Lukas permaneció cerca de Anna, su presencia era innegable mientras la gente pasaba a su lado, dejando el almacén a sus sombras y secretos. Se acercó y su voz era un zumbido bajo que parecía vibrar solo para ella.

—Sabes —dijo, levantando las comisuras de los labios en una media sonrisa—, te he visto con esa cámara tuya. Tienes buen ojo para los momentos que la mayoría pasaría por alto".

El pulso de Anna se aceleró ligeramente. El carisma de Lukas era algo tangible, envolviéndola como el humo que salía de las puntas de los cigarrillos abandonados en los ceniceros esparcidos por la habitación. Se recordó a sí misma que debía mantenerse alerta; Todavía era un sujeto en su investigación.

"Lo intento", respondió ella, dejando que una pequeña sonrisa jugara en sus labios. "Los momentos de la verdad a menudo se ocultan a plena vista".

Su risa era ligera y genuina, un sonido que parecía fuera de lugar entre los matices serios de su entorno. "Eso es bastante poético para un fotógrafo", bromeó Lukas.

Ella se encogió de hombros, sintiendo que una calidez desconocida se extendía por su pecho. Era difícil no sentirse afectada por su energía contagiosa, incluso si el instinto de cada periodista le decía que permaneciera desapegada.

—¿Y tú? —preguntó Anna, ladeando ligeramente la cabeza mientras lo estudiaba. "Hablas del cambio con tanta convicción".

Los ojos de Lukas sostuvieron los de ella durante un latido más de lo necesario antes de apartar la mirada, su mano rozando su cabello en un gesto que podría haber sido nerviosismo o simplemente costumbre.

"El cambio es todo lo que tenemos", dijo en voz baja antes de que su mirada volviera a la de ella con renovada intensidad. "Pero basta de hablar de mí, cuéntame más sobre ti".

Anna percibió el cambio en su intercambio de una conversación casual a algo teñido de coqueteo. Mantuvo su expresión neutral, pero se sintió inexplicablemente atraída por esta danza de palabras y miradas.

"No hay mucho que contar", desvió con una facilidad practicada mientras se reprendía mentalmente por disfrutar de este juego incluso fugazmente. "Solo soy alguien que busca esos momentos ocultos que mencionaste".

Lukas volvió a sonreír, esta vez con una pizca de picardía que hizo que algo dentro de Anna revoloteara a pesar de sí misma. —Bueno —dijo mientras se acercaba, acortando la distancia entre ellos hasta que ella pudo sentir la calidez que irradiaba él—, tal vez pueda ayudarte a encontrar nuevas perspectivas.

Dio un paso atrás con el pretexto de revisar la configuración de su cámara, cualquier cosa para recuperar la compostura sin traicionar demasiado interés o intención.

—Tal vez —repitió Anna sin comprometerse, con voz firme incluso mientras el encanto de Lukas se abría paso a través de sus defensas—.

Él le dirigió una mirada cómplice y luego señaló con la cabeza hacia la salida, donde la gente se adentraba en la noche. —Hasta la próxima —dijo antes de darse la vuelta y dejar a Anna con una inusual sensación de anticipación mezclada con cautela—.

Cuando Lukas se fusionó con las figuras que se alejaban, Anna permaneció quieta por un momento más de lo necesario, recuperándose antes de volver a unirse al flujo hacia la salida. Su carisma la había impresionado; sin embargo, solo sirvió para fortalecer su determinación de mantener a raya las emociones y concentrarse en descubrir lo que se escondía debajo de la atractiva fachada de Lukas.

* * *

El frío del almacén se adhirió a la piel de Anna cuando se adentró en la noche. El zumbido de la ciudad la envolvía como una manta familiar, pero sus pensamientos eran un remolino centrado en Lukas. El aire que exhalaba formaba nubes brumosas que se mezclaban con el humo penetrante del bar del que acababan de salir. La había inquietado, eso estaba claro. Sus palabras, su presencia, añadían capas a una misión ya de por sí compleja.

Caminaba a paso ligero, la bolsa de su cámara chocaba rítmicamente contra su costado, su peso era una presencia que la enraizaba. Lukas había hablado con convicción, pero sus ojos delataban una tormenta de dudas y miedo. ¿Fue todo un acto? ¿O había algo genuino en la vacilación de su voz cuando hablaba de cambio? Su trabajo consistía en mirar más allá de las fachadas, para encontrar las historias grabadas en el subtexto.

Anna no podía negar el destello de curiosidad que Lukas despertó en su interior. No sólo era miembro del Grupo Baader-Meinhof; Parecía ser su corazón palpitante, palpitando con ideales y preguntas por igual. ¿Qué significaba para el grupo? ¿Qué podría significar para su historia? Masticó estos pensamientos mientras navegaba por el laberinto de calles que se alejaban del almacén.

Le había sugerido que la ayudara a encontrar perspectivas únicas para su fotografía: ¿una oferta inocente o una trampa? Sus instintos le decían que fuera cautelosa; No era momento para descuidos. Sin embargo, había algo convincente en él que tiraba de los bordes del escepticismo de su reportera.

Anna se detuvo bajo una farola, dejando que su resplandor la bañara. Cerró los ojos brevemente y respiró hondo, buscando claridad en medio de emociones contradictorias. No podía permitirse distracciones; Demasiado dependía de su enfoque y juicio. Pero Lukas representaba algo más que una pieza más en este oscuro rompecabezas: era una ventana a la comprensión de lo que impulsaba a estas personas a llegar a tales extremos.

Abriendo los ojos, Anna continuó, cada paso puntuaba su debate interno. Su deber como periodista era claro: descubrir la verdad y arrojar luz sobre ella para que todos la vieran. Sin embargo, mientras reflexionaba sobre su interacción, no podía quitarse de encima la sensación de que Lukas pudiera tener las llaves de puertas a las que ni siquiera había considerado llamar.

El encuentro dejó a Anna luchando con una maraña de deberes profesionales e intrigas personales. Esta misión exigía todo de ella: ingenio agudo, armadura emocional, búsqueda incesante de hechos, pero ahora parecía que también podría exigir la comprensión de las complejidades humanas que no podían clasificarse o archivarse de manera ordenada.

Se metió la mano en el bolsillo y palpó el gastado cuaderno de cuero que Frank le había regalado. Su presencia era reconfortante, un recordatorio de por qué comenzó este viaje en primer lugar: buscar historias que importaran, historias que necesitaran ser contadas sin importar el costo personal o la complicación.

Con cada paso atrás hacia la seguridad y la soledad, la determinación de Anna se endurecía una vez más. Seguiría este hilo con Lukas dondequiera que la llevara; Al fin y al cabo, toda historia necesitaba sus personajes y tal vez él era uno de los que merecía la pena explorar más a fondo. Pero lo haría con los ojos bien abiertos y la guardia bien alta, porque en este juego de sombras y medias verdades, la curiosidad podía ser tanto herramienta como arma.

Capítulo 9

El aire del almacén cambió, una corriente de anticipación que Anna sintió rozar su piel. Las cabezas giraron, las conversaciones se silenciaron y se despejó un camino cuando Karl Weiss hizo su gran entrada. Su estatura no era imponente; Era el aura que llevaba, un aire de mando que exigía atención sin decir una palabra.

Anna observó cómo los miembros del grupo enderezaban la espalda y los ojos seguían cada paso de Karl. Había una reverencia tácita en sus movimientos, una inhalación colectiva al pasar. Se movía con determinación, su confianza era tan palpable como el cemento bajo sus pies.

Saludó a sus seguidores con asentimientos y breves toques en el hombro, gestos de igualdad que de alguna manera lo elevaron aún más a sus ojos. Anna tomó nota de cada interacción, de cada intercambio de miradas que decían mucho sobre la influencia de Karl dentro de esta red de idealistas y radicales.

Cuando Karl llegó al centro de la sala, se detuvo para examinar a su audiencia. Su mirada recorrió los rostros que tenía delante, rostros llenos de admiración y celo. Anna pudo ver entonces, cómo los mantenía unidos; Él era su piedra angular.

Con una autoridad casual, Karl comenzó a hablar, tejiendo palabras en visiones de cambio y acción. Anna escuchó atentamente, con los dedos ligeramente apoyados en la cámara. Absorbió no sólo su discurso, sino también las reacciones que provocó: asentimientos de acuerdo, puños cerrados en señal de solidaridad, murmullos de asentimiento.

Observó cómo sus seguidores se aferraban a cada sílaba como si estuvieran saboreando un raro manjar. Su retórica pintaba imágenes de un futuro que anhelaban, un futuro al que creían que solo Karl Weiss podía llevarlos.

Anna capturó imágenes en silencio, su lente enfocando rostros iluminados con fervor y convicción. Sintió la gravedad de lo que representaban estas fotografías, la historia que contarían más allá de las paredes de este almacén.

Sin embargo, en medio de esta escena casi reverencial, los instintos de Anna tiraron de su cautela. El respeto que inspiraba Karl rayaba en la adoración; Era el poder que tenía un hombre sobre muchos. Poder que podía unificar o destruir.

A medida que Karl continuaba hablando, ella notó las sutilezas: cómo ciertos miembros se miraban unos a otros durante determinados momentos de su discurso o cómo algunos parecían menos convencidos que otros, grietas en la fachada para aquellos que miraban lo suficientemente cerca.

Anna comprendió que debajo de esta exhibición se escondían complejidades y corrientes subterráneas que necesitaba navegar con cuidado. Revelar verdades ocultas a plena vista requería algo más que observación: exigía una visión de personajes como Karl Weiss y su influencia sobre los corazones y las mentes.

La reunión continuó hasta bien entrada la noche mientras Anna permanecía vigilante, su presencia ahora casi olvidada por aquellos embelesados por el carisma de Karl. Ella no dejó piedra sin remover con sus ojos vigilantes, un centinela en medio de un mar de creyentes, listos para atravesar capas de influencia para aferrarse a la verdad oculta dentro de sus filas.

* * *

Karl Weiss dio un paso al frente. Su presencia, una carga eléctrica, envió ondas a través de la multitud. Anna, con su cámara como testigo mudo a su lado, observaba cada movimiento de Karl. No era un hombre grande, pero su confianza se extendía a lo largo y ancho. Atraía a la gente hacia él como las polillas a una llama.

La voz de Karl resonó clara y aguda, cortando los murmullos que habían llenado el espacio momentos antes. "Estamos al borde del precipicio de una nueva era", comenzó, su tono resonaba con el tipo de convicción que no solo exigía atención, sino que se apoderaba de ella.

Anna captó cada palabra, cada gesto. Observó cómo las manos se cerraban en puños, mientras los ojos brillaban con fervor. El grupo Baader-Meinhof colgaba de cada sílaba de Karl como si fueran balsas salvavidas en un mar de caos.

"El mundo fuera de estas paredes está fracturado", continuó Karl, su mirada recorrió a su audiencia. "Te dirán que somos criminales, que nos equivocamos al exigir un cambio. ¡Pero yo digo que es nuestro derecho, nuestro deber, luchar por un futuro que nos pertenezca a todos!".

Los aplausos estallaron esporádicamente en toda la sala. Anna podía sentir la energía latiendo a su alrededor, un latido colectivo impulsado por las palabras de Karl. Su mente de periodista diseccionó su discurso, buscando la sustancia debajo de la retórica conmovedora.

—Nos han tachado de forajidos —la voz de Karl fue in crescendo con pasión—, ¡pero somos visionarios! No pueden comprender nuestro propósito porque viven cegados por su propia corrupción y codicia".

Anna miró a su alrededor y vio los rostros transformados por el fanatismo; Eran retratos de rebeldía grabados con esperanza y rabia a partes iguales. Capturó estas imágenes en su mente, el combustible para su escritura, entendiendo que estos momentos eran hilos en un tapiz más grande de verdad que buscaba desvelar.

"El cambio no viene del cumplimiento, ¡viene del desafío!" El puño de Karl se elevó de un puñetazo, encendiendo otra ola de fervientes aclamaciones de la multitud.

Anna observó la influencia que Karl ejercía sobre ellos; Él era más que su líder, era su profeta de la revolución. Sin embargo, incluso mientras absorbía el magnetismo de su discurso, una parte de ella permanecía distante, una isla de escepticismo en un mar de creencias.

El discurso culminó con un llamado a la acción que hizo que todos los miembros se pusieran de pie, las voces se unificaron en determinación. "Juntos", proclamó Karl, "derribaremos los muros de la opresión y construiremos un mundo donde la libertad no sea solo un sueño, ¡es nuestra realidad!"

Mientras los aplausos retumbaban en el almacén y la gente se abrazaba en solidaridad, Anna permaneció inmóvil en medio del tumulto. Sus ojos se detuvieron en Karl Weiss, el arquitecto de este fervor, y supo que su historia apenas comenzaba a desarrollarse. Con cada palabra que pronunciaba y cada reacción que provocaba dentro de esta congregación clandestina, Anna entendía que esta misión pondría a prueba no solo sus habilidades como periodista, sino también sus creencias fundamentales sobre el bien y el mal.

* * *

Las palabras fluyeron de Karl Weiss como un torrente, cada una más ferviente que la anterior. Su voz no era fuerte, pero se transmitía, serpenteando a través del almacén abarrotado con una intimidad que parecía tocar a todas las almas a su alcance. Anna lo observaba desde el fondo de la habitación, con la cámara colgando ociosamente a su lado por una vez.

Mientras escuchaba, Anna sintió que algo inesperado se agitaba en su interior, una punzada de resonancia con la ardiente retórica que Karl vomitaba. Su discurso pintó un mundo asfixiado por la injusticia, una sociedad necesitada de un nuevo amanecer. Era una imagen que reconocía muy bien por su propio trabajo en el que exponía la corrupción y el engaño.

La sensación la inquietó. Anna siempre se había visto a sí misma como una observadora, un conducto para los hechos desprovistos de prejuicios personales. Sin embargo, allí estaba ella, con el corazón palpitante, mientras Karl hablaba de derribar las mismas estructuras que había dedicado su vida a escudriñar desde la distancia.

Sus dedos rozaron el cuaderno de cuero que llevaba en el bolsillo, el que Frank le había dado. La enraizó, le recordó el peso de la responsabilidad y la confianza depositada sobre sus hombros. Pero cuando lo retiró y sintió su textura desgastada, no pudo deshacerse del núcleo de duda que se había alojado en su mente.

¿Había algo de verdad en lo que dijo Karl? ¿Podría su lucha, por extrema que sea, provenir del mismo deseo de verdad y justicia que impulsó su propio trabajo?

Los ojos de Anna escudriñaron la habitación; Rostros iluminados por la esperanza y la determinación, jóvenes dispuestos a marchar hacia el fuego por sus creencias. Se sintió momentáneamente envidiosa de su claridad, de su inquebrantable certeza de que estaban en el lado correcto de la historia.

Ella sacudió la cabeza sutilmente, tratando de desalojar estos pensamientos traicioneros. Su papel era observar, informar, exponer, no sentir, estar de acuerdo o unirse.

Sin embargo, incluso mientras se reafirmaba a sí misma con este mantra, Anna sintió una punzada de conflicto. Su trabajo siempre había consistido en sacar a la luz hechos oscuros, ¿no era eso lo que buscaban también estas personas? El paralelismo era incómodo y borraba las líneas que nunca había tenido la intención de cruzar.

Anna le dio la espalda a Karl y se enfrentó a una pared llena de grafitis, un tapiz de ira y esperanza pintado con aerosol. Se permitió un momento para respirar, dejando que la cacofonía de la convicción detrás de ella se desvaneciera en un zumbido distante.

Necesitaba distancia, un retorno al pensamiento racional libre de esta empatía inesperada. Ahora era Eva Richter; Cualquier desliz podía deshacer todo por lo que había trabajado.

Mientras Anna se apoyaba en el frío muro de hormigón, supo lo que había que hacer. Continuaría capturando su historia a través de su lente y notas, manteniendo la fachada necesaria para navegar por este peligroso paisaje.

Pero incluso cuando resolvió mantener el desapego profesional en primer plano de su mente una vez más, Anna no podía deshacerse del todo de las palabras de Karl o de la forma en que resonaban en una cámara silenciosa en su corazón, una cámara que susurraba verdades inquietantes sobre el poder y la resistencia.

Con un enfoque renovado pero una introspección prolongada, Anna se reincorporó al grupo justo cuando los aplausos estallaron en el espacio. Levantó la cámara una vez más; Su visor ofrecía una barrera segura entre ella y este mundo que se tambaleaba al borde de la revolución, un mundo en el que incluso se podía dudar de la certeza.

* * *

El almacén zumbaba con la energía residual del discurso de Karl Weiss. Anna estaba de pie en medio de la multitud de fervientes oyentes, su mente de periodista diseccionando cada una de las palabras pronunciadas por Karl, buscando verdades ocultas bajo capas de retórica. Ajustó la correa de su cámara, un escudo y una herramienta en su búsqueda de comprensión.

La presencia de Karl dominaba la sala mientras descendía de su podio improvisado. Se movía con un propósito que parecía acercar a la gente, una órbita de influencia que era a la vez impresionante e inquietante. Anna notó cómo sus ojos escudriñaban a la multitud, siempre conectando, siempre evaluando.

—Responderé a las preguntas ahora —anunció Karl, con la voz entrecortada entre el murmullo de las conversaciones—. Su oferta flotaba en el aire como un desafío, uno que Anna se sintió obligada a aceptar.

Levantó la mano, conteniendo la respiración para mantener la compostura de Eva Richter. Su pregunta tenía que ser precisa, un bisturí en lugar de un martillo, para despegar una capa más sin revelar la suya.

– Señor Weiss -empezó a decir, con voz firme y lo suficientemente clara como para transmitirla—. "Su visión del cambio es convincente. Pero, ¿cómo conciliar la necesidad de una acción inmediata con las posibles consecuencias que podrían perjudicar a aquellos a los que se busca empoderar?"

La multitud se movió, los murmullos se extendieron a través de ellos mientras reflexionaban sobre este recién llegado que se atrevió a plantear una pregunta tan aguda. Anna sostuvo la mirada de Karl, buscando cualquier destello en su carismática armadura.

Karl sonrió; Era cálido pero calculado. Se inclinó ligeramente hacia adelante, como si compartiera un secreto con un viejo amigo. "Una pregunta bien pensada", reconoció. "El cambio no está exento de riesgos. Pero considere esto: las estructuras a las que nos oponemos ya están causando daño todos los días, a través de la desigualdad, la opresión y el silencio".

Hizo una pausa, dejando que sus palabras se asentaran como polvo después de una explosión.

"Nuestras acciones están destinadas a despertar a la sociedad de la complacencia", continuó Karl. "Debemos sacudir los cimientos para construir algo mejor, incluso si eso significa enfrentar la adversidad de frente".

Anna lo observó atentamente mientras hablaba. Su respuesta fue hábil, desviando las críticas y reforzando su mensaje de urgencia y solidaridad. Estaba claro que Karl Weiss sabía cómo navegar en aguas traicioneras con gracia.

A medida que Karl respondía a más preguntas de otras personas envalentonadas por el liderazgo de Anna, ella tomaba notas mentales sobre sus desvíos y afirmaciones, la danza de un hombre que había dominado el arte de la persuasión pública.

Volvió a mezclarse con la multitud cuando otro miembro comenzó a hablar con Karl, pero mantuvo los ojos fijos en él, consciente de que bajo su elocuente barniz se escondían las respuestas que buscaba, respuestas que estaba decidida a encontrar sin dejarse arrastrar por la marea que él ordenaba.

Anna salió de la reunión con más preguntas que antes, pero también con renovada determinación. La noche esperaba afuera, sus sombras y sus verdades, y también su misión de revelarlas a ambas.

* * *

En el silencio posterior a la reunión, Anna se apoyó contra la fría pared del almacén, dejando que la energía residual del discurso de Karl la inundara. Todavía podía sentir las vibraciones de su voz en su pecho, un testimonio de su poderosa presencia. La multitud se había dispersado, pero los ecos de su fervor flotaban en el aire como humo después de un espectáculo de fuegos artificiales.

Cerró los ojos brevemente y se permitió reflexionar sobre las palabras de Karl. Habló de revolución y cambio con una pasión que resonó profundamente dentro de ella, tocando una parte de ella que estaba cansada de la injusticia y hambrienta de transformación. Era desconcertante cómo su mensaje reflejaba sus propias razones para convertirse en periodista: desafiar el statu quo y revelar verdades ocultas.

Anna abrió los ojos y miró a su alrededor. El almacén estaba casi vacío, salvo por unas pocas almas que parecían tan perdidas en sus pensamientos como ella. El impacto de la presencia de Karl era innegable; había despertado algo en cada uno de los presentes, incluida Anna. Su capacidad para unificar a un grupo tan dispar con meras palabras era a la vez admirable y aterradora.

Sacó el gastado cuaderno de cuero que Frank le había regalado, cuyas páginas estaban llenas de garabatos y observaciones del tiempo que había pasado entre aquella gente. Lo hojeó lentamente, considerando cómo cada detalle registrado pintaba una imagen más amplia, una imagen que todavía estaba tratando de entender.

Karl había introducido complejidades que ella no había previsto. Sus argumentos sobre la lucha contra la opresión no eran solo bromas revolucionarias; eran puntos convincentes que desafiaban incluso la comprensión de Anna sobre el bien y el mal. Las líneas entre periodista y activista se difuminaron cuando se encontró empatizando con su causa.

Sin embargo, la empatía no equivalía a estar de acuerdo, se recordó Anna a sí misma. Había sido testigo de primera mano de la rapidez con la que la creencia ferviente podía convertirse en acción radical, de la facilidad con que la convicción podía engendrar conflictos. Sabía muy bien que cada historia tenía múltiples facetas y que la verdad a menudo yacía enterrada bajo capas de retórica e idealismo.

Anna reafirmó su compromiso con su misión. A pesar de la influencia de Karl en su perspectiva, no podía dejarse desviar de su camino. Su papel no era unirse a ellos, sino exponerlos, arrojar luz sobre todos los lados de su historia, no solo las partes envueltas en la oscuridad o iluminadas por el carisma.

Volvió a meter el cuaderno en su bolso junto a su cámara —las herramientas de su oficio que la conectaban a la realidad— y salió del almacén. Su mente se llenó de pensamientos mientras se adentraba en el aire fresco de la noche. La ciudad se cernía a su alrededor, sus calles albergaban innumerables historias que esperaban ser contadas.

Anna sintió el peso de la responsabilidad sobre sus hombros, ahora más pesado que antes, pero no insoportable. Seguiría caminando por estas calles, cámara en mano, cuaderno en mano. Descubriría verdades ocultas dentro de estas paredes y más allá, verdades que podrían alterar las percepciones o incluso incitar al cambio.

A medida que desaparecía en el bullicioso paisaje urbano, la determinación de Anna se solidificaba con cada paso hacia adelante; No importaba cuán complejo o peligroso se volviera el camino, ella lo seguiría implacablemente en busca de lo que estaba al final: la verdad sin adornos.

Capítulo 10

Anna estaba sentada en el borde de una fría silla de metal, el frío se filtraba a través de su delgada chaqueta mientras observaba a los líderes del grupo abrirse paso entre las sombras del almacén. Sus ojos seguían sus movimientos, como si al comprender sus caminos pudiera predecir sus intenciones. Hablaban en voz baja, apenas por encima de un susurro, y sin embargo sus palabras tenían peso, cayendo pesadamente sobre los oídos de todos los que se reunían.

Un líder, con una voz que no daba lugar a la disidencia, sugirió casualmente que era hora de que cada miembro diera un paso al frente. "Todos debemos contribuir", dijo, mientras sus ojos escudriñaban la habitación. "Las acciones hablan más que las palabras".

Anna sintió que una oleada de aprensión la recorría. La sutileza de su voz hizo poco para enmascarar la demanda que había detrás: cada persona en esta sala debe demostrar su compromiso a través de la acción. La implicación flotaba en el aire como una densa niebla, filtrándose en todos los rincones y asentándose en todas las mentes.

Observó cómo los rostros a su alrededor asentían con la cabeza, algunos con fervor, otros con vacilación enmascarada por la determinación. La mano de Anna se apretó alrededor de su cámara, su peso de repente era más significativo que antes. Era consciente de su presencia como escudo y coartada.

Su mente se aceleró mientras pensaba en lo que podría implicar ser más activa para alguien como ella, una periodista encubierta. Los límites de su asignación se difuminaron a medida que las expectativas del grupo invadieron su determinación personal de seguir siendo una observadora.

Pensó en las advertencias de Frank y en las preocupaciones de Clara; Parecían ahora distantes frente a la inmediatez de este nuevo desafío. Un compromiso con la acción puede significar cruzar líneas de las que no hay retorno.

El líder continuó hablando de solidaridad y sacrificio mientras Anna luchaba con sus pensamientos. Su papel exigía cautela, pero estas personas jugaban para quedarse, y la vacilación podía exponerla.

La reunión concluyó con un aire de urgencia que no existía cuando comenzó. A medida que los miembros se dispersaban en grupos más pequeños para discutir sus roles en planes vagos pero ambiciosos, Anna se quedó en su lugar por un momento más de lo necesario.

Se levantó de su asiento y se mezcló entre ellos, cuidando de reflejar su determinación mientras guardaba sus verdaderas intenciones detrás de expresiones practicadas. Su corazón latía no solo de miedo, sino también de sentido del deber: descubrir qué había en el corazón de esta tormenta que se avecinaba y arrojar luz sobre ella.

Anna salió al aire fresco de la noche después de dejar atrás el almacén. La ciudad se cernía a su alrededor, una red de historias que esperaban ser contadas, y sintió tanto su enormidad como su intimidad. Con cada paso que daba de esa reunión, se reafirmaba en silencio a sí misma que no importaba cuán profundamente se aventurara en este mundo de verdades sombrías, saldría con algo que valiera la pena contar, algo que valiera el riesgo que ahora llevaba dentro de sí como una segunda piel.

* * *

El almacén se había vaciado, el eco del fervor aún persistía en el aire como los restos de una tormenta. Anna estaba sola en medio de las sillas y los folletos desperdigados, con la cámara colgando pesadamente a su lado, testigo silenciosa de su confusión.

Se movía lentamente, recogiendo metódicamente los folletos desechados, sus movimientos delataban un intento deliberado de retrasar la toma de decisiones. Los riesgos de su participación eran enormes, cada pedazo de papel que recogía era un recordatorio de lo que estaba en juego. El tejido de su identidad encubierta se sentía frágil en este momento de soledad, como si un solo paso en falso pudiera desentrañar todo lo que había tejido.

Anna se detuvo, apoyándose en un frío pilar de hormigón, y cerró los ojos. Se imaginó a sí misma participando en acciones que difuminaban las líneas éticas, cada escenario marcado por el costo potencial para su integridad. ¿Podría mantener su tapadera si se le pidiera que actuara en contra de sus principios? La pregunta le carcomía la conciencia.

El costo moral de la participación no pasó desapercibido para Anna. Siempre había considerado que la verdad era sacrosanta, un faro que la guiaba a través de la oscuridad de la corrupción y el engaño. Sin embargo, allí estaba, en el corazón de una organización cuyos métodos no podía aprobar del todo. Su búsqueda de la verdad exigía sacrificios, pero ¿cuánto era demasiado?

Un suspiro escapó de sus labios cuando abrió los ojos para inspeccionar el almacén vacío una vez más. Era aquí donde las decisiones darían forma no solo a las historias, sino también a las vidas, incluida la suya propia. Sintió el peso de la historia sobre sus hombros, recordándole que los periodistas anteriores se habían enfrentado a tales decisiones.

Anna buscó el gastado cuaderno de cuero que Frank le había regalado; Se sentía reconfortante en su solidez. Trazó los pliegues con el pulgar y reflexionó sobre el consejo de Frank de respetar todas las historias, incluso las que se buscaban desafiar.

Su reflexión se rompió con un clamor lejano desde el exterior: la ciudad estaba viva con sus propias luchas e historias que se desarrollaban más allá de estos muros. Era ahí donde Anna tenía que estar, recogiendo hilos de verdad de la enmarañada red que tenía ante sí.

Con la determinación endureciendo su columna vertebral, Anna decidió que mantenerse a cubierto no significaba abandonar quién era en el fondo: una periodista comprometida a iluminar la oscuridad con luz. Los riesgos eran claros; Bailaban amenazadoramente al borde de cada elección que ella tomaría de aquí en adelante.

Pero sabía una cosa con certeza: retirarse ahora significaría abandonar no solo la historia, sino también a sí misma.

Anna guardó el cuaderno y alzó su cámara una vez más, su lente era una extensión de su mirada inquebrantable. Salió al aire fresco de la noche, donde la incertidumbre se mezclaba con la posibilidad, y su batalla interna era evidente en cada paso deliberado hacia adelante mientras debatía el costo moral de las acciones que aún se habían tomado.

* * *

Las paredes del almacén absorbieron el sonido de susurros fervientes y pasos apagados, proyectando un aura de conspiración sobre el grupo disperso en su interior. Lukas se acercó a Anna y sus ojos se clavaron en los de ella en un momento de comprensión tácita. Había estado mirando fijamente a su cámara, sus dedos trazando sus bordes, su mente inundada por las complejidades de su misión.

—Pareces muy lejana —dijo Lukas, con la voz entrecortada por su ensoñación—.

Anna alzó la vista y esbozó una sonrisa en sus labios. "Solo estoy pensando", respondió ella.

Lukas se apoyó en una caja, su postura era casual pero su mirada atenta. "Esto no es fácil para ninguno de nosotros", comenzó, su voz transmitía una calidez que se sentía extrañamente reconfortante en la fría extensión del almacén. "El peso de lo que estamos haciendo es pesado".

Ella asintió lentamente, sintiendo una extraña sensación de camaradería con él a pesar del abismo que había entre sus verdaderas intenciones. Sus palabras estaban destinadas a levantar su ánimo; En cambio, agregaron capas a su lucha interna.

—Lo veo en ti —continuó, confundiendo su estado de ánimo pensativo con inquietud—. "El fuego está ahí, pero parpadea en la cara a lo que nos enfrentamos".

Anna tragó saliva y mantuvo el contacto visual. El fuego del que hablaba era bastante real, un ardiente deseo de verdad, pero su propósito estaba muy lejos del que Lukas imaginaba.

"Es normal tener miedo", dijo en voz baja. "Pero recuerda por qué estás aquí. Recuerda lo que te impulsó a unirte a nosotros".

El corazón le martilleaba contra las costillas ante la insinuación de que pertenecía a ellos. Respiró hondo y se dejó tranquilizar por su presencia, aunque estuviera construida sobre una base de falsedades.

—Gracias —dijo Anna con una sinceridad que la sorprendió incluso a ella misma—. No podía permitirse el lujo de dejar que Lukas viera más allá de la máscara que llevaba como Eva Richter.

Lukas extendió la mano y le dio un suave apretón en el hombro antes de volver a ponerse de pie. "Estamos todos juntos en esto", le aseguró antes de alejarse, dejando a Anna sola con sus pensamientos una vez más.

Lo vio desaparecer entre la multitud y sintió una punzada de algo parecido al arrepentimiento, por el engaño que había practicado y por el camino que Lukas había elegido. Su tarea seguía siendo tan clara como siempre: infiltrarse y exponer. Sin embargo, en momentos como estos, cuando la conexión humana se asomaba a través del tejido de sus diferentes agendas, Anna se encontró pisando un terreno incierto.

Con el aliento de Lukas resonando en su mente como un eco, Anna se recompuso y se volvió hacia la tarea que tenía entre manos: conflictos invisibles pero omnipresentes grabados en cada paso que daba. Continuaría caminando por esta línea precaria entre periodista y confidente mientras lidiaba con las ambigüedades morales que venían con ese trabajo encubierto.

* * *

Anna estaba de pie ante la puerta del almacén, con la pintura descascarada y desgastada como la determinación de los que la habían precedido. Su mano se cernía sobre la fría manija de metal, una puerta simbólica a un punto de no retorno. El aire de la noche flotaba cargado con el hedor del aceite y el lejano clamor de la vida de la ciudad, como si se burlara de su soledad en este momento crucial.

En el interior, el grupo se acurrucó alrededor de un tosco mapa extendido sobre una mesa astillada. Sus rostros eran mapas en sí mismos: de fervor, de convicción, de desesperación. Había llegado a conocer esos rostros, sus contornos y matices ahora familiares en la tenue luz de la rebelión.

—Anna —gritó Lukas, con voz suave pero cortada por una urgencia que se abría paso entre los murmullos—. Él era Lukas para ella; ella era Eva Richter para él, un personaje que había creado con meticuloso cuidado, uno que ahora se aferraba a su piel con más fuerza que cualquier disfraz.

—Necesitamos que esto se haga esta noche —dijo, empujando un pequeño paquete sobre la mesa hacia ella—. Fue menor, un acto de vandalismo contra un edificio gubernamental, un cartel con su símbolo, un emblema que gritaba desafío y unidad.

Bajó la vista hacia el paquete. No era más que una lata de pintura en aerosol, negra como los secretos que albergaba, pero en sus manos se sentía como plomo, densa en implicaciones y consecuencias.

El grupo la observaba expectante. Necesitaban este letrero pintado en una pared, un faro para los que los seguirían. Para ellos, era una declaración; para Anna, era un sacrilegio contra su propia moral como periodista. Pero como Eva Richter, no tuvo más remedio que cumplir si quería mantener su tapadera.

El corazón de Anna le latía con fuerza contra las costillas mientras cogía el bote. Los demás confundieron su vacilación con miedo más que con la lucha de la conciencia con el deber. Ella asintió en silencio y lo metió en su bolso, una serpiente enroscada entre posesiones inocuas.

Saliendo en la noche una vez más, Anna caminó hacia su objetivo: una oficina gubernamental conocida por su fachada gris y sus ocupantes grises durante el día. Ahora permanecía dormido bajo la mirada de la luna, sin darse cuenta de su inminente marca.

Agitó la lata en silencio; Su traqueteo parecía demasiado fuerte en la quietud. Anna presionó la boquilla y soltó un silbido que susurraba líneas cruzadas y juramentos rotos. La pintura negra se roció sobre la piedra en marcado contraste: las líneas audaces tomaron forma formando su símbolo.

Con cada movimiento de su brazo, Anna sentía una eficacia nacida de la inquietud, un eco interior que le recordaba lo lejos que se había aventurado a alejarse de sí misma. El símbolo completaba su forma en la pared: austero e innegable en su presencia.

Cuando dio un paso atrás para observar su trabajo, Anna se quedó sin aliento en la garganta: el símbolo parecía vivo en su audacia. Tomó una foto —la periodista que estaba dentro no estaba dispuesta a renunciar a todos los principios— y guardó la cámara en el bolsillo junto a su inquietud.

Terminada su tarea, Anna se desvaneció de nuevo en callejones sombríos que serpenteaban por la ciudad como venas que llevan sangre vital de un corazón oscuro a otro. Llevaba consigo una aguda conciencia de lo que había hecho: la línea que se cruzaba no solo en la piedra, sino dentro de sí misma.

Este acto menor ató a Anna más firmemente a ellos ahora; No solo marcaba paredes físicas, sino que también se grababa en las paredes que protegían la integridad periodística y la moralidad personal, paredes que antes parecían impenetrables ahora tenían una grieta única pero significativa.

* * *

Anna estaba de pie a la sombra del edificio del gobierno, con el olor a pintura fresca flotando en el aire. Su mano aún sentía la presión de la lata de aerosol, una herramienta extraña convertida en instrumento de su farsa. El símbolo que dejó tras de sí era más que una marca; Era un faro que llamaba a quienes conocían su significado. Dio un paso atrás, el obturador de su cámara captó el grafiti que hablaba de desafío.

La noche la envolvió mientras se alejaba del edificio, distanciándose del acto que acababa de cometer. El zumbido de la ciudad se desvaneció en un telón de fondo para sus pensamientos. Anna sabía que había cruzado una línea que difuminaba su papel de observadora y participante. Le carcomía la conciencia, la inquietud de adentrarse en el gris donde el bien y el mal se fundían y se separaban como sombras al anochecer.

Encontró refugio en un pequeño parque, los bancos fríos y poco acogedores. Anna estaba sentada, con la cámara a su lado como una vieja amiga, silenciosa pero llena de historias. La lente había visto mucho a través de sus ojos, pero esa noche la había visto cruzar hacia un nuevo territorio.

La complejidad de su situación pesaba en la mente de Anna. Ya no era solo periodista; ahora era Eva Richter, con todas las cargas que ese nombre conllevaba. Cada paso que daba más en este mundo tiraba de los hilos de quién era Anna y quién necesitaba ser Eva. Lo que estaba en juego era más alto que cualquier historia que hubiera perseguido antes.

Una suave brisa agitaba las hojas sobre ella, susurrando secretos en un idioma que solo la naturaleza entendía. Pensó en el discurso de Karl Weiss, en las palabras tranquilizadoras de Lukas, en la actitud cautelosa de Markús, todas piezas de un rompecabezas que estaba decidida a resolver.

A pesar de todo, la determinación de Anna se endureció como el acero templado por el fuego. Ya no podía volver atrás; Demasiado dependía de lo que se escondía dentro de las oscuras intenciones de este grupo. La verdad que buscaba no era solo para un artículo o un reconocimiento público, sino para aquellos que no eran conscientes de lo cerca que acechaba el peligro entre ellos.

Anna volvió a coger la cámara y sintió que sus contornos familiares asentaban su determinación. Se recordó a sí misma por qué había asumido este disfraz: para arrojar luz sobre lo que otros mantendrían oculto, para contar historias que de otro modo podrían no contarse.

Al salir del parque y mezclarse con la vida nocturna de la ciudad, Anna llevó consigo un compromiso inquebrantable de llevar a cabo esta misión. Con cada paso atrás hacia su apartamento y lejos del último acto de rebelión de Eva Richter, Anna se fortalecía para lo que le esperaba: descubriría la verdad sin importar cuán profundo tuviera que profundizar o cuán complejo se volviera el viaje.

Capítulo 11

La reunión se había dispersado, dejando solo el eco de las fervientes discusiones para llenar el espacio cavernoso del almacén. Cuando el último de los miembros se marchó en la noche, Anna y Lukas se quedaron. El aire era diferente aquí, más delgado, más tranquilo, un marcado contraste con la carga eléctrica que había pulsado a través del grupo momentos antes.

Lukas se apoyó en un pilar, con la mirada desenfocada, aparentemente absorto en sus pensamientos. Su máscara carismática se había deslizado, revelando a un hombre contemplativo debajo. Anna lo observaba desde el otro lado de la habitación, con sus sentidos periodísticos en sintonía con este cambio. La cámara alrededor de su cuello se sentía más pesada en este escenario silencioso, un testigo silencioso de las complejidades de las emociones humanas.

Se acercó a él con cautela, no queriendo perturbar su ensoñación. Sus pasos sobre el suelo de cemento sonaban anormalmente fuertes en sus oídos.

—Un gran cambio con respecto a antes —comentó, con voz baja pero clara—.

Lukas se volvió hacia ella lentamente, como si volviera de un lugar lejano. Sus ojos se encontraron con los de ella con una intensidad que no era característica de sus interacciones anteriores.

—Sí —dijo simplemente—. Su habitual fervor estaba ausente; en su lugar había una vulnerabilidad que Anna no había previsto.

Ella dudó un momento antes de sentarse a su lado en una vieja caja. El silencio los envolvía a ambos como un sudario.

—¿Crees en todo esto? —preguntó Anna después de una pausa, gesticulando vagamente para abarcar el almacén ahora vacío y todo lo que representaba.

Lukas se tomó su tiempo antes de responder. "Quiero", confesó finalmente. "Pero creer es complicado".

Anna reflexionó sobre sus palabras, preguntándose cuánta verdad había detrás de ellas y cuánta era todavía parte de su actuación. Sabía que entender a Lukas podría ser clave para desentrañar más sobre las intenciones y la dinámica del grupo.

—Una cosa es hablar de cambio —aventuró ella, observando atentamente su reacción—. "Otra cosa es actuar en consecuencia".

Lukas soltó una risita seca. – Te pareces a Karl.

La mención de Karl Weiss hizo que Anna sintiera inquietud, pero no dejó que se notara. En cambio, sonrió irónicamente.

"Solo estoy tratando de entender", dijo honestamente. Su papel como Eva Richter le exigía indagar en estas profundidades, pero Anna se encontró genuinamente intrigada por este hombre que se encontraba en la encrucijada entre la retórica y la realidad.

—No hay mucho que entender —respondió Lukas con un encogimiento de hombros que parecía demasiado casual para alguien tan involucrado en su causa—. "Todos estamos buscando algo: justicia, propósito... Tal vez solo algo contra lo que luchar".

Anna asintió lentamente mientras Lukas hablaba, cada palabra pintaba una imagen que necesitaba recordar: el periodista dentro de ella catalogaba cada matiz para su posterior escrutinio.

Después de eso, se sentaron juntos en silencio durante algún tiempo; Dos figuras envueltas en sus propios pensamientos en medio de restos de un discurso apasionado ahora acallado por la ausencia.

Cuando finalmente se levantaron de sus asientos improvisados y se dirigieron hacia la salida, Anna pudo sentir el peso de su tarea presionando sus hombros una vez más. Había historias que esperaban ser contadas, verdades que esperaban ser expuestas, y ella las encontraría.

Salieron juntos al aire fresco de la noche, Lukas con su mirada reflexiva hacia horizontes inciertos y Anna con su determinación endurecida por las promesas silenciosas hechas en lugares tranquilos, para enfrentarse a lo que viniera después.

* * *

Anna observaba a Lukas, con los ojos atentos y la postura relajada, pero su mente se aceleraba con la disciplina de un periodista. Conocía el valor de una historia, el poder que tenía para desvelar el alma humana, para dar sentido a lo que parecía incomprensible.

La voz de Lukas tenía un timbre que oscilaba entre la convicción y la vulnerabilidad mientras relataba su vida antes de que el fervor del activismo se apoderara de él. Habló de una educación en un pueblo pequeño, donde la tradición pesaba más que el progreso y donde su voz se había sentido sofocada por el peso de la conformidad generacional.

Anna observó la forma en que se movían sus manos mientras describía su temprano desafío contra las autoridades locales. Sus dedos se cerraron en puños al recordar las protestas que tenían más que ver con la rebelión juvenil que con las ideologías que adoptaría más tarde. Podía ver en él un deseo que había estado allí desde el principio: un deseo de ser escuchado, de lograr un cambio.

La habitación a su alrededor estaba llena de murmullos de conversación y risas ocasionales, pero Anna se centró únicamente en la historia de Lukas. Detalló un incidente que había sido crucial; Un desalojo injusto que había destrozado a su familia como un vendaval invernal a través de las ramas desnudas. Su voz se volvió más suave entonces, teñida de una ira que no se había apagado con el tiempo.

Anna se sintió atraída por el mundo de Lukas, viendo a través de sus ojos una realidad en la que cada injusticia personal se convertía en otro tronco en el fuego de su floreciente radicalismo. Habló de amigos perdidos por las drogas y la desesperación, y de cómo sus destinos parecían sellados por un sistema indiferente.

Se dio cuenta de que los ojos de Lukas parecían distantes mientras reflexionaban sobre acontecimientos pasados. Era como si ya no estuviera en la habitación con ella, sino que se hubiera transportado a esos momentos que habían tallado profundos surcos en su visión del mundo.

Con cada revelación, Anna veía a Lukas no solo como un miembro de este grupo sombrío, sino como alguien moldeado por la experiencia, una persona que buscaba significado en el caos, que se aferraba a ideales radicales como escudo y espada.

Al concluir su relato, regresando de esos recuerdos para sentarse una vez más frente a ella en el espacio poco iluminado, Anna se encontró considerando no solo la historia que pretendía descubrir, sino también sus personajes. Las capas que quitó revelaron complejidades que no podía ignorar; hicieron que Lukas fuera identificable, humano, y difuminaron las líneas entre el periodista y el sujeto.

Él la miró entonces, buscando en su rostro una reacción. No ofreció nada más que un asentimiento atento, su profesionalismo intacto, pero dentro de ella surgieron preguntas conmovedoras sobre la convicción, la causa y el efecto. Esta visión del pasado de Lukas le permitió comprender más allá de los meros hechos y las motivaciones que impulsaron la acción.

* * *

En el almacén, Anna observó el rostro de Lukas, la confianza habitual reemplazada por sombras de duda. El cambio fue sutil, un cambio fugaz en sus ojos que podría pasar desapercibido para la mayoría. Pero Anna lo vio. Su instinto de reportera se centró en estos momentos: las grietas en la fachada por donde se filtraba la verdad.

Lukas se apoyó en un frío pilar de metal, su voz era un suave estruendo bajo la cacofonía de conversaciones y movimientos dispersos a su alrededor. —Sabes —comenzó, con la mirada fija en algún punto invisible en la distancia—, hay noches en las que me quedo despierto preguntándome si solo somos soñadores persiguiendo fantasmas.

Anna permaneció en silencio, dándole espacio para desentrañar sus pensamientos.

"Hablamos de revolución", continuó Lukas, "de derribar muros y construir nuevos mundos. Pero en esas horas tranquilas antes del amanecer... Me temo que podríamos estar destrozando las cosas sin nada que ofrecer en su lugar".

Su vulnerabilidad era tangible, un toque crudo en sus palabras que insinuaba batallas libradas en su interior. Anna sintió una inesperada oleada de empatía. Aquí había un hombre que llevaba el peso de sus convicciones, pero que lidiaba con las incertidumbres que le provocaban.

Se acercó un poco más, con voz suave pero seria. "Se necesita coraje para cuestionar, para ver más allá de la causa y preguntarse qué viene después". Hizo una pausa y eligió sus palabras con cuidado. "¿Pero no es de eso de lo que se trata el cambio? ¿La esperanza de que podamos forjar algo mejor a partir de la lucha?"

Lukas se giró para mirarla de frente, sus ojos se cruzaron en un intercambio desprevenido. Por un momento, no hubo ningún periodista o activista entre ellos, solo dos individuos que compartían una pizca de verdad.

—Sí —murmuró con una leve sonrisa que no llegó a sus ojos—. "Esperanza... Eso es lo que nos hace seguir adelante, ¿no? Incluso cuando la duda se cuela en el suelo".

Anna asintió levemente, su respuesta fue más que un simple acuerdo: fue un reconocimiento de su humanidad compartida.

Su conversación había tejido un hilo entre ellos, un entendimiento que trascendía los roles y las lealtades. En aquel almacén lleno de secretos y susurros de rebeldía, Anna había vislumbrado algo real en el interior de Lukas: no sólo el luchador o el ideólogo, sino la persona que anhelaba la certeza en un mundo incierto.

* * *

Anna observó a Lukas. Se mantuvo separado de los demás, su silueta enmarcada por una pancarta improvisada que proclamaba las intenciones radicales del grupo. Ella se acercó a él, su instinto de periodista despertado por su anterior muestra de vulnerabilidad.

Lukas se volvió hacia ella cuando ella se acercó, sus ojos reflejaban una mezcla de determinación y algo más suave que ella no podía ubicar del todo. Anna recordó el consejo que Frank le había dado: buscar las historias humanas dentro de la narrativa más amplia.

—Hablas del cambio con tanta pasión —empezó Anna, con voz firme a pesar de los latidos de su corazón—. —¿Qué es lo que te impulsa?

La mirada de Lukas se posó en la suya durante un momento antes de alejarse. Parecía ordenar sus pensamientos como un hombre a punto de confesar un secreto guardado durante mucho tiempo.

"No se trata solo de lo que estamos en contra", dijo, con una voz que transmitía un fervor que llenaba el espacio entre ellos. "Se trata de lo que estamos a favor: justicia, igualdad... un mundo en el que nadie se quede atrás por su nacimiento o sus circunstancias".

Anna lo observó atentamente mientras hablaba. Había un inconfundible sentido de idealismo en sus palabras, una pureza de intenciones que parecía estar en desacuerdo con los grafitis y las reuniones clandestinas.

—¿Y crees que este grupo es la forma de lograrlo? —insistió ella suavemente, con cuidado de no romper el hechizo bajo el que se encontraba.

Lukas asintió con entusiasmo. "Tenemos que ser audaces, actuar donde otros dudan. Es fácil criticar desde lejos; Se necesita coraje para ponerse de pie y luchar por lo que crees".

Anna percibió la ingenuidad entretejida en su convicción, como hilos de un tapiz demasiado brillantes y no probados. Lukas estaba impulsado por una imagen de una utopía que esperaba ayudar a crear, aparentemente inconsciente de la facilidad con la que tales sueños podían desmoronarse.

—¿No hay peligro —preguntó Anna cuidadosamente— en buscar un cambio tan profundo tan rápidamente? ¿No podría tener consecuencias imprevistas?"

Por un momento, Lukas vaciló. Su certeza vaciló, como si no hubiera considerado esta posibilidad o la hubiera descartado por completo.

"Siempre hay riesgos", admitió después de una pausa, "pero ¿no es más arriesgado no hacer nada? ¿Aceptar el mundo tal como es?"

Anna observó cómo Lukas forcejeaba con su pregunta, con su rostro juvenil grabado con una seriedad que tiraba de algo dentro de ella. Ahora lo comprendía; debajo de la fachada revolucionaria de Lukas había capas de anhelo, un deseo de significado y de un mundo mejor que era a la vez conmovedor y peligrosamente optimista.

Ella no respondió, sino que le ofreció un gesto comprensivo con la cabeza. Anna se alejó de Lukas y caminó a través de la multitud de activistas que eran todo susurros y sombras a su alrededor. A medida que avanzaba a través de ellos, reflexionó sobre las palabras de Lukas y lo que revelaban sobre él: sus motivaciones y sus sueños.

Anna salió al aire de la noche sintiéndose iluminada y agobiada por esta nueva visión del carácter de Lukas. La historia que buscaba se desarrollaba ante sus ojos, una historia compuesta no solo de acontecimientos, sino también de personas con esperanzas tan frágiles que podían ser destrozadas por la realidad en cualquier momento.

* * *

Las sombras del almacén se extendieron a medida que la conversación se reducía a su fin. Anna y Lukas, con sus voces ahora apagadas en el espacio cavernoso, intercambiaron pensamientos finales con un peso que no había estado allí antes. A raíz de sus confesiones compartidas, el aire se llenó de un nuevo respeto y un complejo tapiz de emociones que ninguno de los dos había anticipado cuando se conocieron.

Lukas se puso de pie, sus movimientos eran más pausados que antes, como si cada movimiento llevara una parte de la vulnerabilidad que acababa de revelar. Sus ojos se encontraron con los de Anna por última vez, un reconocimiento tácito que pasó entre ellos, un entendimiento mutuo que iba más allá de sus palabras. Era una comprensión de los ideales y las dudas, de los miedos y las esperanzas enredados en la búsqueda de algo más grande que ellos mismos.

Se separaron en silencio, y cada paso resonaba en el almacén como un solemne redoble de tambor que marcaba el final de su intercambio. Anna vio cómo Lukas volvía a sumergirse en las sombras de las que había venido, y su figura se fundía con la oscuridad hasta que era indistinguible de ella.

Abandonada en medio de sillas desperdigadas y panfletos que susurraban historias de revolución, Anna se quedó quieta un momento. Sintió el peso de la historia de Lukas oprimiéndole el pecho, su complejidad exigía una reflexión. El hombre al que había visto como un simple miembro más de este colectivo clandestino ahora estaba aparte en su mente: una persona moldeada por su pasado e impulsada por una visión del futuro que era tan genuina como llena de riesgos.

Sus pensamientos volvieron a su conversación, repitiendo fragmentos y expresiones. Contempló cómo sus dudas reflejaban sus propios conflictos internos sobre su papel en ese lugar, sobre la verdad y el engaño, sobre lo cerca que podía estar de alguien mientras seguía escondiéndose detrás de su máscara de Eva Richter.

El vínculo de Anna con Lukas se profundizó a través de su diálogo; No podía negarlo. Pero era un vínculo lleno de peligros. Por mucho que quisiera quitar más capas para entenderlo mejor, para entender a todos los que se reunían en torno a la bandera de Karl Weiss, sabía que debía andar con cuidado. Ahondar demasiado podría significar perderse en este mundo que solo debía observar, un riesgo a la vez tentador y aterrador.

Al salir al aire frío de la noche, dejando atrás los susurros de conspiración y camaradería, Anna se envolvió con más fuerza en el abrigo. Caminaba por calles tranquilas donde sus pasos eran su única compañía, cada paso la alejaba de Lukas, pero la acercaba a desenredar la red que rodeaba al Grupo Baader-Meinhof.

Tendría que mantener la distancia; Eso estaba claro. Sin embargo, a pesar de que reconocía esta necesidad, una parte de ella anhelaba otro intercambio sincero, volver a sentir esa conexión. Era un deseo peligroso para alguien que nadaba en aguas traicioneras donde la verdad y la mentira se mezclaban a la perfección.

Anna decidió concentrarse en su misión: exponer lo que necesitaba ser revelado sin perderse en ello. Pero cuando desapareció en el bullicio nocturno de la ciudad una vez más, las palabras de Lukas permanecieron en su mente como fantasmas susurrando secretos aún por descubrir.

Capítulo 12

La visita de Clara se produjo sin previo aviso, como una ráfaga de viento que se cuela por una rendija de la ventana. Su rostro, por lo general un lienzo de tranquila seguridad, ahora mostraba las pesadas pinceladas de preocupación. Se quedó de pie en la puerta de Anna, sus ojos escudriñando en busca de cualquier señal de que la amiga que conocía todavía estaba allí, debajo de las capas de su nueva identidad.

Mientras estaban sentadas una frente a la otra en la sala de estar escasamente amueblada de Anna, Clara desplegó un periódico, cuyos titulares gritaban sobre las últimas actividades del grupo. Los artículos hablaban de una escalada de violencia como un punto álgido, con el nombre del Grupo Baader-Meinhof grabado en cada línea como un conjuro de miedo.

—Lo has visto, ¿verdad? —preguntó Clara, con la voz resonando en la silenciosa habitación. El papel temblaba levemente en sus manos, una hoja atrapada en una tempestad invisible.

Anna asintió lentamente, asimilando las palabras impresas con el ojo entrenado de un periodista, pero sintiendo su peso como piedras en el estómago. "Lo he visto", dijo. Su voz tenía una firmeza que no sentía del todo.

Clara se inclinó hacia delante, la urgencia de sus ojos encendió una chispa de advertencia. "Esta no es una historia más, Anna. Este es un peligro real: esta gente no está jugando". Hizo una pausa, como si esperara que sus siguientes palabras se hundieran en la determinación de Anna. "Hay que tener cuidado".

Anna sintió que la calidez de la preocupación de Clara la envolvía como una manta que era a la vez reconfortante y asfixiante. Se obligó a sí misma a sonreír, una curva de labios practicada que había engañado a muchos, pero que nunca se sintió genuina para su propio reflejo.

—Sé lo que hago —tranquilizó Anna a Clara y tal vez también a ella misma—. Tenía las manos firmes en el regazo; Solo ella podía sentirlos clamando por algo a lo que aferrarse: la cámara que era su escudo o la pluma que era su espada.

Pero detrás de esa fachada de confianza, dentro de la fortaleza donde Anna mantenía a raya sus temores, había confusión. No podía negar los zarcillos de duda que se deslizaban a lo largo de los muros de su convicción, preguntándose si se había aventurado demasiado lejos en aguas demasiado profundas y demasiado oscuras.

Clara extendió la mano y colocó una mano sobre la de Anna, un ancla silenciosa en medio de la tormenta que se avecinaba entre ellas. —Prométeme que estarás a salvo —dijo en voz baja—.

Anna miró a los ojos de Clara —charcos que reflejaban una imagen de sí misma que ya apenas reconocía— y asintió una vez más. —Te lo prometo —susurró ella—.

Las palabras eran simples, pero llevaban el peso de todo lo que quedaba sin decir entre ellas: el entendimiento de que algunas promesas se hicieron incluso cuando estaban siendo rotas por fuerzas más grandes que la intención o el deseo.

* * *

Clara estaba sentada frente a Anna en la sala de estar poco iluminada, con los ojos ensombrecidos por la preocupación. Se inclinó hacia delante, con los dedos entrelazados en la mesita de café que había entre ellos. El periódico estaba abierto, con sus audaces titulares que anunciaban el último estallido violento atribuido al Grupo Baader-Meinhof.

—Anna —la voz de Clara era firme pero con un temblor de miedo—, ¿ves de lo que son capaces? Señaló la imagen carbonizada de un edificio en la portada. "Esto no es solo activismo; Es extremismo".

Anna sintió el peso de la mirada de Clara y la gravedad de sus palabras. Ella misma había estado sumida en sus pensamientos, cuestionando sus límites en busca de una historia.

—Sé lo que han hecho —respondió Anna, con voz firme a pesar del nudo que se le había formado en el estómago—. "Pero para entenderlos, para exponerlos, necesito verlo desde adentro".

Clara sacudió la cabeza lentamente. —Pero, ¿dónde trazas la línea, Anna? Desfiguraste la propiedad del gobierno". Sus ojos buscaron una respuesta en el rostro de Anna. —¿Y ahora qué?

Anna se encontró con la mirada de Clara sin inmutarse. El debate interno al que se había enfrentado en numerosas ocasiones resurgió con el sondeo de Clara. "Documento que no es así; Yo no participo". Sus palabras eran un escudo que sostenía con fuerza contra su pecho. "La pintura en aerosol era un medio para un fin".

—¿Y si ese fin exige más de ti? Clara siguió adelante, no dispuesta a dejar que Anna se escondiera detrás de justificaciones. "¿Qué pasa si te piden que hagas algo que no puedes retractarte?"

Anna hizo una pausa, sintiendo una corriente de aire frío que recorría la habitación. Las zonas grises morales por las que navegaba amenazaban con engullirla a cada paso.

—Mi papel está claro —dijo finalmente, endureciéndose como el hielo en un lago invernal—. "Estoy allí para revelar sus acciones al mundo, para evitar daños al arrojar luz sobre sus planes".

Clara suspiró y se miró las manos antes de volver a mirarla a los ojos. "¿Pero a qué costo? Ya estás cambiando, Anna.

Anna podía sentir la preocupación de Clara como una presencia física en la habitación, pero no podía permitir que la sacudiera.

"El costo es necesario", dijo Anna con una convicción que desmentía su agitación interna. "El periodismo se trata de descubrir verdades, sin importar lo difícil o peligroso que pueda ser".

Clara asintió lentamente, pero Anna pudo ver que su amiga estaba lejos de estar convencida.

—No quiero que te pierdas en esta historia —susurró Clara—.

Anna extendió la mano y apretó la mano de Clara para tranquilizarla, un gesto que significaba tanto para ella como para Clara.

—No lo haré —prometió en voz baja—.

Permanecieron allí sentadas durante un largo rato —el único sonido que se oía en la habitación era el tic-tac de un viejo reloj colgado de la pared—, cada mujer atrincherada en sus propios pensamientos sobre la verdad y la moralidad, hasta que finalmente Clara se levantó y se marchó sin decir una palabra más. Ahora sola, Anna miró fijamente la puerta mucho después de que se hubiera cerrado detrás de Clara, sintiéndose a la vez fortalecida por su misión y atormentada por sus sombras.

* * *

Clara permanecía enmarcada en el umbral de la puerta, con los ojos escudriñando los de Anna en busca de algún parecido con la amiga que conocía, una amiga que ahora parecía envuelta en los peligrosos hilos de su última investigación. El periódico que Clara sostenía en la mano temblaba ligeramente, como testimonio silencioso de las acciones violentas del Grupo Baader-Meinhof que se apoderaban de sus preocupaciones.

—He visto de lo que son capaces, Anna —dijo Clara, con la voz teñida de miedo—. "Estás jugando con fuego".

Anna observó a su amiga, con un destello de duda ensombreciendo su determinación. Respiró hondo y dio un paso adelante, con el aroma del café entre ellos, un remanente de normalidad en una vida que se había convertido en todo lo contrario.

—Clara —empezó Anna, con un tono firme pero amable—, sé lo que hago. He tomado todas las precauciones posibles". Extendió la mano y colocó una mano tranquilizadora sobre el hombro de Clara. "No voy a entrar en esto a ciegas".

La mirada de Clara se posó en el lugar donde descansaba la mano de Anna, como si buscara certeza en la firmeza de ese toque. "Pero, ¿cómo puedes estar seguro? Esta gente... Son despiadados".

La mano de Anna se tensó ligeramente, una promesa silenciosa mientras hablaba. "Tengo estrategias establecidas. Planes de respaldo para mis planes de respaldo". Esbozó una pequeña sonrisa, una que no llegó a sus ojos, pero que cumplió su propósito. "Y nunca estoy solo. Siempre me aseguro de que alguien sepa dónde estoy".

La habitación se llenó de una tensión silenciosa mientras Clara procesaba las palabras de Anna. Sus labios se abrieron como para protestar más, pero luego se juntaron en una línea que contuvo un océano de temores no expresados.

—¿Lo prometes? —preguntó Clara al cabo de un momento, con la voz apenas por encima de un susurro.

—Lo prometo —afirmó Anna, aunque ambas entendían que las promesas eran cosas frágiles, fáciles de hacer y más fáciles de romper.

Clara asintió lentamente, su vacilante aceptación escrita en su rostro como líneas en un papel, visibles pero vulnerables al cambio. Sus ojos se detuvieron en Anna durante un largo momento antes de que se volviera para irse.

Cuando la puerta se cerró detrás de Clara, Anna dejó escapar un suspiro que no se había dado cuenta de que estaba conteniendo. Las garantías que le había dado eran como piedras en su bolsillo, destinadas a anclar pero cargadas de responsabilidad. Se apoyó en la pared, permitiéndose este breve momento de soledad para recobrar fuerzas con el eco de la preocupación de Clara.

Afuera, la ciudad esperaba, el corazón palpitante de las historias que esperaban ser contadas, y Anna las contaría. Con la precaución envuelta en ella como una armadura y la determinación puesta en lo más profundo de sus huesos, se alejó de la pared y se preparó una vez más para adentrarse en las profundidades donde la verdad yacía oculta entre sombras y secretos.

* * *

La puerta se cerró con un chasquido, dejando a Anna sola en la quietud de su apartamento. El silencio se sintió antinatural después de las palabras urgentes de Clara, un marcado contraste con el tumultuoso mundo fuera de estos muros. Se quedó inmóvil un momento, con el eco de las preocupaciones de Clara flotando en el aire.

Anna se hundió en la silla, con el cuero frío contra su piel. El apartamento era una especie de santuario, un lugar donde podía quitarse las capas de Eva Richter y enfrentarse a sí misma como Anna. Se había vuelto experta en usar máscaras, en ser otra persona cuando la historia lo exigía. Pero ahora, con la voz temblorosa de Clara fresca en su mente, esas máscaras se sentían pesadas.

Miró a su alrededor y vio las estanterías ordenadas llenas de libros y recuerdos de tareas anteriores. Cada objeto contenía una historia, un pedazo de verdad que ella había luchado por revelar. Eran recordatorios de por qué había elegido este camino: una búsqueda incesante de lo que se escondía bajo las superficies y las sonrisas.

Anna dejó escapar un suspiro que no se había dado cuenta de que había estado conteniendo. El miedo, esa criatura que le roía el estómago, afloró con la partida de Clara. No era el miedo a la violencia o a las represalias lo que la perseguía; Era más profundo que eso. Era el miedo a perderse en estas identidades, a desvincularse de los valores fundamentales que la guiaban como periodista.

Reflexionó sobre los puntos de Clara, cada uno de ellos nítido y claro como fragmentos de vidrio. Sí, se estaba adentrando en aguas peligrosas donde las corrientes podían arrastrarla lejos de la orilla. Sí, había líneas que podían difuminarse y desplazarse hasta desaparecer por completo bajo los pies.

Pero había algo más, algo vital que Clara no había expresado, pero que Anna sentía con cada fibra de su ser: responsabilidad. La responsabilidad de aquellos que susurraron sus verdades con la esperanza de que alguien los escuchara; a los que vivieron sus vidas en las sombras proyectadas por la mentira y el engaño; a los que no se atrevían a hablar por miedo a perderlo todo.

Anna se levantó de la silla y se acercó a la ventana. La ciudad se extendía ante ella, sus luces parpadeaban como estrellas ancladas por la gravedad. Su reflejo le devolvía la mirada desde el cristal: una mujer atrapada entre dos mundos.

Pensó en Lukas y en su cándida vulnerabilidad; sobre Karl Weiss y su atracción magnética sobre aquellos hambrientos de cambio; sobre Markús y su cuidadosa danza en torno a la autenticidad. Cada uno de ellos contenía piezas de un rompecabezas que estaba decidida a resolver, no solo para la historia, sino para ella misma.

Con la determinación endurecida una vez más, Anna se apartó de la ventana. Cogió el gastado cuaderno de cuero de Frank, el que él le había confiado, y lo abrió y encontró una página vacía. La pluma la sintió en la mano cuando empezó a escribirlo todo: pensamientos, miedos, observaciones, todos fragmentos que la acercarían a la comprensión de este complejo tapiz que estaba desentrañando.

La noche avanzaba afuera mientras Anna trabajaba incansablemente en la soledad de cuatro paredes que conocían muy bien el costo de buscar verdades que otros deseaban que permanecieran enterradas. El mañana vendría con sus riesgos y revelaciones, pero esta noche pertenecía a la reflexión, a un ajuste de cuentas privado con las propias dudas antes de volver a la batalla contra las sombras armadas solo con luz.

* * *

Anna se sentó sola bajo el tenue resplandor de la lámpara de su escritorio, el resto del apartamento se rindió a la oscuridad. Hojeó el gastado cuaderno de cuero que Frank le había regalado, y cada página era un testimonio del viaje en el que se había embarcado. Sus notas, una crónica meticulosa de conversaciones y observaciones, yacían esparcidas como migas de pan que la llevarían de vuelta a sí misma cuando esto terminara.

El silencio de la habitación estaba cargado de advertencias de Clara que aún resonaban en sus oídos. Sirvieron como un recordatorio de la delgada línea que caminaba entre el deber y el peligro. Anna respiró hondo, permitiendo que sus pulmones se llenaran de determinación y exhalaran sus persistentes miedos. No podía permitirse el lujo de dudar de nada; Era un lujo que pertenecía a los que miraban desde la barrera.

Sus ojos se movieron sobre sus planes, las ordenadas filas de texto y los diagramas esbozados que esbozaban su próximo movimiento. Fue más que preparación; Era un ancla, algo tangible en el fluido mundo del trabajo encubierto, donde las identidades eran tan intercambiables como la ropa.

Los nombres de Markus y Lukas saltaron de las páginas, subrayados y anotados con signos de interrogación que reflejaban sus propias incertidumbres sobre sus verdaderas intenciones. Sabía que estos hombres tenían piezas de un rompecabezas que estaba desesperada por resolver, pero comprender su papel en esta enmarañada narrativa era como tratar de leer un mapa en un idioma extranjero.

Se concentró en lo que podía controlar: ángulos, enfoques, preguntas aún no formuladas. Habría más reuniones, más oportunidades para quitar capas de retórica y alcanzar el núcleo de la verdad que buscaba. Cada interacción tenía que ser calculada, cada palabra sopesada por su significado e intención.

Anna sintió la presión de su cámara junto a su cuaderno, un aliado silencioso en este esfuerzo. Había capturado algo más que imágenes; Contenía momentos de cruda honestidad que atravesaban el exterior artesanal del grupo. Con el tiempo, estas instantáneas reconstruirían una historia que necesitaba ser contada, una historia que solo ella podía contar.

Su dedo recorrió el nombre de Lukas una vez más. La conexión emocional con la que se habían topado era inesperada y potencialmente comprometedora. Sin embargo, dentro de esa vulnerabilidad se encontraba la comprensión de las motivaciones que impulsaron sus acciones, ideas cruciales para su reportaje.

El reloj marcaba minutos que no tenía de sobrar. Con cada segundo que pasaba, el papel de Anna dentro de este colectivo clandestino se profundizaba junto con los riesgos que conllevaba. Sin embargo, ya no había vuelta atrás; Dependía demasiado de lo que descubriría a continuación.

Cerró el cuaderno de Frank con cuidado, sintiendo su peso como carga y como insignia, prueba de la confianza ganada y la responsabilidad asumida. Sabía que el mañana traería nuevos desafíos que podrían influir incluso en las convicciones más fuertes.

Pero esta noche, en este espacio tranquilo entre el anochecer y el amanecer, Anna encontró fuerza en la claridad de propósito. Su determinación se cristalizó en una resolución inquebrantable mientras recogía sus notas y las guardaba a buen recaudo.

Al día siguiente volvería a ponerse en los zapatos de Eva Richter, navegaría a través de las mentiras tejidas densamente alrededor de las frágiles hebras de la verdad, y no flaquearía. Por ahora, sin embargo, Anna se permitió un último momento de quietud antes de que el sueño se apoderara de ella: el descanso de un guerrero antes de que la batalla se reanudara a la primera brecha del día.

Capítulo 13

Las manos de Anna escudriñaron el pasado, una miríada de reliquias y restos escondidos en la penumbra del ático de sus padres. Las motas de polvo bailaban en la luz oblicua mientras se adentraba en los recuerdos encapsulados en los confines de cartón. El aire mohoso, espeso por el tiempo, la presionó a su alrededor cuando descubrió una pila de letras atadas con una cinta descolorida, con los bordes deshilachados y amarillentos.

El desván, que alguna vez fue un lugar de aventuras infantiles, ahora guardaba secretos envejecidos como un buen vino. Estas cartas estaban escondidas bajo capas de parafernalia olvidada, un acto deliberado para ocultarlas de un descubrimiento casual. La cinta, una vez vibrante, había sucumbido a la implacable marcha de los años. Sus dedos temblaron levemente mientras deshacían el nudo, una sensación de invadir sus pensamientos privados tiraba de su conciencia.

La primera carta crujió cuando la desdobló, el papel resistió después de haber estado encuadernado durante tanto tiempo. Sus ojos escudriñaron la letra en bucle, elegante y ajena a su experiencia con la escritura directa de su familia. Las palabras comenzaban con un saludo afectuoso que insinuaba intimidad más allá de la mera amistad. El corazón de Anna se aceleró.

Devoró frase tras frase, y su intriga inicial se transformó en conmoción a medida que la narración se desarrollaba ante ella. El autor hablaba de un amor clandestino y ardiente en el contexto de las expectativas sociales, un amor que no debería haber existido si el mundo se hubiera salido con la suya. La mirada de Anna se desvió hacia la fecha en la esquina superior; Estos no solo eran viejos, sino que pertenecían a otra época por completo.

La voz dentro de las cartas era apasionada pero contenida por las circunstancias, relatando momentos robados y apreciados en medio de un mundo que no aceptaba. Cada nueva carta revelaba otra capa de esta historia oculta dentro del linaje de su familia, una historia de la que nunca se susurraba en las reuniones familiares ni se insinuaba en los álbumes de fotos.

Anna se sentó sobre sus talones entre reliquias de días pasados —baratijas y juguetes esparcidos como migas de pan a través del tiempo— y guardó la evidencia de un secreto conservado a lo largo de décadas. La incredulidad se apoderó de sus facciones; Cada revelación arrojaba una nueva luz sobre lo que ella sabía, o creía saber, de su propia herencia.

Siguió leyendo, incapaz de detenerse ahora que se había roto el dique de la curiosidad. La narración se entretejió a través de triunfos y tragedias por igual, el amor perdurable incluso cuando estaba envuelto en sombras. Y a medida que Anna absorbía cada palabra escrita por una mano que aún no tenía aliento, se sentía conectada con este antepasado desconocido cuyo corazón había quedado al descubierto en estas páginas.

Con cada carta que se desplegaba, el mundo de Anna se expandía; Ya no era una mera observadora o cronista, sino parte de una historia que se desarrollaba y que unía generaciones. Sus instintos periodísticos se fusionaron con el descubrimiento personal cuando se dio cuenta de que estas cartas no eran solo reliquias, eran testimonios de vidas vividas plenamente a pesar del miedo y la adversidad.

En ese desván polvoriento aislado del mundo exterior, Anna se encontró en una encrucijada entre el pasado y el presente: su incredulidad dio paso lentamente al asombro ante la resistencia encapsulada en estas delicadas hojas de papel. Se inclinó hacia delante una vez más, ansiosa tanto por comprender como por descubrir secretos que nunca habían sido pensados para sus ojos.

* * *

En el silencio polvoriento del desván, los dedos de Anna temblaban mientras trazaba los contornos de la cinta descolorida. Las cartas yacían ante ella, una crónica oculta atada por el tiempo. Desdobló el papel envejecido con reverencia, y cada pliegue liberaba susurros de un pasado clandestino. El guión bailaba a través de las páginas en bucles e inclinaciones, un ballet íntimo de tinta que hablaba del amor entrelazado con una ideología ferviente.

A medida que Anna profundizaba en las cartas, surgió una narrativa que estaba en desacuerdo con la vida tranquila y convencional que sus padres siempre habían encarnado. Los nombres saltaban de las páginas, nombres que ella reconocía no por historias familiares, sino por su investigación sobre movimientos políticos radicales. Se hablaba de mítines en voz baja, de manifestaciones que resonaban en las calles, de disidencias que se aferraban a sus palabras como una sombra.

Se quedó sin aliento mientras reconstruía fechas y eventos, alineándolos con actividades históricas que se sabe que involucran al Grupo Baader-Meinhof. La realidad de que sus padres pudieran haberse codeado con tal radicalismo era un concepto ajeno a todo lo que Anna sabía —o creía saber— sobre ellos.

Se sentó sobre sus talones en medio de viejos baúles y recuerdos olvidados, lidiando con esta revelación. El desván parecía cerrarse a su alrededor, y sus paredes ahora eran testigos de un legado mucho más complejo de lo que podría haber imaginado. Su corazón se aceleró al considerar lo que esto significaba para su propia investigación.

La sorpresa de Anna no fue solo por la participación, sino por la intimidad de todo: la profundidad de la conexión entre sus padres y un grupo que ahora ocupaba un espacio tan prominente en su vida como periodista. La ironía no pasó desapercibida para ella; Allí estaba ella, encubierta para exponer los secretos de este mismo grupo, solo para descubrir que tal vez algunos de esos secretos habían sido escondidos dentro de su propia casa.

Dobló una carta con cuidado y la metió en el gastado cuaderno de cuero de Frank, el cuaderno que se había convertido en escudo y confidente en su búsqueda de la verdad. Las palabras "familia" y "legado" adquirieron un nuevo peso mientras contemplaba cómo este descubrimiento podría dar forma a su camino hacia adelante.

Su mente se llenaba de preguntas para las que no tenía respuestas inmediatas: ¿Se habían desvinculado de estos lazos radicales? ¿Había algo más en su pasado de lo que revelaban estas cartas? ¿Y cómo afectaría este conocimiento a su papel dentro del grupo?

Anna se levantó lentamente de las tablas del suelo, cada paso medido como si navegara a través de un campo minado trazado por fantasmas de la historia. Necesitaba tiempo para pensar, para investigar, para entender. Pero incluso cuando la incertidumbre se arremolinaba a su alrededor como el polvo del ático atrapado por la luz del sol, una cosa quedó clara: esta historia estaba lejos de terminar.

Bajó del desván con una mano temblorosa, aferrándose a viejas verdades recién descubiertas. A medida que la luz del día se desvanecía fuera del pequeño cristal de la ventana, la determinación de Anna se solidificó a pesar de la agitación interior, o tal vez debido a ella. Cerró la puerta suavemente detrás de ella, dejando tras de sí un eco de secretos desvelados pero no comprendidos del todo.

* * *

Anna permanecía inmóvil, con el aire mohoso del desván cargado de polvo y el peso de la revelación. A su alrededor yacían recuerdos de toda una vida: fotografías amarillentas por el tiempo, baratijas que llevaban el aroma de épocas pasadas y, ahora, cartas que desentrañaban una historia que creía conocer. Cada línea del delicado guión era un golpe en el corazón, cada palabra una pieza de rompecabezas que no encajaba con la imagen que le habían dado.

Siempre había visto a sus padres como pilares del decoro, defensores de la paz a su manera tranquila y sin pretensiones. Estas cartas esbozaban un retrato completamente diferente: uno de pasión entrelazada con ideologías radicales, reuniones clandestinas envueltas en susurros de revolución. ¿Cómo es posible que dos vidas tan públicas en su calma tengan tales trasfondos de confusión?

Anna sintió que la sensación de traición le roía las entrañas como un gusano implacable. Se recostó contra un viejo cofre y dejó que su mirada vagara por las fotografías clavadas en las paredes inclinadas. Allí estaban, sus padres, capturados en monocromo: sonriendo en los picnics, abrazándose en las reuniones familiares, con los rostros encendidos de alegría por la graduación de Anna. ¿Eran estos momentos meras fachadas o tenían una verdad propia?

Los recuerdos pasaron en cascada por su mente: las manos suaves de su madre enseñándole a atarse los cordones de los zapatos; la risa de su padre resonando por toda la casa los domingos por la mañana; cuentos para dormir que hablaban de héroes y justicia. ¿Esas historias habían sido sembradas con creencias que eran algo más que fábulas? ¿Había en ellos un eco de esas convicciones ocultas que ahora se le presentaban?

El desván pareció cerrarse sobre ella mientras luchaba con estas preguntas. El pasado era inmutable, pero sentía como si estuviera cambiando bajo sus pies. Su propio camino como periodista, su búsqueda de la verdad, pareció reflejar de repente este legado oculto con el que se había topado.

Volvió a coger una carta, sosteniéndola con tanta delicadeza como si fuera a desintegrarse bajo el peso de su contenido. Hablaba de un amor tan feroz que desafiaría cualquier tormenta; Pero también hablaba de acciones tomadas en la sombra, por causas que habían manchado de sangre los libros de historia.

Con manos temblorosas, Anna volvió a colocar la carta en la pila. Se levantó lentamente entre las reliquias de una vida medio ficticia y se acercó a la ventana. El cristal iluminaba las motas de polvo que danzaban como espíritus perturbados por su descanso.

Anna respiró hondo y exhaló lentamente. No podía apartarse de esta nueva faceta de la historia de su familia más de lo que podía abandonar su búsqueda de la verdad dentro del corazón corrupto de la ciudad. Pero primero, necesitaba claridad; La comprensión sería vital si quería tejer estos hilos del pasado y del presente.

Cuando el crepúsculo comenzó a pintar sombras en el suelo del ático, Anna recogió las letras con cuidado y determinación grabadas en cada línea de su rostro. Se enfrentaría a esta historia de frente, no solo como una periodista que persigue una historia, sino como una hija que busca comprensión en una narrativa llena de contradicciones.

Con una última mirada alrededor de la habitación, un santuario convertido en escenario para fantasmas familiares, Anna descendió del ático, cada paso cargado de confusión emocional, pero impulsada por una determinación inquebrantable de buscar la realidad en medio de capas y capas de secretos enterrados durante mucho tiempo, pero ahora desenterrados.

* * *

Anna se sentó rígidamente en el sofá, con los ojos fijos en la extensión de cartas envejecidas que tenía ante sí. Se extendieron por la mesa de café como una mano de naipes, cada uno de ellos un testimonio de un pasado que nunca había imaginado para sus padres. Las palabras dentro de esos sobres habían sido selladas con amor y secreto, ahora expuestas a la luz estéril de su sala de estar suburbana.

El reloj avanzaba al ritmo del corazón acelerado de Anna mientras esperaba su regreso. Con cada minuto que pasaba, su determinación se solidificaba; Necesitaba respuestas. El sonido familiar de las llaves tintineando en la puerta principal rompió el silencio, anunciando la llegada de sus padres.

Su madre entró primero, alegre y ajena a la tensión que le esperaba. —Anna, querida, ¿qué te trae aquí...? —Su voz se apagó al ver las cartas—. La confusión arrugó su frente mientras miraba desde el rostro severo de Anna hacia los artefactos de un capítulo oculto.

Su padre la siguió de cerca, su jovial saludo interrumpido por la atmósfera cargada. Hizo una pausa en seco y sus ojos se posaron en las pruebas incriminatorias que se extendían ante ellos. Por un momento, solo hubo silencio, un enfrentamiento silencioso entre el pasado y el presente.

La voz de Anna se abrió paso entre el silencio. "Los encontré en el ático". Señaló las cartas, con un tono agudo de acusación. "¿Por qué nunca has hablado de esto? ¿Fuiste parte de ellos? ¿El Grupo Baader-Meinhof?

Sus padres intercambiaron una mirada tensa, una conversación silenciosa en una mirada fugaz, antes de volverse para mirar a la mirada inquisitiva de su hija. Su padre se aclaró la garganta, pero las palabras parecieron fallarle mientras se esforzaba por comenzar una explicación.

"Éramos jóvenes", comenzó su madre vacilante, "idealistas y atrapados en una época de confusión". Extendió la mano como si fuera a tocar una de las letras, pero retiró la mano rápidamente, como si estuviera en llamas.

—Esa era otra vida —añadió su padre con una gravedad que parecía ajena a su comportamiento habitualmente desenfadado—. "Dejamos todo eso atrás hace mucho tiempo".

—¿Pero por qué ocultarlo? Anna siguió adelante, sus instintos periodísticos se negaban a soltar el hilo ahora desenredado. "¿Alguna vez consideraste cómo esto podría afectarme? ¿Pensaste en tu legado?

Su madre suspiró profundamente y se dejó caer en un sillón frente a Anna. Su padre permanecía de pie junto a la puerta, atrapado entre entrar de lleno en esta confrontación o retirarse de ella.

—Anna —comenzó de nuevo su madre, eligiendo sus palabras con cuidado—, queríamos protegerte de nuestros errores, darte la oportunidad de una vida libre de nuestras elecciones.

La habitación parecía ahora más pequeña mientras Anna absorbía sus palabras, mitad explicaciones y mitad confesiones, y las comparaba con todo lo que creía saber sobre ellas.

"Hicimos cosas de las que no estamos orgullosos", admitió finalmente su padre. Su voz era baja y tenía un dejo de tristeza que golpeó a Anna más profundamente de lo que cualquier confesión podría haberlo hecho.

Anna los observó atentamente, con sus rostros marcados por el arrepentimiento, y sintió una empatía inesperada que atenuaba su necesidad de respuestas. La historia que tanto habían tratado de enterrar había salido a la luz de todos modos; Era parte de lo que ellos eran, y también parte de lo que ella era.

A medida que el silencio se apoderaba de la habitación una vez más, Anna se dio cuenta de que esta confrontación solo había desenterrado más preguntas que respuestas: preguntas sobre la verdad y las consecuencias; sobre el entrelazamiento de la historia familiar con la historia nacional; sobre la profundidad con la que los ideales de una persona pueden moldear su destino y el de sus seres queridos.

Se recostó contra los cojines del sofá, sintiéndose más cerca y más lejos que nunca de entenderlos. Las cartas permanecían ahora en silencio entre ellos, un puente a través del tiempo que traía consigo tanto revelación como misterio.

* * *

La habitación parecía más pequeña que antes, el aire cargado de tensión y el peso de las verdades no dichas. Anna se sentó frente a sus padres, las cartas de amor que habían provocado una tormenta de preguntas se desplegaron en la mesa de café entre ellos. Observó sus rostros, en busca de signos de reconocimiento o culpa, en busca de algún indicio de que pudieran confirmar lo que las cartas sugerían sobre su pasado.

Los ojos de su madre revoloteaban por la tinta descolorida como si se tratara de un idioma extranjero, mientras las manos de su padre se entrelazaban y desabrochaban en su regazo. Ofrecían explicaciones que serpenteaban como un río evitando las rocas, vagas y desviadas.

—Éramos jóvenes —empezó a decir su madre, con la voz entrecortada por una despreocupación practicada—. "Eran otros tiempos. La gente creía en las cosas... apasionadamente".

"La gente hizo muchas cosas de las que se arrepiente después", intervino su padre, con la mirada fija en algún punto distante de la habitación.

Anna siguió adelante, buscando claridad. —¿Formó parte del Grupo Baader-Meinhof? ¿Creíste en sus métodos? Las preguntas persistían como la niebla sobre un campo de batalla.

Sus padres intercambiaron una mirada, una conversación entera en una fracción de segundo, y negaron con la cabeza casi imperceptiblemente. "Eso no era lo que éramos", dijo su padre, pero sus ojos contaban otra historia.

"Ya es historia", añadió rápidamente su madre. "Desenterrar tumbas viejas no le sirve a nadie".

Anna percibió su miedo, palpable como si se tratara de otra persona en la mesa. Tenían miedo de lo que podría resurgir si ella hurgaba demasiado en su pasado, un pasado que parecían decididos a mantener enterrado.

—¿Pero no importa la verdad? La voz de Anna era firme, pero por dentro se agitaba de frustración y curiosidad.

Su padre suspiró, con las líneas de preocupación grabadas más profundamente en su rostro. —Algunas verdades es mejor dejarlas en paz —murmuró—. "Pueden hacer más daño que bien".

La conversación se estancó allí: sus padres no quisieron divulgar más y Anna se fue a navegar a través de sus negaciones y medias verdades. Permanecieron juntos torpemente mientras Anna se preparaba para irse, envueltos en una tensión no resuelta que se aferraba a ellos como estática.

Al salir a la luz del día, la confusión nubló los pensamientos de Anna. Su instinto periodístico luchaba con la lealtad familiar; El deseo de verdad chocaba con el respeto por el silencio de sus padres. Sin embargo, la determinación que siempre la había impulsado no hizo más que afilar su filo en su interior: las cartas eran solo una pieza de un rompecabezas más grande que ahora se sentía obligada a resolver.

Anna sabía que esta historia no terminaría aquí; Fue simplemente otro comienzo, un comienzo marcado por revelaciones y negaciones que solo alimentaron su determinación de descubrir cualquier verdad que yaciera enterrada en el pasado secreto de su familia.

Capítulo 14

La habitación, anodina y con ecos en voz baja, mantenía el aire de secreto como una segunda piel. Anna observaba desde su punto de vista oculto, con la respiración tranquila en el pecho.

La voz de Markús era firme mientras transmitía actualizaciones sobre las actividades del grupo. Sus palabras se derramaron en el espacio entre ellos y sus contactos, figuras del gobierno que existían en los márgenes de los libros oficiales y la conciencia pública. Para Anna, no eran más que siluetas, sin forma y oscurecidas, su presencia se sentía más que se veía.

Notó el ligero temblor en las manos de Markús mientras hablaba, lo que contrastaba con la confianza de su voz. Era una cosa pequeña, ese temblor, pero le decía mucho a Ana. Susurraba sobre el miedo o tal vez sobre una conciencia que luchaba consigo misma en los rincones oscuros de la noche.

Los hombres escuchaban atentamente, su quietud era la de los depredadores que miden a su presa. Formaban parte de un juego cuyas reglas Anna apenas empezaba a entender, un juego que se nutría de información intercambiada en susurros y lealtades tan fugaces como sombras.

Mientras capturaba cada momento con un clic mental, similar al obturador de su cámara que ahora descansa sin usar a su lado, Anna sintió el peso de su papel. Era una observadora, una coleccionista de verdades, destinada a despegar capas y capas hasta que todas las fachadas se desmoronaban en polvo.

La reunión se llevó a cabo con un trasfondo de urgencia. Los hombres hablaron de logística y riesgos con calculado desapego, mientras Markús respondía a sus preguntas con una facilidad ensayada. Sin embargo, ese temblor permaneció, un fantasma sutil pero persistente parpadeando a través de su comportamiento, por lo demás sereno.

El corazón de Anna se aceleró al considerar lo que esta revelación significaba para su historia, para las verdades que buscaba desenterrar sobre el Grupo Baader-Meinhof y su enigmática conexión con poderes invisibles. La habitación contuvo la respiración a su alrededor; Incluso el tiempo parecía vacilar en entrometerse en este intercambio clandestino.

Cuando Markús concluyó su informe y el silencio se asentó como el polvo tras sus palabras, Anna supo que lo que presenciaría esa noche lo cambiaría todo. Había encontrado un hilo, uno que desentrañaría misterios envueltos en agendas ocultas y alianzas encubiertas.

Los contactos del gobierno se desvanecieron en la oscuridad como si nunca hubieran estado allí, dejando a Markús solo con sus pensamientos y sus manos temblorosas en el hueco abrazo del secreto. Anna permaneció inmóvil mucho tiempo después de que se hubiesen marchado, contemplando su siguiente paso en esta peligrosa danza de verdad y engaño.

* * *

Anna observaba desde las sombras, con la respiración entrecortada en la quietud de la habitación. Markús estaba ahora solo, y el último de sus oscuros contactos se había escabullido en la noche como espectros que salen de un cementerio. Estaba de espaldas a ella, una línea rígida contra la tenue luz que se filtraba a través de una ventana mugrienta. Ella lo observó, como un centinela silencioso que documentaba cada matiz.

El hombre que tenía delante pareció desinflarse, con los hombros caídos bajo un peso invisible. La confianza habitual que pintaba su personalidad pública se desvaneció, revelando a un hombre agobiado por sus secretos. Su mano se pasó por el pelo, un gesto de frustración y cansancio. Anna notó cómo la luz captaba las líneas grabadas en su rostro, líneas que hablaban de noches de insomnio y pensamientos atormentados.

Se giró ligeramente y Anna pudo verle la cara. Había cansancio allí, sí, pero más que eso, un conflicto que tiraba de las comisuras de sus ojos y bajaba por los bordes de su boca. Caminó por un corto sendero sobre las polvorientas tablas del suelo, como si trazara los confines de una jaula invisible.

Markús se detuvo de repente y fijó la mirada en algo lejano e invisible. Anna contuvo la respiración; Incluso desde este punto de vista podía sentir la batalla que se libraba dentro de él. ¿Estaba cuestionando las implicaciones morales de sus acciones? ¿Se sentía atrapado entre la lealtad a una causa y un código ético más profundo?

Sus labios se movían en un discurso silencioso consigo mismo o tal vez con fantasmas de su pasado. Parecía estar buscando el consejo de fantasmas que solo él podía ver u oír. Anna conocía bien esta lucha: la medición constante de las acciones de uno con respecto a los ideales de uno.

Markús echó un vistazo a un trozo de papel arrugado que había sobre una mesa cercana —una lista o un plan, tal vez— y sacudió la cabeza como si negara su existencia. Luego alzó la vista bruscamente, como si sintiera a un intruso en su tormento privado.

Anna se retiró a su escondite detrás de pilas de cajas llenas de parafernalia de protesta —carteles, pancartas, máscaras—, todas herramientas de anonimato que parecían estar tan en desacuerdo con su propia búsqueda de la verdad.

El aire del almacén estaba cargado de polvo y secreto; Cada partícula contenía susurros de operaciones clandestinas y verdades a medias. Cuando Markús se hundió por fin en una vieja silla con un crujido audible, Anna casi pudo oír cómo esos susurros se convertían en acusaciones a su alrededor.

Apoyó los codos en las rodillas y enterró la cara entre las manos —una estatua dedicada a la agitación interior— y por un momento ella lo vio no como un adversario o un súbdito, sino como otra alma que navegaba a través de tonos grises.

Anna sintió una punzada de empatía por Markús; Ya era bastante difícil vivir una vida auténticamente, y mucho menos hacer malabarismos con dos identidades: una pública y otra envuelta en la oscuridad. Pero la simpatía era un lujo que no podía permitirse, no cuando había verdades aún descubiertas que podían dañar o salvar vidas.

Mientras Markús permanecía inmóvil en sus contemplaciones, Anna tomó su decisión. Ella lo observaba todavía, pero con un propósito renovado; Necesitaba entender a este hombre que caminaba en el filo de la navaja entre dos mundos. La historia que buscaba no solo radicaba en los eventos planeados en habitaciones en sombra, sino también en estos momentos solitarios de vulnerabilidad humana.

Se movió ligeramente, con la cámara lista para capturar cualquier otra revelación que pudiera surgir del reflejo solitario de Markús: las arrugas cansadas de su rostro contaban su propia historia mientras luchaba con secretos lo suficientemente pesados como para aplastar el espíritu de cualquier hombre.

* * *

Markús se apoyó en la superficie fría y áspera de la pared del almacén, un lugar que se había vuelto demasiado familiar, demasiado parecido a una segunda piel. Dejó escapar un suspiro que flotaba visible en el aire, un fantasma brumoso de su agitación interior. Sus ojos escudriñaron el espacio cavernoso ahora vaciado de sus ardientes ocupantes, y su mirada finalmente no se posó en nada en particular.

En medio de la calma de las voces fervientes y los ideales enfrentados, Markús se encontró a solas con el eco de las preguntas inquisitivas de Anna. Resonaban en su mente, cada una de ellas una púa puntiaguda que punzaba los bordes de su conciencia. La había

parecían actuar como un espejo, devolviéndole la gravedad de su decisión de ir de incógnito. Anna casi podía ver el peso de su elección presionando sus hombros, doblándolo pero sin romperlo.

Anna se movió ligeramente, con la cámara colgando pesadamente a su lado, testigo silencioso de esta figura solitaria que luchaba con su conciencia. El aire que rodeaba a Markús parecía cargado de su determinación mientras absorbía el contenido que tenía ante sí. Se los imaginó como recordatorios, promesas hechas o tal vez pruebas de lo que estaba en juego. Estaba claro que todas las dudas que albergaba Markús se enfrentaban a las razones originales que lo impulsaron a este mundo sombrío.

Dobló los documentos con una deliberación que rayaba en lo ritual y los guardó de forma segura. Su postura se enderezó; Cualquier vacilación momentánea que había exhibido ahora fue reemplazada por una mandíbula más firme, un testimonio silencioso de un compromiso renovado.

Anna entendió muy bien esta danza de dudas y determinación. Sus propias razones para ahondar en esta investigación —una búsqueda incesante de la verdad y la justicia— se hicieron eco de las afirmaciones silenciosas de Markús. Sintió una extraña afinidad con él en ese momento, dos almas en lados opuestos de una turbia división que buscaban claridad y resolución.

Markús se pasó una mano por el pelo y luego dejó escapar un largo suspiro que pareció disipar parte de la tensión que había tenido. Sus ojos se cerraron brevemente, tal vez permitiéndose una última pausa antes de volver a asumir el papel que tanto le exigía.

Anna permaneció inmóvil, su presencia pasó desapercibida. Contempló la complejidad de los motivos humanos, la maraña de miedo y coraje que definía sus acciones. Al ver cómo Markús se armaba de valor ante las persistentes reservas, sintió que su propia determinación se endurecía.

El almacén estaba ahora en silencio; Incluso los susurros parecían demasiado fuertes en este lugar, cargado de pensamientos no expresados y hechos aún no hechos. Anna echó una última mirada a Markús antes de retirarse a las sombras de las que procedía. Su mente se agitaba con pensamientos y preguntas mientras se movía a través de la oscuridad.

Había sido testigo de algo profundo, la confrontación de un hombre consigo mismo, y eso fortaleció su propia misión. Con cada paso que daba para alejarse del almacén, el propósito de Anna se hacía más claro: iluminar la verdad en todas sus formas y matices. La noche la envolvió mientras se desvanecía en su abrazo, llevando consigo su inquebrantable dedicación a desentrañar capas de secreto hasta que la luz del día pudiera llegar incluso a los rincones más oscuros.

* * *

El almacén se alzaba, un espacio cavernoso donde las sombras parecían aferrarse a las paredes, reacias a abandonar su abrazo. Markús estaba solo, una figura solitaria empequeñecida por la inmensidad de su entorno.

En el tranquilo período posterior a las fervientes discusiones y a la partida de los conspiradores, el aislamiento de Markús era una fuerza tangible. Irradiaba de él como el frío del suelo de hormigón. Su doble vida lo envolvía como un sudario, separándolo de su verdadero yo y de la persona que proyectaba al mundo. Estaba atrapado entre dos existencias, sin pertenecer plenamente a ninguna.

Markús caminaba de un lado a otro, sus pasos resonaban en el espacio vacío, un metrónomo marcando los segundos de sus deliberaciones internas. Anna lo observó darle la vuelta a una fotografía gastada en sus manos. La imagen no estaba clara desde su distancia, pero era evidente que cualquier recuerdo que contuviera

era querido para él, tal vez un lazo para el hombre que solía ser antes de esta vida de duplicidad.

Podía ver el cansancio en su postura, una caída de los hombros que venía con llevar cargas demasiado pesadas para un solo hombre. Allí no había nadie a quien Markús pudiera convencer o para quien actuar; No hay necesidad de bravuconería o persuasión. Aquí se permitió un momento de vulnerabilidad, una admisión silenciosa de que su camino era tan traicionero como solitario.

La propia sensación de soledad de Anna reflejaba la de él: su disfraz de Eva Richter la distinguía de sus colegas y amigos, dejándola a la deriva en un mar de medias verdades y espionaje. Sentía una afinidad inesperada con Markús, comprendía muy bien el coste de vivir una mentira en pos de algo más grande.

La quietud se rompió cuando Markús se puso rígido y su espalda se enderezó como si una corriente eléctrica lo hubiera atravesado. Su rostro se convirtió en una máscara de determinación, una determinación forjada en el fuego de la necesidad. Cualquier batalla interna que se hubiera librado en su interior había llegado a su conclusión.

Dobló la fotografía con cuidado y la guardó en el bolsillo de su chaqueta, cerca de su corazón, tal vez como armadura contra lo que le esperaba o como un recordatorio de por qué debía soportar. Ahora se movía con determinación, recogiendo papeles desperdigados y metiéndolos en un modesto maletín que llevaba el peso de los secretos.

Anna observó cómo Markús se preparaba para lo que estaba por venir: los continuos desafíos que pondrían a prueba su temple y harían temblar los cimientos sobre los que construyó su fachada. El costo personal estaba grabado en cada línea de su rostro y en cada movimiento deliberado.

Markús echó una última mirada alrededor del almacén antes de dirigirse hacia una salida envuelta en la oscuridad. Su figura pasó a formar parte de las sombras que lo envolvían hasta desaparecer por completo de la vista.

Anna permaneció inmóvil mucho tiempo después de que él se hubiera ido, contemplando su propia resolución frente a la soledad a la que se enfrentaba, la soledad a la que ambos se enfrentaban en su búsqueda de la verdad en medio del engaño. Con Markús ausente y la noche apretando las ventanas del almacén como una amenaza tácita, Anna se escabulló en su propia franja de oscuridad exterior, lista para lo que le esperaba en el camino que había elegido.

Capítulo 15

Anna se quedó cerca de la estación de café, con una taza de líquido tibio olvidada en sus manos. La sala bullía con un fervor típico de las reuniones clandestinas de Baader-Meinhof, pero esta vez el aire se sentía más pesado, cargado de una sensación de acción inminente. Bebió un sorbo despreocupado, con los ojos hacia abajo para evitar una atención injustificada.

Un par de sombras se separaron de la multitud y se dirigieron hacia un rincón apartado. La silenciosa urgencia de sus voces despertó el interés de Anna. Se colocó detrás de una columna adornada con carteles revolucionarios, fingiendo desinterés mientras se esforzaba por atrapar fragmentos de su intercambio susurrado.

"... No queda mucho tiempo —murmuró una voz, apenas por encima del sonido del café revuelto—.

"... tienen que ser precisos", respondió otro, con las palabras entrecortadas por la tensión.

El pulso de Anna se aceleró a medida que reconstruía las referencias veladas y el lenguaje codificado. Su mente de reportera escudriñaba la jerga, su alarma aumentaba con cada sílaba que insinuaba violencia. Apretó la espalda contra el frío cemento, su fachada casual desmentía el apretado nudo de miedo que se formaba en su estómago.

"... el público finalmente escuchará", dijo uno con convicción que provocó escalofríos en la columna vertebral de Anna.

Los dos miembros miraron a su alrededor antes de acercarse más, su conspiración envuelta en sombras. Sus labios se movían con ferviente propósito mientras detallaban lugares y momentos demasiado específicos para ser ignorados. Anna sintió que se le cortaba el aliento; Estaban hablando de un ataque, planeado e inminente.

Apretó la taza con más fuerza, el calor se filtró en las palmas de sus manos, un marcado contraste con el frío que se había apoderado de su corazón. Todos los instintos periodísticos le pedían a gritos que interviniera, pero ella permanecía anclada en el lugar detrás del pilar. Su papel exigía silencio; Cualquier acción precipitada podría destapar su tapadera y arruinar cualquier posibilidad de evitar que sus intenciones se hicieran realidad.

La gravedad de lo que había aprendido pesaba sobre Anna como un sudario de plomo. Cuando los miembros se dispersaron de nuevo entre la multitud, supo que había cruzado un punto de no retorno. Ahora no había más remedio que ahondar en la oscuridad por el bien de la luz, la verdad a cualquier precio, incluso si eso significaba bailar en el filo de la navaja entre el observador y el participante.

Anna dejó su café intacto y se derritió lejos de su escondite, con todos los nervios encendidos por el propósito mientras se preparaba para lo que vendría después.

* * *

Anna se sentó sola en su apartamento.

El reloj de la pared avanzaba, y cada segundo era un claro contrapunto a sus acelerados pensamientos. Pensó en lo que había aprendido, en los detalles precisos de una trama diseñada para sacudir al público hasta la médula. Anna se recostó en la silla, sintiendo el frío tacto del cuero contra su piel. Sus dedos rozaron la superficie granulada de su mesa de café, trazando patrones como si pudieran trazar el curso de acción correcto.

El peso de la responsabilidad oprimía sobre sus hombros. Como periodista, no era ajena a descubrir verdades incómodas y arrojar luz sobre rincones oscuros. Pero esto era diferente; Podían estar en juego vidas, muchas vidas, y cualquier decisión que tomara ahora tenía consecuencias que iban mucho más allá de una firma o un galardón periodístico.

Anna cerró los ojos y respiró hondo. Los planes del grupo ya no eran solo retórica o ideológica; Eran tangibles y peligrosos. Su papel como Eva Richter, una identidad que había elaborado meticulosamente y que ahora usaba como una armadura, la colocó en una encrucijada en la que el deber profesional se cruzaba con la obligación moral.

Volvió a abrir los ojos y miró el gastado cuaderno de cuero de Frank que descansaba en el borde de su escritorio. Parecía susurrarle sobre la verdad y la humanidad, la esencia misma de la narración que Frank le había impartido. Pero, ¿cómo podría contar esta historia sin ayudar potencialmente a aquellos que preferirían verla sin contar?

El silencio en el apartamento se hizo más pesado a medida que Anna contemplaba los posibles resultados. Advirtiendo a las autoridades que podrían salvar vidas, pero también revelaría su condición de encubierta, lo que probablemente pondría fin a cualquier posibilidad que tuviera de seguir exponiendo los secretos del grupo desde dentro. Permanecer en silencio significaba preservar su tapadera, pero vivir con el conocimiento de que no había hecho nada para evitar el daño.

Se puso de pie y se acercó a la ventana, mirando hacia la noche, donde las sombras bailaban entre las farolas y los callejones. La ciudad parecía tranquila desde allí arriba, un marcado contraste con lo que podría suceder si ella no actuaba.

Anna se apartó de la ventana y caminó por la habitación, cada paso mesurado y deliberado, como si tratara de mantener el equilibrio sobre un cable tendido entre dos edificios. Siempre había buscado la verdad en su forma más pura, pero ahora se encontraba enredada en tonos grises.

Con la determinación reflejada en cada línea de su rostro, Anna supo lo que tenía que hacer. Era hora de que Eva Richter se hiciera a un lado para que Anna, la periodista comprometida con la protección de la sociedad a través de la verdad, tomara medidas.

Volvió a coger el cuaderno de Frank y sintió su textura familiar en los dedos mientras lo abría y lo convertía en una página vacía. Con el bolígrafo sobre el papel, Anna se detuvo un momento más antes de comenzar a escribir todo lo que sabía sobre lo que se avecinaba: una promesa silenciosa de que, si bien la incertidumbre nublaba algunos caminos hacia adelante, el suyo estaría iluminado por la convicción y el coraje.

* * *

Lukas la encontró entre los restos dispersos de la última reunión, con los ojos encendidos de fervor. Se acercó, demasiado cerca para sentirse cómoda, y Anna pudo sentir el calor de su emoción mientras hablaba de lo que le esperaba al grupo.

—Va a ser grande —dijo Lukas, con un zumbido bajo que vibraba de expectación—. "Estamos al borde de algo que los sacudirá, los hará escuchar".

Anna lo observó, su rostro era una máscara de intriga mientras asentía con la cabeza a sus palabras. Su cámara colgaba pesadamente alrededor de su cuello, un recordatorio de su verdadero propósito en este lugar repleto de rebelión susurrada. Se inclinó lo suficiente para que Lukas siguiera hablando, para que creyera que era una con su causa.

Pero debajo de la superficie, la mente de Anna se aceleraba. Analizó cada palabra que Lukas decía, buscando un significado oculto, cualquier cosa que pudiera delatar sus planes. Su entusiasmo era contagioso hasta cierto punto; Tiraba de ella como una corriente de resaca que intentaba alejarla de la orilla de sus convicciones.

No se dio cuenta de que su sonrisa no llegaba a sus ojos o de que mantenía una mano en la cámara en todo momento, un salvavidas para saber quién era realmente. Lukas estaba perdido en el fervor de su propia narrativa, ciego al hecho de que Anna se encontraba en un precipicio entre dos mundos.

A medida que él continuaba con trazos generales sobre las acciones y los impactos, Anna sintió que el peso de la responsabilidad se asentaba sobre sus hombros. ¿Cómo podría reconciliar la emoción en la voz de Lukas con el potencial de daño que sus acciones podrían traer? Escuchó y observó como desde la distancia, su corazón latía con un latido constante de conflicto dentro de su pecho.

Lukas finalmente hizo una pausa para respirar, con las mejillas enrojecidas por el celo. Miró a Anna expectante, esperando su respuesta.

—Parece que estáis muy comprometidos —dijo Anna con cuidado, pisando una delgada línea entre el aliento y la neutralidad—.

—Oh, lo estamos —le aseguró Lukas con un enfático movimiento de cabeza—. —Ya lo verás.

Anna volvió a asentir con la cabeza, pero no dijo nada más. Mientras Lukas se excusaba para unirse a otro grupo de conspiradores al otro lado de la habitación, Anna se quedó quieta un momento más. Su mente zumbaba con pensamientos, temores y posibilidades.

No podía quitarse de encima la emoción de Lukas ni cómo contrastaba con el creciente temor dentro de su propio corazón. Pero incluso cuando la preocupación se le hizo un nudo en el estómago como un huésped no deseado que se niega a irse, Anna sabía que ya no había vuelta atrás, no cuando estaba tan cerca de descubrir sus secretos.

Su expresión se compuso una vez más en una de tranquila resolución; Cogió su cuaderno y lo anotó todo mientras estaba fresco, cada palabra que Lukas había derramado en su fervor sincero. Había mucho en juego y crecía minuto a minuto; Lo sentía en cada fibra de su ser mientras se preparaba para lo que vendría después.

* * *

Anna se paseaba por los estrechos confines de su habitación, y a cada paso era un péndulo que oscilaba entre el deber y el peligro. Los muros, que una vez fueron su santuario, ahora se cerraban sobre ella con el peso de su conciencia. En un rincón, su cámara yacía tirada sobre una silla, con la lente fija en la mira, como si cuestionara su próximo movimiento.

La información que había escuchado era como un cable vivo en sus manos, potente y peligrosa. Intervenir directamente podría cortocircuitar su tapadera, exponiéndola a represalias desconocidas del grupo al que pretendía exponer. Sin embargo, informar a Frank o a las autoridades significaba desencadenar una secuencia de eventos que no podía controlar. La seguridad pública pendía de un hilo, tambaleándose al borde de la decisión de Anna.

Su mente reprodujo el fervor de Lukas de su último encuentro. Su entusiasmo no era solo una fachada, era sincero y contagioso. Su visión del cambio estaba enredada con riesgos que ella sabía que eran demasiado grandes para ignorarlos. Pero Lukas no era solo un sujeto en su investigación; Se había convertido en un enigma que desafiaba su desapego.

Las tablas del suelo crujieron bajo los movimientos inquietos de Anna mientras atravesaba de nuevo la habitación. Se detuvo junto a la ventana, mirando hacia la ciudad que palpitaba con vida abajo, sin darse cuenta de la sombra que estaba a punto de proyectarse sobre ella. Pensó en los ojos ansiosos de Clara y en las advertencias que ahora parecían proféticas.

Casi podía oír la voz ronca de Frank diciéndole que se mantuviera fiel a la historia, que dejara que se desarrollara sin interferencias. Pero esto era más que palabras en el papel; Eran vidas en juego. La brújula moral que guió a Anna a través de innumerables historias ahora giraba salvajemente, atrapada en una tempestad de implicaciones.

Su mano rozó el gastado cuaderno de cuero que Frank le había regalado, un talismán de confianza y expectativa. Se sentía cargado de responsabilidad cuando lo abrió en una página en blanco, lista para confesiones o planes.

En este momento solitario, Anna entendió que el periodismo era más que un testimonio: era una prueba de la propia humanidad en medio de la confusión. Su papel de Eva Richter le brindó protección, pero también le limitó la capacidad de actuar abiertamente.

Anna permaneció inmóvil durante un largo rato, dejando que el silencio la envolviera como un abrazo frío. Luego buscó su teléfono con deliberada calma, un dispositivo que la conectaba con dos mundos: uno en el que podía pedir ayuda y otro en el que podía destruir todo lo que había construido.

El reloj avanzaba burlonamente mientras Anna sopesaba cada posible futuro entre sí, la acción o la observación; intervención o reportaje; confianza o traición. Cada opción se desplegaba ante ella con su propio conjunto de consecuencias.

Con la determinación endureciéndose en su pecho como el acero templado por el fuego, Anna tomó su decisión, una que se balanceaba en el filo de la navaja entre el deber moral y la necesidad estratégica. Avanzaba con cautela pero con decisión, actuando entre las sombras pero guiada por la luz.

Sus dedos marcaron un número familiar pero cargado de implicaciones, la línea directa de Frank, y esperó el timbre que señalaría otro paso hacia la incertidumbre. Su respiración se contuvo con anticipación mientras se preparaba para decir palabras que podrían alterarlo todo.

* * *

La llamada telefónica a Frank había sido un paseo por la cuerda floja de palabras, la voz de Anna era firme, pero le temblaba la mano cuando volvió a colocar el auricular. Estaba de pie en la cocina poco iluminada, con la mirada fija en el teléfono silencioso. Se hizo; Había cruzado una línea invisible, y ya no había vuelta atrás.

Su apartamento, que alguna vez fue un santuario de soledad y pensamiento, ahora parecía un escenario para lo que estaba por venir. El reloj de la pared marcaba el ritmo de su corazón acelerado. Tenía que moverse rápidamente; El tiempo era un lujo que ya no podía permitirse.

Anna se acercó a su escritorio, donde los papeles yacían esparcidos como hojas después de una tormenta: notas sobre notas, cada una de las cuales era una pieza del rompecabezas que intentaba resolver desesperadamente. La información sobre el ataque estaba fragmentada, envuelta en secreto y hablada en susurros difíciles de captar. Pero sabía que estaba ahí, acechando en las sombras de las medias verdades y las reuniones encubiertas.

Con cada pieza de información garabateada en un papel, Anna sintió que el peso de la responsabilidad se apretaba alrededor de su pecho. No podía deshacerse de las imágenes que su mente evocaba: caos en las calles, sirenas aullando, gente corriendo para ponerse a cubierto: no eran escenas de una tierra lejana, sino pesadillas que amenazaban con extenderse a la ciudad a la que llamaba hogar.

Necesitaba más información. El plan requería verificación; Sin él, cualquier acción que tomara sería imprudente. Anna comenzó a organizar sus notas metódicamente. Trazó un mapa de conexiones entre nombres y lugares, una red visual de asociaciones que podría llevarla a pruebas sólidas.

Sus ojos se detuvieron en un nombre: Lukas. Era clave; Sabía más de lo que dejaba ver. Tal vez era hora de usar su creciente relación en su beneficio, para persuadir a alguien más que una charla idealista la próxima vez que se vieran.

Una parte de Anna retrocedió ante la idea: usar la confianza de alguien como palanca se sentía como un juego sucio. Pero eran tiempos sucios, y si jugar limpio significaba quedarse de brazos cruzados mientras el peligro se cernía sobre ellos, entonces la suciedad tendría que ser suficiente.

Anna agarró la bolsa de su cámara y comprobó su contenido: cámara, lentes, baterías de repuesto, todas herramientas de su oficio que hacían las veces de armadura contra la incertidumbre. Metió el gastado cuaderno de cuero de Frank en el bolsillo lateral —el símbolo tangible de la confianza entre mentor y protegido— y se colgó el bolso al hombro.

Se detuvo en la puerta y respiró hondo. Su reflejo le devolvió la mirada desde el espejo del pasillo: una mujer transformada por su propósito y determinación a pesar de la tormenta que se avecinaba en su interior.

Cuando Anna salió al aire de la tarde, la ciudad se extendió ante ella: un laberinto de historias que esperaban ser contadas, secretos que esperaban ser descubiertos. Se movía por sus venas con determinación grabada en cada paso.

El miedo persistía, una compañera constante que le susurraba al oído qué pasaría si, pero Anna lo mantuvo a raya con pensamientos de aquellos que caminaban sin saberlo hacia un peligro potencial. Ella montaría guardia por ellos; Ella sería su ojo vigilante.

Su decisión fue clara: evitar el daño por cualquier medio necesario, reunir discretamente más información y verificar cada detalle antes de hacer un movimiento. Habría consecuencias; Siempre los hubo cuando la verdad chocaba con el poder. Pero Anna los aceptó como parte del camino que recorrió, el camino de una periodista comprometida a arrojar luz sobre la oscuridad sin importar cuán desalentadora pueda parecer esa oscuridad.

Capítulo 16

Anna se encontró a solas con Lukas después de que el fervor de la reunión del grupo se hubiera disipado. El lugar que ocupaban ahora no se parecía en nada a los lugares habituales de los revolucionarios y soñadores. Era un banco ordinario de parque, ubicado entre el reconfortante abrazo de un viejo roble y una farola que parpadeaba con un suave resplandor amarillo. El clamor de la ciudad se retiró en un murmullo lejano, dejándolos envueltos en una bolsa de tranquilidad.

Observó cómo Lukas se relajaba a su lado, su lenguaje corporal se desprendía de la energía militante que normalmente se aferraba a él como una segunda piel. Su mirada se desvió hacia el estanque donde los patos flotaban despreocupadamente, sin inmutarse por el mundo de los hombres y sus enrevesados planes.

—¿Alguna vez lo has pensado? La voz de Lukas rompió la quietud, suave pero clara. "Sobre todo esto siendo... diferente?"

Anna se volvió hacia él, contemplando su perfil a contraluz tenue. —¿Diferente cómo?

Lukas suspiró, pasándose los dedos por el pelo, un gesto que ella había llegado a reconocer como de contemplación. "Menos caótico. Más sencillo".

Sintió que una sonrisa se dibujaba en sus labios a pesar de la gravedad de su conversación. —A veces —admitió Anna, permitiendo que su guardia cayera dentro de este fugaz santuario que habían encontrado—. "A veces me pregunto cómo sería la vida si no estuviéramos tan enredados en todo esto... causas".

Sus miradas se encontraron y se sostuvieron, una conexión que decía mucho sin pronunciar una palabra más. Vio en los ojos de Lukas un destello de algo raro y desprevenido, una vulnerabilidad compartida que la reconfortaba y la enervaba a la vez.

Lukas extendió la mano vacilante, su mano flotando antes de posarse suavemente en la de ella. El contacto era tímido, casi interrogante en su ternura, un marcado contraste con la rudeza que había llegado a esperar de su mundo.

"¿Alguna vez te cansas de pelear?" Su voz apenas se elevó más allá de un susurro.

Anna contempló su pregunta, sintiendo que su peso se posaba sobre sus hombros como un abrigo viejo, familiar y pesado. —Sí —dijo al fin, girando la mano para que sus dedos se entrelazaran brevemente antes de retirarla con suave desgana—. "Pero tampoco puedo imaginar no luchar por algo".

Asintió con la cabeza como si entendiera perfectamente, de la misma manera que dos soldados podrían entenderse en un campo de batalla cuando las palabras eran demasiado engorrosas para transmitir su experiencia compartida.

En ese momento, Anna vio a Lukas no solo como un activista o una fuente potencial para su historia, sino como alguien que buscaba un significado tal como era, cada uno de ellos atrapado en las mareas tumultuosas de sus convicciones.

Mientras se levantaban del banco para reincorporarse a un mundo que esperaba su próximo movimiento con la respiración contenida, Anna llevaba consigo no solo notas para su exposición, sino también la huella de la vulnerabilidad de Lukas, un recordatorio de que debajo de cada causa ferviente yacían los corazones humanos latiendo salvajemente contra los confines de un mundo imperfecto.

* * *

Lukas alejó a Anna del bullicio del parque, buscando la tranquilidad de un callejón aislado donde el ruido del mundo se atenuaba hasta convertirse en un zumbido lejano. El fuego habitual que iluminaba sus ojos, el que chispeaba cuando hablaba de revolución y cambio, parpadeaba y se suavizaba. Se giró para mirarla, su postura era menos dominante que antes, más insegura.

—Anna —comenzó, con voz inusualmente vacilante—. "Hay algo que tengo que decir".

Ella lo observó, los contornos de su rostro ensombrecidos por los edificios que se elevaban sobre ellos. Su vulnerabilidad era palpable, un marcado contraste con el fanático que reunía multitudes y hablaba de derrocar estructuras con una convicción inquebrantable.

"Sé que este no es el momento ni el lugar para lo que estoy a punto de decir", continuó Lukas, "y sé que ambos estamos comprometidos con algo más grande que nosotros mismos. Pero en todo este caos... en toda esta lucha por algo mejor..." Sus palabras se apagaron mientras buscaba su rostro en busca de comprensión.

Anna contuvo la respiración. Podía sentir el corazón martilleando contra su pecho, un ritmo traidor que amenazaba con delatar su conflicto interno.

—He venido a cuidar de ti de una manera que va más allá de nuestra causa compartida —admitió Lukas, sin apartar la mirada de ella—. "Te has convertido en algo más que un simple compañero de armas. Eres alguien en quien no puedo evitar pensar incluso cuando estamos separados".

El pulso de Anna se aceleró. Las líneas entre Eva Richter y Anna se difuminaban más con cada palabra que decía Lukas. Se sintió conmovida por su confesión; Resonó dentro de ella de una manera que no había anticipado cuando se embarcó por primera vez en este peligroso viaje de incógnito.

Pero debajo de la calidez que se extendía por su pecho había una fría corriente de deber y propósito, un recordatorio de quién era realmente y de lo que se había propuesto hacer.

Lukas extendió la mano tímidamente, rozando con los dedos los de ella, un toque ligero como el aire, pero cargado de significado.

—¿Ana? Su pregunta pendía entre ellos como un frágil hilo.

Miró a los ojos de Lukas, aquellos profundos pozos de pasión ahora llenos de un tipo diferente de anhelo, y sintió una punzada de tristeza por lo que podría haber sido en otra vida. Una vida en la que no era Anna, periodista y buscadora de la verdad; donde no era Lukas, envuelto en ideologías y acciones radicales.

"Yo..." Anna se sobresaltó, pero se detuvo. No podía permitirse el lujo de dejarse llevar por emociones o deseos que pertenecían a Eva Richter, la máscara que llevaba. Tenía que recordar quién era ella debajo de todo.

Ella dio un paso atrás y retiró suavemente la mano de su agarre. Su voz era suave pero firme mientras hablaba.

—Lukas, no puedo negar que hay algo entre nosotros —dijo Anna con sinceridad—. "Pero ambos sabemos que nuestros compromisos están en otra parte".

Sus hombros se hundieron ligeramente mientras procesaba sus palabras. Sin embargo, no había amargura en su expresión, solo comprensión y tal vez un eco de su propia lucha interna reflejado en ella.

—Tienes razón —concedió después de un momento de silencio tan profundo que incluso la ciudad contuvo la respiración—. "Tenemos nuestra lucha".

* * *

El frío del aire de la tarde no sirvió de mucho para enfriar el calor que irradiaba Anna cuando estaba cerca de Lukas. El callejón, apartado de las miradas indiscretas del mundo, les servía de santuario, un lugar donde los susurros de la revolución daban paso a las confesiones silenciosas de verdades personales.

La mirada de Lukas sostenía la de Anna con una intensidad que decía mucho más que cualquier grito de guerra o discurso ferviente. Había una gravedad en su mirada, una profundidad que se extendía y se entrelazaba con su propio sentido de propósito. Veía en él no sólo al activista o al idealista, sino a un hombre que llevaba sus convicciones con el mismo fervor con el que sus vulnerabilidades.

Él se acercó y ella sintió que su aliento se mezclaba con el de ella, con sus rostros separados por centímetros. Anna podía sentir el ritmo constante de su corazón acelerarse, cada latido se hacía eco de las preguntas silenciosas que persistían entre ellos. En este tranquilo rincón del mundo, despojada de su armadura de periodista y de su disfraz de Eva Richter, era simplemente Anna, cruda y sin vigilancia.

La mano de Lukas se dirigió a su mejilla, un toque suave que pareció calmar la cacofonía de pensamientos que se arremolinaban en su mente. Sus ojos se cerraron instintivamente cuando él se inclinó, acortando la distancia entre ellos con una ternura que desmentía el tumultuoso mundo que habitaban.

Sus labios se encontraron en un beso que no fue desesperado ni exigente, sino lleno de una emoción que trascendió la complejidad de sus circunstancias. Fue un beso que habló no solo de deseo, sino también de comprensión, un reconocimiento compartido de su humanidad en medio de un telón de fondo de caos.

Durante esos fugaces momentos, Anna se dejó perder en el abrazo de Lukas. Los peligros a los que se enfrentaban se desvanecieron en la oscuridad mientras ella saboreaba la conexión que compartían. El beso fue más que un acto de afecto; Simbolizaba algo más profundo: un vínculo forjado a través de luchas compartidas y reconocimientos silenciosos.

Pero la realidad no espera a nadie, ni siquiera a dos almas atrapadas en su implacable marcha, y Anna lo sabía muy bien. Cuando se separaron, abrió los ojos y encontró a Lukas mirándola con una expresión que reflejaba su propio conflicto interno.

Permanecieron allí durante un latido más, sin hablar ni alejarse el uno del otro. Entonces, con una determinación nacida de la necesidad más que del deseo, Anna volvió a encerrarse en sí misma:

la periodista comprometida a descubrir verdades sin importar cuán profundamente estuvieran enterradas.

El eco de su beso permaneció en sus labios mientras se alejaba de Lukas y se dirigía hacia la noche incierta que se avecinaba. Llevaba consigo no sólo notas y observaciones, sino también el peso de emociones demasiado peligrosas para seguir entregándose. Sin embargo, en algún lugar dentro de su pecho ardía un destello de calidez, un recordatorio de su vulnerabilidad compartida y la verdad innegable de que algunas conexiones son más profundas de lo que cualquier historia podría transmitir.

* * *

El beso permaneció en los labios de Anna como el regusto de un rico vino, su calidez irradiaba a través de ella mientras se alejaba de Lukas. La noche la envolvía, un manto que parecía protegerla de los ojos del mundo, pero no de sus propios pensamientos. Se encontró en la soledad de una calle vacía, iluminada sólo por el débil resplandor de las farolas lejanas.

Se sentó en un banco frío, el metal se filtraba a través de su ropa y le helaba la piel. Era como si la propia ciudad la instara a mantenerse alerta, a recordar su propósito. La soledad dio paso a la reflexión, y con ella vino un torrente de conflictos. Su corazón se había convertido en un pasajero rebelde en este viaje, susurrando dulces tentaciones de lo que podría ser si se permitiera ser algo más que Eva Richter.

La conexión emocional con Lukas se había colado en ella como un ladrón, robando miradas y momentos hasta que se convirtió en algo que ya no podía ignorar. Su toque no era solo físico; Llegó a su propio ser, haciendo preguntas que no estaba lista para responder. ¿Era solo otra capa de su portada? ¿O había algo de verdad en la forma en que su pulso se aceleraba cuando él estaba cerca?

Su deber se cernía sobre estos nuevos sentimientos como un monolito imponente, imponente e innegable. Como periodista, siempre había perseguido la historia con un fervor implacable. No era solo un trabajo; Era lo que ella era: su propia identidad dependía de descubrir verdades que otros trataban de enterrar.

Anna cerró los ojos, contemplando el silencio que la rodeaba. En este silencio, buscó claridad, pero no la encontró. Su corazón tiraba en una dirección mientras su mente tomaba un rumbo completamente diferente. Con cada latido de su corazón le llegaba una pregunta: ¿Podría permitirse este apego? ¿Qué significaría para la misión? ¿Para Lukas? ¿Para ella?

Recordó las palabras de Frank sobre mantener la distancia emocional, pero esas palabras ahora se sentían como ecos de otra vida, una en la que las cosas eran más simples y las líneas eran claras. La verdad no solo estaba ahí afuera en el mundo; También residía dentro de sus propias emociones enredadas.

Anna se levantó del banco, sintiendo que la determinación se volvía a unir con cada paso que daba. La noche permaneció en silencio, testigo de su lucha interna mientras se movía a través de ella con un propósito renovado. Continuaría con su misión porque eso es lo que hacían los periodistas: buscaban historias incluso cuando sus corazones estaban apesadumbrados.

Pero cuando Anna regresó a las sombras que cubrían los secretos de la ciudad, una cosa quedó clara: Lukas se había convertido en algo más que parte de la historia; Se había convertido en parte de ella, una complicación que no podía descartarse ni entenderse fácilmente.

El peso de esta comprensión presionó a Anna mientras desaparecía en el abrazo de la noche, lista para enfrentar lo que se avecinaba con el deber y el corazón a cuestas.

* * *

Anna estaba sentada sola en su pequeño y gastado escritorio, el que se había convertido en su altar de verdades y mentiras. Su habitación, iluminada solo por el suave resplandor de una sola lámpara, era un capullo de silencio en medio de la sinfonía nocturna de la ciudad. Ante ella yacía un conjunto de notas y fotografías que trazaban el enigmático terreno del Grupo Baader-Meinhof.

Tomó una fotografía y sus dedos trazaron los rostros atrapados en momentos de fervor y furia. Las imágenes que había capturado contaban historias de pasión y convicción, pero debajo de ellas se escondían los hilos de algo más oscuro, algo que estaba decidida a desentrañar.

Sus ojos se dirigieron al cuaderno que Frank le había regalado, cuya cubierta de cuero estaba desgastada por el uso constante. No solo contenía garabatos y observaciones, sino fragmentos de su propio yo que parecían difuminarse con cada alias que adoptaba. Lo abrió y leyó en voz alta para sí misma, dejando que el sonido de su voz la anclara en la realidad.

—Hay que buscar la verdad con persistencia y sin prejuicios —susurró en medio de la quietud—. Las palabras eran de Frank, un mantra por el que vivía y que ahora le transmitía a ella.

Pasó página tras página, revisando meticulosas notas sobre los planes que escuchó en voz baja, los movimientos trazados en diagramas garabateados, las fechas marcadas con urgencia. Su letra atestiguaba las largas noches que pasaba reuniendo susurros de un ataque inminente. Era más que una simple asignación; Era una misión que podía salvar vidas o ensombrecer muchas más.

Anna cerró el cuaderno con cuidado, presionando las palmas de las manos contra su fría superficie, como si tratara de absorber su fuerza. Se puso de pie y caminó hacia la ventana, contemplando la ciudad dormida que permanecía ajena a la tormenta que se avecinaba bajo sus calles.

El reflejo que la miraba desde el cristal era a la vez familiar y extraño: una mujer atrapada entre dos mundos, que no pertenecía plenamente a ninguno de ellos. Pensó en el toque de Lukas que aún permanecía en su piel como una promesa o tal vez una advertencia.

El peso de la emoción tiró de su determinación como una corriente insidiosa que busca hundirla. Pero Ana se mantuvo firme; No podía permitirse el lujo de dejarse llevar por los sentimientos cuando había tanto en juego.

Al regresar a su escritorio, Anna tomó su cámara, una aliada confiable para documentar la verdad, y se la colgó al hombro con un propósito renovado. La agitación interior disminuyó a medida que la claridad se afianzaba; Entendía lo que había que hacer.

Con cada paso que daba hacia la puerta, Anna reafirmaba su compromiso de llevarlo a cabo. Mantendría la fachada de Eva Richter porque era necesario, porque debajo de todo estaba la dedicación inquebrantable de Anna para revelar lo que otros no se atrevían a mostrar.

El aire de la noche golpeó la cara de Anna cuando salió, preparándose para la incertidumbre pero decidida en la dirección. Sabía a dónde tenía que ir a continuación, al corazón del caos potencial, y por qué: por la verdad, por la justicia, por todos aquellos que vivían ajenos al peligro pero que, sin embargo, merecían protección.

Y así, Anna desapareció en el abrazo de la noche una vez más, Eva Richter en la superficie, pero siempre Anna en el fondo, con su misión tan clara como siempre.

Capítulo 17

Anna se deslizó en el tranquilo café como una sombra, su atmósfera tenue era un reflejo perfecto de la agitación que se agitaba en su interior. Eligió un rincón apartado, lejos de miradas indiscretas y oídos espías.

Se sentó allí, bebiendo una taza de café tibia, sus ojos escudriñando la habitación en busca de Frank. Llegó con su habitual aire de tranquila confianza, pero incluso él parecía subyugado por el ambiente del café. Su mirada se encontró con la de ella y, en ese momento, un entendimiento silencioso pasó entre ellos. No se trataba de una llamada social.

Anna no perdió el tiempo en bromas. – Frank -empezó ella, con una voz apenas superior a un susurro, pero con un toque de urgencia que le hizo inclinarse hacia él-. "Me he topado con algo grande, más grande de lo que esperábamos".

Tenía las manos firmes mientras deslizaba una carpeta sobre la mesa hacia él. Era delgado, pero el peso de su contenido era pesado con implicaciones. Observó cómo sus ojos recorrían sus notas y fotografías, el resultado de incontables horas pasadas ocultas en las sombras, capturando momentos y conversaciones que no estaban destinados a sus oídos.

—Estoy preocupada —continuó, con la voz tensa por la emoción que no se permitía sentir—. "Hay un ataque planeado; Puedo sentirlo en mis huesos". Su mano tocó inconscientemente la bolsa de la cámara que tenía a su lado, una compañera constante en este viaje hacia la oscuridad.

Frank absorbió cada palabra, con expresión grave. El hombre jovial que una vez la había guiado ahora llevaba la carga de su secreto compartido: la historia que podría sacudir a su ciudad hasta la médula.

—Las líneas se están difuminando, Frank —confesó Anna, con una pizca de vulnerabilidad abriéndose paso a través de su sereno exterior—. "Soy Eva Richter tanto como soy Anna ahora".

Levantó la vista de los documentos y sus ojos se clavaron en los de ella con una intensidad que hizo que su corazón latiera más rápido. Allí no había juicio, solo preocupación y tal vez un toque de admiración por la profundidad de su compromiso.

"Mantente alerta", aconsejó en voz baja. "Recuerda quién eres en tu esencia".

Ella asintió en silencio, consolándose con sus palabras, incluso cuando el miedo arañaba los bordes de su mente. Ambos sabían lo que estaba en juego, lo que podían perder si no tenían cuidado.

* * *

El café bullía con las conversaciones apagadas de los madrugadores y el tintineo de la porcelana sobre la madera. Frank se sentó frente a ella, con los ojos entrecerrados mientras se inclinaba hacia delante, con un ceño fruncido entre las cejas. Anna colocó las fotografías y las notas, el papel crujía bajo sus dedos, lo que contrastaba con el suave murmullo de las voces que las rodeaban. Las imágenes capturaron reuniones clandestinas y figuras sombrías, cada una de las cuales era un testimonio de la amenaza que se cernía sobre la ciudad.

Al principio, la voz de Anna era firme mientras relataba lo que había reconstruido: los lugares, las personas, sus planes, que eran más que susurros en la oscuridad. Pero mientras hablaba, un temblor se deslizó en sus palabras. El peso de lo que conocía la oprimía, pesado como el aire antes de una tormenta.

La expresión de Frank era de grave preocupación mezclada con interés profesional. Su instinto de periodista reconoció el significado de lo que estaba esparcido ante él sobre la mesa. Pero detrás de su mirada calculadora había algo más: un destello de miedo por su protegido atrapado en una red mucho más peligrosa que cualquier historia que hubieran perseguido antes.

Hizo una pausa y se recompuso. Sus siguientes palabras fueron más suaves, apenas por encima de un susurro, pero igual de urgentes. —Lo siento, Frank... cada paso que doy", confesó Anna. "La carga... es como si estuviera caminando por una cuerda floja sin saber dónde termina".

Frank extendió la mano, flotando sobre la suya antes de retirarse, una oferta de apoyo retirada por respeto a su fuerza. —Estás haciendo un trabajo importante —dijo en voz baja—. "Pero nunca olvides quién eres debajo de todo esto".

Anna asintió, aunque en su interior se debatía con esa misma idea: ¿quién era Anna bajo las capas de Eva Richter? Con cada día que pasaba entre ellos, cada secreto descubierto y cada mentira contada para protegerse a sí misma y a su misión, sentía que se fragmentaba.

Se sentaron en silencio durante un momento que se extendió demasiado: dos periodistas unidos por su búsqueda de la verdad, pero separados por un océano de miedos tácitos y dilemas morales.

Finalmente, Frank rompió la quietud con un asentimiento decisivo. "Tomaremos todas las precauciones", le aseguró. "Pero tenemos que actuar rápidamente".

* * *

Anna se encontró con la mirada de Frank a través del vapor que salía de sus tazas de café. El café zumbaba con el zumbido de otros clientes, pero su mesa se sentía como una isla de calma en medio de un mar de ruido. Los ojos de Frank tenían una profundidad nacida de años en las trincheras del periodismo, sus arrugas marcadas por los plazos y las duras verdades.

—Me recuerdas a mí mismo en el pasado —empezó Frank, con la voz con la grava de la experiencia—. "He perseguido historias por madrigueras de conejo que no creerías. Pero aquí está la cuestión, Anna: tienes que ser objetiva. No importa cuánto te importe la historia o las personas que aparecen en ella".

Anna asintió en silencio, absorbiendo sus palabras. Podía sentir el peso de su cuaderno en su bolso, cada página era un testimonio de su viaje al mundo subterráneo del que ahora formaba parte.

Frank se inclinó hacia delante, con las manos entrelazadas como si estuviera a punto de revelar un secreto. "Una vez cubrí una historia sobre la especulación de la guerra", continuó. "Era tentador dejar que mi ira escribiera la pieza. Pero la ira no cuenta toda la historia. La objetividad sí".

Escuchó atentamente mientras Frank relataba historias de sus asignaciones pasadas —corrupción que parecía insuperable, injusticias que pedían a gritos una protesta subjetiva—, pero siempre volvía al ancla que era la imparcialidad.

Su consejo provenía de un lugar de comprensión en lugar de juicio, un mentor experimentado que guiaba en lugar de instruir. Conocía demasiado bien el canto de sirena de la implicación personal y cómo podía nublar el juicio.

—Tus sentimientos se van a enredar en todo esto —dijo Frank en voz baja, sus ojos buscando el reconocimiento de ella—. "Es inevitable. Pero recuerda por qué comenzaste a recorrer este camino: para arrojar luz sobre la verdad".

Anna sintió un revuelo en el pecho, un rescoldo de determinación encendido por las palabras de Frank. Había visto la oscuridad y había salido no solo ileso, sino con historias que cambiaban las narrativas y desafiaban las percepciones.

"Mantente fiel a eso", concluyó con una sonrisa alentadora. "La verdad es lo que perdura".

* * *

—Estoy caminando por la cuerda floja, Frank —dijo Anna, con una voz apenas superior a un susurro—. "Cada paso que doy como Eva Richter... Temo que con cada mentira que digo, estoy perdiendo pedazos de mí mismo".

Los ojos de Frank sostenían los suyos, profundos pozos de comprensión que habían visto cómo se desarrollaban décadas de historias, algunas que salvaron vidas y otras que les costaron. Se inclinó hacia delante, con las manos entrelazadas sobre la mesa.

"El periodismo no se trata solo de presentar hechos", comenzó, con voz firme y segura. "Se trata de coraje moral, la voluntad de buscar la verdad cuando otros se alejan".

Anna asintió lentamente. Comprendió la gravedad de su trabajo, la necesidad del mismo. Sin embargo, había un estremecimiento en su corazón, una incertidumbre que no había estado allí antes.

"¿Pero dónde trazamos la línea?", preguntó. "¿Hasta dónde podemos llegar antes de convertirnos en parte de la historia que estamos tratando de contar?"

Frank suspiró, una suave exhalación que parecía llevar el peso de historias no contadas.

"Todos los periodistas se enfrentan a esta pregunta", dijo. "Y la respuesta no siempre es clara. Navegamos por áreas grises éticas todos los días, pero recuerda por qué comenzaste este viaje".

Anna bajó la vista hacia su cuaderno, cuyas páginas estaban llenas de notas garabateadas y plomos a medio formar. Era algo más que papel y tinta; Era un mapa de su determinación.

"Nuestro trabajo arroja luz sobre las sombras", continuó Frank. "Da voz a los silenciados y hace que el poder rinda cuentas. Esa importancia supera los costos personales".

Ella absorbió sus palabras como la tierra seca absorbe la lluvia, ansiosa y desesperadamente. Eran algo más que un simple estímulo; Eran un ancla para su vacilante brújula.

—Quiero creerlo —dijo Anna en voz baja—.

Frank extendió la mano hacia el otro lado de la mesa y colocó su mano sobre la de ella, un ancla en forma humana.

—Tienes que creerlo —dijo con firmeza—. "Porque si tú no defiendes la verdad, ¿quién lo hará?"

Anna sintió que algo se asentaba dentro de ella, una convicción que había sido sacudida pero nunca destrozada. Respiró hondo y volvió a mirar a Frank a los ojos.

"Defenderé la verdad", afirmó.

Frank asintió una vez, bruscamente, el gesto de un comandante que reúne a sus tropas antes de la batalla.

—Entonces vete —dijo simplemente—. "Descubre lo que hay que ver".

* * *

Las últimas palabras de Frank permanecieron en el aire, mezclándose con el aroma del café y el leve susurro de los periódicos. Anna se sentó frente a él, con los dedos recorriendo distraídamente el borde de su taza vacía, el peso de su conversación la presionaba. El consejo que le había dado no era nuevo para sus oídos, pero esta vez resonaba de manera diferente, como una melodía olvidada que ahora se recuerda.

Alzó la vista hacia Frank y se fijó en las líneas grabadas profundamente en su rostro, líneas que hablaban de historias perseguidas y verdades descubiertas, algunas a un gran precio. Sus ojos mantenían una calma constante que parecía atravesar la bruma de su reciente agitación. Había acudido a él llena de dudas, tambaleándose al borde de la confusión entre su identidad como Anna y Eva Richter, y cada papel exigía más de lo que había previsto.

Las palabras de Frank fueron un salvavidas arrojado a aguas agitadas. —Mantente fiel —le había dicho—. "Fiel a ti mismo, fiel a la historia". Era un consejo sencillo, pero en su sencillez residía su profundo poder.

El café zumbaba a su alrededor con el suave estrépito de la vida que avanzaba. La gente iba y venía; algunos perdidos en sus pensamientos, otros enfrascados en la conversación, cada uno absorto en sus propias narrativas. La narrativa de Anna estaba enredada con aquellos que susurraban revolución y conspiraban en las sombras. Su papel exigía que se entretejiera en su tejido sin convertirse en parte de él, una delicada danza que había realizado muchas veces antes.

Cuando Frank se levantó para marcharse, con la silla rozando suavemente las tablas del suelo, Anna sintió una punzada momentánea, un deseo de más tiempo, más orientación. Pero sabía que lo que más necesitaba estaba dentro de ella todo el tiempo: el núcleo resuelto que la llevó al periodismo en primer lugar.

Frank asintió con la cabeza, un intercambio silencioso que transmitió confianza y camaradería, y dejó a Anna sentada a solas con sus pensamientos. Respiró hondo y lo soltó lentamente, sintiendo que la claridad se filtraba en ella como el calor de un fuego distante.

Anna se levantó de la mesa y se colocó la correa de la bolsa de la cámara sobre el hombro. Sintió su peso familiar como una extensión de sí misma, una herramienta de su oficio y un símbolo de su propósito. Echó un último vistazo a la cafetería: las mesas de madera gastadas, las tazas desconchadas y la figura de Frank que se retiraba desapareciendo en la bulliciosa calle.

Con cada paso que daba hacia la puerta, la determinación de Anna se solidificaba. Salió al mundo más allá del refugio del café; Sus sonidos y colores se apresuraron a saludarla como viejos amigos después de una larga ausencia. La ciudad la llamaba con sus secretos ocultos a plena vista, secretos que ella tenía la intención de revelar.

Su mente se agudizó con la concentración; Cada duda se derrama como hojas muertas para dar paso a un nuevo crecimiento. Habría desafíos por delante, lo sabía con tanta certeza como ella misma, pero Anna estaba preparada para ellos. Con cada paso por la acera que se alejaba de la sabia presencia de Frank y volvía al peligroso juego de Eva Richter, abrazaba este renovado sentido de propósito que corría por sus venas como la adrenalina.

Hoy sería otro paso hacia la verdad, su verdad, y Anna se enfrentaría a ella de frente.

Capítulo 18

Anna estaba sentada, con la espalda apoyada en la fría pared del almacén, con la cámara lista pero momentáneamente olvidada. El espacio, que alguna vez fue una cámara de eco para unificar cánticos y discursos, ahora temblaba de discordia. Vio cómo estallaba un acalorado debate entre dos facciones dentro del Grupo Baader-Meinhof, un cisma que se formaba ante sus ojos.

Un bando argumentó con ferviente idealismo, abogando por acciones que sacudirían los cimientos de lo que consideraban un sistema corrupto. Sus palabras estaban mezcladas con urgencia y desesperación, una súplica por un cambio inmediato sin importar el costo. Anna notó las manos de su líder cortando el aire, puntuando cada frase con un gesto desafiante.

Frente a ellos había un grupo que pedía cautela, su argumento se centraba en la ética y las implicaciones. Hablaron de las consecuencias a largo plazo y de la superioridad moral, advirtiendo que no se convirtieran en lo que tanto lucharon por desmantelar. La voz de su líder se elevó por encima de las demás, firme e inquebrantable a pesar del creciente clamor.

Anna observó cómo aumentaba la tensión, con los rostros enrojecidos por la pasión y la ira. Las líneas dentro del grupo se hicieron claras; Algunos miembros se movían incómodos, mientras que otros asentían con la cabeza en firme acuerdo con uno u otro lado. Podía sentir cómo el tejido de la unidad se deshilachaba en sus bordes.

Una mesa se golpeó de golpe en señal de frustración, lo que provocó que varias cabezas se volvieran bruscamente en respuesta. La voz de un hombre rompió la cacofonía: "¡Debemos ser mejores que ellos!" Su súplica quedó flotando en el aire como humo después de los disparos.

Anna buscó su cuaderno escondido en el bolsillo de su chaqueta y comenzó a garabatear observaciones, no solo palabras, sino gestos, expresiones de duda o determinación que cruzaban cada rostro. Estos detalles fueron cruciales; Revelaron más de lo que cualquier discurso podría revelar.

El debate continuó, sin que ninguna de las partes estuviera dispuesta a ceder. Anna observó cómo uno de los miembros salía corriendo por la puerta del almacén, dejándola cerrarse de golpe detrás de él, una manifestación física de división que resonaba ominosamente por toda la habitación.

Sintió que se le aceleraba el pulso no solo por presenciar el conflicto, sino por comprender su significado. Esto fue más que un simple desacuerdo; Era una fractura que podía separarlos o catalizar algo aún más extremo.

Mientras continuaba observando desde su punto de vista, su presencia conocida pero momentáneamente ignorada, Anna se dio cuenta de que este momento podría definir todo lo que siguió. La historia que se desarrollaba ante ella era compleja y peligrosa; Era la historia en su forma más volátil.

Apretó la cámara con más fuerza; Eran escenas que necesitaba capturar. Su papel como observadora se sentía más vital que nunca mientras se preparaba para cualquier resultado que pudiera traer esta división.

* * *

El almacén reverberaba con el sonido de la disidencia, las voces chocaban en una cacofonía de convicción y cautela. Anna se mantuvo apartada, su presencia pasó desapercibida para los fervientes activistas mientras luchaban con sus caminos divergentes. Observó cómo una facción, con los rostros encendidos por el fuego de las medidas extremas, abogaba por acciones que harían temblar los cimientos de la ciudad. Sus palabras eran audaces, inflexibles: cada frase puntuada por una mano golpeada contra una mesa improvisada o un dedo pinchado en señal de énfasis.

Del otro lado estaban los que pedían moderación, sus argumentos no menos apasionados pero atemperados por una previsión que rayaba en la ansiedad. Hablaban de consecuencias, de las líneas que una vez cruzadas no podían volver a trazarse. Sus voces se elevaban y bajaban en fervientes súplicas de consideración, de estrategia sobre impulso.

Los ojos de Anna se movieron entre los dos lados, su mente se apresuró a capturar cada palabra, cada gesto que decía mucho de las luchas internas del grupo. Sabía que este momento era crucial: las divisiones ideológicas que se ponían al descubierto podían muy bien dictar el destino del Grupo Baader-Meinhof.

Un hombre al que reconoció como Karl Weiss intervino con una autoridad que unió momentáneamente la atención de ambas facciones. Se erigió como un puente entre los extremos, su voz resonante pero controlada mientras navegaba a través de las traicioneras aguas del desacuerdo.

Sin embargo, ni siquiera Karl pudo sofocar la tormenta por completo. Mientras hablaba de unidad y de objetivos comunes, los murmullos se elevaban de ambos lados como olas persistentes contra su dique oratorio. Ana tenía claro que sus palabras no eran más que un bálsamo temporal; Debajo de ellos había un cisma demasiado profundo para repararlo con mera retórica.

Sintió que su pulso se aceleraba mientras los observaba: las posibles implicaciones para la unidad del grupo tejían redes en su mente. La habitación estaba llena de algo más que humo de cigarrillo; Estaba cargado de una inminente sensación de fragmentación que podía desentrañar todo lo que habían construido.

Una joven del bando extremista se puso en pie de un salto, con los ojos desorbitados por el fervor, mientras declaraba su deber de actuar sin demora. Sus camaradas se unieron detrás de ella, asintiendo con la cabeza y haciéndose eco de su urgencia. Frente a ella, un hombre mayor sacudió la cabeza con gravedad, advirtiéndoles que no se convirtieran en lo que buscaban desmantelar.

La mano de Anna se movió inconscientemente hacia la bolsa de su cámara; Fueron momentos que no se olvidaron ni se perdieron en la traducción. La urgencia de capturar este cisma tiró de sus entrañas: el instinto de una periodista de documentar la historia a medida que se desarrollaba ante sus ojos.

A medida que las voces se elevaban de nuevo en un acalorado debate, se colocó discretamente en un ángulo en el que pudiera observar sin intrusión. Su lente se centró en rostros animados por la ideología: una instantánea capturaría esta cruda porción de la pasión y el conflicto humanos.

Su papel era claro: observar y documentar. Sin embargo, mientras permanecía allí en medio del tira y afloja ideológico, Anna no pudo evitar preguntarse qué tan profundas eran estas divisiones y qué costaría que sus resoluciones, o la falta de ellas, exigirían de cada alma presente dentro de esta congregación fracturada.

* * *

La sala vibraba con una energía tumultuosa mientras las facciones dentro del Grupo Baader-Meinhof se enfrentaban, sus ideologías chocaban como placas tectónicas. Lukas, con su carisma característico, entró en la refriega. Su voz tenía una nota de idealismo templada por un sentido arraigado del pragmatismo. "No podemos perdernos en la pelea", imploró, sus ojos escudriñando los rostros a su alrededor. "Nuestras acciones deben hablar del futuro que imaginamos, no solo del presente que rechazamos".

Anna observaba desde su punto de vista, con su cámara lista pero momentáneamente olvidada mientras observaba el papel de Lukas en la dinámica del grupo. Se erigió como un puente sobre aguas turbulentas, tratando de reconciliar corrientes opuestas con palabras que mantenían tanto los sueños como la realidad en cuidadoso equilibrio.

Su intervención no estuvo exenta de revelaciones. Anna podía ver los prejuicios que coloreaban su retórica: Lukas se inclinaba hacia la acción que imprimiría su causa en la historia, pero era consciente de su conciencia colectiva. Su postura no era solo política; Llevaba el peso de la convicción personal.

Al notar la influencia de Lukas en los reunidos, Anna sintió una punzada de algo más allá de la curiosidad profesional. Aquí había un hombre que caminaba por la cuerda floja de la revolución con un ancla de responsabilidad que lo mantenía firme, una dualidad que reflejaba su propio conflicto oculto entre su identidad como Eva Richter y su verdadero yo.

Observó cómo algunos miembros asentían con la cabeza, mientras que otros mantenían sus posturas con los brazos cruzados y los ojos entrecerrados. La discusión se diluyó en murmullos y asentimientos de concesión a regañadientes. Lukas no había sofocado la tormenta por completo, pero la había alejado de una tempestad inmediata.

Anna levantó su cámara una vez más, capturando el perfil de Lukas mientras hablaba con los miembros fervientes que buscaban su consejo después de que la reunión se disolviera en discusiones más pequeñas. Podía ver cómo se inclinaban hacia él, buscando orientación o validación para sus próximos pasos.

Su lente se enfocó en el rostro de Lukas, las líneas de tensión alrededor de sus ojos traicionaban su lucha interna entre la aspiración y la realidad, y tomó una foto que más tarde le recordaría este complejo momento.

Mientras bajaba la cámara, Anna consideró cómo la postura de Lukas afectaba tanto a los ámbitos personales como políticos en los que operaban. Sus palabras eran como hilos que se tejían a través del tejido de su identidad grupal, vinculantes pero lo suficientemente flexibles como para permitir el movimiento y el crecimiento.

Con cada clic de su obturador, Anna documentó algo más que imágenes; capturó una narrativa en desarrollo mezclada con idealismo y cautela, una narrativa que ahora incluía a Lukas como un personaje fundamental tanto en su investigación como dentro de la misteriosa red tejida por el Grupo Baader-Meinhof. Salió del almacén esa noche con una sensación de anticipación por lo que se avecinaba y cómo el papel de Lukas continuaría dando forma a los eventos por venir.

* * *

El aire del almacén, cargado de tensión, vibraba con la fuerza de ideologías en conflicto. Los miembros del Grupo Baader-Meinhof se enfrentaron, sus voces se superponían unas a otras en una cacofonía de disidencia. Anna, envuelta en el personaje de Eva Richter, estaba de pie en la periferia, con su lente enfocada en el drama que se desarrollaba.

Un hombre golpeó con el puño una mesa improvisada, con el rostro enrojecido por el fervor. Otro respondió con una apasionada súplica de moderación. Eran una tempestad que amenazaba con desmoronarse, su unidad deshilachada por las afiladas aristas del desacuerdo.

Luego entró. Karl Weiss. Su presencia era como una caída repentina de la presión barométrica antes de que se desatara una tormenta. Los miembros del grupo se volvieron hacia él como arrastrados por una marea invisible. Levantó la mano —un gesto sencillo— y se hizo el silencio.

Karl examinó la habitación con ojos que no se perdían en nada. Hablaba, y cada palabra tenía peso. Su intervención no solo fue decisiva; Era quirúrgico, cortando el caos con una precisión que denotaba su profunda comprensión de las motivaciones de cada miembro.

Anna lo vio navegar por este traicionero paisaje de egos e ideales con un arte que contradecía su apariencia sin pretensiones. Su liderazgo no era ruidoso ni dominante, sino que se basaba en un pacto tácito entre él y sus seguidores, un reconocimiento mutuo de poder y respeto.

Reconoció las preocupaciones de ambos lados de la discusión sin ceder en ninguno. Con tonos mesurados y palabras cuidadosamente elegidas, ofreció una visión que trascendió sus diferencias, un ancla en su turbulento mar de ideología.

Mientras Karl hablaba, Anna sintió que su comprensión se hacía más profunda. Notó cómo templaba su lenguaje para calmar o desafiar según fuera necesario, moldeando el fervor del grupo en algo cohesivo y dirigido. No se limitaba a sofocar una discusión; Estaba reforzando su autoridad, recordándoles sutil pero inequívocamente que él era su piedra angular.

El grupo se relajó bajo la guía de Karl, su animosidad anterior se disipó como la niebla bajo un sol naciente. Todavía eran individuos con deseos y miedos individuales, pero bajo la mano de Karl, se movían como una sola entidad, fluida y poderosa.

Anna bajó la cámara por un momento para observar a Karl sin el estorbo de su lente. Reconoció en él un espíritu afín, alguien que buscaba el control sobre el caos, que manejaba las palabras como ella empuñaba su cámara: herramientas para exponer u ocultar la verdad según fuera necesario.

Sin embargo, había algo más: una gravedad en Karl que no podía capturar en película o papel. Llevaba su liderazgo como un manto, uno que podía asfixiar o proteger dependiendo de cómo cayera sobre sus hombros.

A medida que la reunión se disolvía en conversaciones más pequeñas y se reanudaban los planes de acción, Anna permaneció quieta por un momento más. Contempló lo que había observado: el juego de poder de Karl había sido realmente magistral, pero ¿qué significaba para los que se encontraban atrapados en su estela? ¿Qué significó para ella?

Se sintió arrastrada a su narrativa incluso cuando se mantenía al margen de ella: la periodista que llevaba dentro, hambrienta de descubrir lo que había debajo de este barniz de unidad forjado solo por la voluntad de Karl.

Con estos pensamientos abarrotando su mente como sombras al atardecer, Anna se deslizó hacia el aire fresco de la tarde. La ciudad la aguardaba, sus secretos estratificados y complejos, y ella los desentrañaría hilo a hilo hasta dejar al descubierto sus verdades ocultas.

* * *

En el silencio que siguió a la tempestad de voces, Anna permaneció como una observadora silenciosa, con la lente y la pluma quietas. El argumento había puesto al descubierto las divisiones dentro del Grupo Baader-Meinhof, los bordes crudos donde la creencia personal roía el tejido de la unidad. La lealtad, reflexionó, era una criatura compleja en esta guarida subterránea, un híbrido de convicción y ambición.

Observó cómo los miembros se dispersaban, sus pasos resonaban en el almacén como truenos lejanos. La autoridad de Karl Weiss había calmado la tormenta por ahora, pero Anna sabía que tales borrascas nunca se silenciaban del todo. La lealtad aquí no era ciega; Era un vaivén de ideales y luchas de poder.

Mientras guardaba su cámara, su mente examinó lo que había presenciado. Hubo quienes se aferraron a la lealtad por ferviente creencia en la causa, cruzados que se veían a sí mismos como arquitectos de un nuevo orden mundial. Luego había otros cuya fidelidad parecía estar ligada a su ascenso dentro de la jerarquía del grupo, una búsqueda de poder enmascarada como dedicación.

Anna entendió que la lealtad de cada miembro estaba alimentada por una mezcla única de estos elementos. Los fanáticos creían que estaban trazando caminos para que las generaciones futuras los siguieran, mientras que los oportunistas miraban el paisaje inmediato, buscando un terreno que pudieran dominar.

La gravedad de su papel como periodista encubierta pesaba sobre ella mientras reflexionaba sobre su propia lealtad, no a este grupo, sino a la verdad y la justicia. Su infiltración había sido una cuestión de deber profesional; Ahora se enredaba con cuestiones de ética personal y enredos emocionales.

Pensó en Lukas, con sus discursos apasionados y sus momentos de vulnerabilidad: ¿dónde se encontraba en este espectro? Y Markús, con sus manos temblorosas que delataban su fachada tranquila, ¿a qué debía realmente su lealtad?

La reflexión de Anna la llevó a profundizar en la naturaleza laberíntica de la lealtad dentro del grupo. No se trataba solo de creer o tener poder, sino también de miedo. Miedo a represalias por disidencia, miedo a quedarse atrás en una sociedad que cambia rápidamente, miedo a que sus vidas no sirvan de nada si no toman las armas contra lo que perciben como injusticia.

Sus pensamientos se detuvieron en Lukas una vez más, en la forma en que sus ojos buscaban la comprensión de ella en rincones tranquilos, lejos de miradas indiscretas. No podía negar que una parte de ella quería creer plenamente en él, pero su instinto de periodista la mantenía cautelosa.

El almacén estaba ahora vacío, salvo por Anna y sus contemplaciones. Empacó sus cosas lentamente, cada movimiento deliberado como si pudiera organizar sus pensamientos a través de pura voluntad y precisión. Su comprensión de la complejidad del grupo, y de hecho de su propia posición dentro de él, se había profundizado.

Salió al aire fresco; La abrazó como a un confidente dispuesto a llevarse confesiones pronunciadas en voz demasiado baja para que nadie más las oyera. Cuando Anna se alejó del almacén esa noche, se sintió aislada por lo que conocía y atada por un hilo invisible a cada persona dentro de esas paredes. Sus historias también eran suyas ahora, para contarlas o para mantenerlas ocultas hasta que el tiempo las considerara maduras para ser reveladas.

Capítulo 19

La oficina de Hans Vogel fue un testimonio de su incansable búsqueda de la verdad. En medio del desorden de fotos, notas e informes esparcidos por su escritorio, cada hoja de papel, cada instantánea, era un fragmento de un rompecabezas más grande que se había dedicado a resolver. Sus ojos se movían metódicamente sobre las imágenes y garabatos que narraban los movimientos y conexiones dentro del Grupo Baader-Meinhof.

Hizo una pausa ante una foto de Anna, su imagen capturada a media zancada mientras se movía por uno de los lugares frecuentados por el grupo. Hans la había visto antes, y su presencia era un hilo conductor que se tejía a través de la trama de su investigación. Con cada avistamiento, cada informe que la situaba en el escenario de acaloradas discusiones o intercambios secretos, Hans estaba más seguro de que no era una mera figura periférica.

Con un bolígrafo en la mano, rodeó el rostro de Anna en la fotografía y anotó las fechas y los lugares donde había sido vista. Su instinto le decía que había algo más en su historia: periodista de profesión, pero allí estaba, profundamente enredada con individuos que buscaban sacudir los cimientos de la sociedad con sus acciones.

Vogel se reclinó en su silla, permitiéndose un momento para contemplar la ironía. Anna buscó exponer las verdades tal como él lo hizo; Sin embargo, aquí estaban, en lados aparentemente opuestos de este tablero de ajedrez clandestino. No pudo evitar preguntarse qué la impulsaba, qué convicciones impulsaron su participación en un colectivo tan volátil.

El reloj de la oficina marcaba el tictac en el fondo mientras Vogel volvía a concentrarse en su tarea. Las pruebas que tenía ante sí le susurraban secretos que estaba decidido a descubrir. Cambió su mirada de una fotografía a otra, conectando rostros con lugares y tiempos, dibujando líneas invisibles entre todos ellos.

La foto de Anna permaneció en el centro de su atención. Vogel buscó otro archivo, uno que contenía fragmentos de sus triunfos periodísticos pasados, y lo colocó junto a su foto. La yuxtaposición lo decía todo; Retrataba a una mujer que caminaba por la cuerda floja entre la búsqueda de historias y convertirse en parte de una.

Su oficina parecía una isla en medio del mar tumultuoso que era esta investigación. Hans Vogel sabía que tenía mucho trabajo por delante si esperaba comprender el alcance total de lo que estaba sucediendo dentro del Grupo Baader-Meinhof, y qué papel desempeñaba realmente Anna en todo ello. Se levantó de su escritorio, dispuesto a adentrarse en el abismo de secretos que se abría ante él.

* * *

El parpadeo de la pantalla proyectó un pálido resplandor en el rostro de Hans Vogel mientras se inclinaba hacia delante, con los ojos entrecerrados. Fotograma a fotograma, escudriñó las imágenes de vigilancia que abarrotaban su escritorio, un revoltijo de imágenes que susurraban secretos en imágenes silenciosas y en movimiento. Su oficina estaba en silencio, excepto por el ocasional crujido estático y el suave zumbido de la maquinaria. Las imágenes eran granuladas, como un viejo televisor que lucha por encontrar la señal, pero Hans había aprendido a ver a través de esos velos.

Hizo una pausa en el video en un fotograma en particular, uno que mostraba a Anna, con sus rasgos oscurecidos por las sombras y la baja resolución. Se encontraba entre los miembros conocidos del Grupo Baader-Meinhof, figuras que él había rastreado con diligencia durante incontables horas. Estaban reunidos a su alrededor en lo que parecía ser una intensa discusión. Un hombre hizo un gesto enfático con las manos mientras Anna escuchaba, su postura sugería compromiso en lugar de pasividad.

Hans se reclinó en la silla, con la mano aún sobre el botón de pausa. La evidencia era, en el mejor de los casos, circunstancial; Las imágenes fijas no podían captar la intención ni el contexto. Sin embargo, había algo en la presencia de Anna allí, su proximidad a estas personas, que cerraba las brechas en su investigación.

Se pasó una mano por el rostro cansado. Las noches lo estaban alcanzando, pero este descubrimiento reavivó un fuego en su interior. Necesitaba algo más que esta reunión ambigua para construir un caso o comprender su verdadero papel: ¿era ella una participante o una observadora? El punto de vista periodístico proporcionaba una negación plausible, pero Hans había visto lo suficiente como para sospechar que las cosas no eran tan sencillas.

La habitación se sintió más fría cuando volvió a pulsar el botón de reproducción, observando a Anna interactuar con los miembros del grupo. Le pasó algo, un objeto pequeño, a uno de ellos antes de alejarse de la cámara. El pulso de Hans se aceleró cuando se dio cuenta de lo que podía ser: un rollo de película o tal vez una unidad USB.

Sus dedos golpearon el escritorio mientras la veía salir del encuadre, dejándolo con más preguntas que respuestas. Sabía que tenía que seguir este hilo cuidadosamente; un movimiento en falso podría desentrañar todo y potencialmente poner a Anna en peligro si realmente estuviera encubierta.

La expresión de Hans Vogel se endureció de la concentración a una severa comprensión mientras hacía más clara en su mente la conexión entre Anna y el Grupo Baader-Meinhof. Este material fue fundamental, ya que proporcionó pruebas tangibles de su asociación con radicales conocidos.

Se levantó de su escritorio y caminó lentamente por la habitación antes de detenerse en la ventana que daba a las luces parpadeantes de la ciudad. En algún lugar estaba Anna, zigzagueando a través de esas mismas luces como una sombra entre las sombras.

Con un nuevo sentido de urgencia, Hans regresó a su escritorio y comenzó a tomar notas en un bloc de notas a su lado, los primeros esbozos de una operación que necesitaría precisión y discreción. Cogió el teléfono y marcó un número seguro; Era el momento de incorporar a otros a esta delicada danza de sombras y luces.

Mientras Hans esperaba una respuesta al otro lado de la línea, miró una vez más la imagen de Anna congelada en la pantalla, un recordatorio de lo mucho que estaba en juego para ambos.

* * *

Hans Vogel estaba de pie a la cabecera de la mesa, con un gran mapa de la ciudad extendido ante él, salpicado de alfileres de colores y cuerdas que conectaban varias pruebas. La habitación vibraba con el zumbido de sus compañeros detectives, cuyos murmullos se entretejían en un tapiz de preocupación y anticipación.

—Mira aquí —dijo Hans, señalando un grupo de alfileres rojos que marcaban los lugares frecuentados por el Grupo Baader-Meinhof—. Sus colegas se inclinaron, sus ojos trazaron las líneas que representaban los posibles movimientos del grupo por toda la ciudad.

Hans cogió una fotografía de la mesa y la levantó para que todos la vieran. Era una foto de Anna, o Eva Richter, como se la conocía en ciertos círculos, en medio de una conversación con un conocido miembro del grupo radical. La imagen era granulada pero inconfundible. "Ella está metida de lleno en esto", dijo, con voz firme a pesar de la tensión subyacente.

Un detective buscó otra foto, esta mostraba a Anna entregando algo pequeño e indistinto a su contacto. "La tenemos en esto", dijo con un asertivo asentimiento. "Vamos a traerla".

Hans sacudió levemente la cabeza, no por desacuerdo, sino por cautela. "Si nos movemos demasiado pronto", comenzó, colocando la fotografía sobre la mesa con cuidado, como si fuera una evidencia frágil en sí misma, "corremos el riesgo no solo de asustarlos, sino también de perder todo lo que ella ha trabajado para descubrir".

Un detective más joven intervino, con el entusiasmo grabado en su rostro. "Pero no podemos dejar que planeen otro ataque. Tenemos que actuar ahora".

Hans lo miró a los ojos con una mirada inquebrantable que contenía años de experiencia. "Y actuaremos", le aseguró. "Pero debemos ser estratégicos". Volvió a tocar el mapa donde las casas de seguridad y los puntos de encuentro conocidos se cruzaban con los espacios públicos. "No se trata solo de atraparlos, se trata de comprender su red y desmantelarla por completo".

La habitación se quedó en silencio por un momento mientras todos consideraban las palabras de Hans. Entonces otra detective dio un paso al frente, con los dedos flotando sobre diferentes partes del mapa como si estuviera representando escenarios en su mente.

"¿Qué tal si aumentamos la vigilancia alrededor de estos puntos?", sugirió, tocando un lugar que aún no había visto mucha actividad, pero que estaba conectado a varias áreas clave por hilos delgados.

Hans asintió con aprobación ante su sugerencia; Era un término medio que les permitiría ganar más tiempo sin perder de vista su objetivo.

—Tendremos que ser discretos —añadió Hans—. "Cualquier señal de que nos estamos acercando y se dispersarán, o algo peor". Dejó que esa última palabra flotara en el aire como una campana de advertencia.

Los miembros del equipo intercambiaron miradas antes de volver a su mapa, este paisaje de peligros y secretos por el que navegaban lentamente juntos.

Con la guía de Hans guiándolos hacia adelante, comenzaron a planificar sus mayores esfuerzos de vigilancia alrededor de estos nuevos puntos focales mientras dejaban a Anna intacta por ahora, lo que le permitía moverse libremente entre las sombras hasta que pudieran arrojar luz sobre todas las verdades ocultas.

* * *

Hans Vogel estaba sentado solo en la quietud de su despacho, mientras el suave zumbido del aire acondicionado del edificio se mezclaba con el lejano murmullo de la ciudad. Su escritorio, un campo de batalla de papeles y fotografías, yacía bajo el duro resplandor de una sola lámpara de escritorio. Se recostó en la silla, con los ojos fijos en los expedientes esparcidos por la superficie. Cada uno de ellos era un testimonio de incidentes pasados relacionados con el Grupo Baader-Meinhof, cada uno de ellos un capítulo de una historia que estaba decidido a cerrar.

Sus dedos rozaron los bordes de las fotos que mostraban las secuelas del caos: vidrios rotos, paredes quemadas, rostros congelados en expresiones de conmoción y desesperación. Las imágenes eran un duro recordatorio de por qué se había dedicado a esta misión. Vogel había visto demasiada destrucción, demasiadas vidas trastornadas por una violencia sin sentido. El Grupo Baader-Meinhof había sido esquivo y sus acciones impredecibles, pero intuía que se acercaban a un punto crítico, y él también.

La habitación se sentía más fría mientras revisaba los informes de bombardeos y robos. Con cada página que pasaba, su determinación se endurecía como el acero templado por el fuego. Sabía que la gente necesitaba que fuera implacable, necesitaba que armara este rompecabezas antes de que ocurriera otra tragedia. Había víctimas detrás de cada expediente, personas que merecían justicia y una voz que solo podía hablar a través de él ahora.

Los ojos de Vogel se posaron en una fotografía de Anna, o Eva Richter, como se la conocía dentro de las filas del grupo. Le inquietaba la facilidad con la que se mezclaba con su mundo; Su rostro no mostraba ningún rastro de miedo o duda entre aquellos radicales. Pero Vogel vio a través de disfraces; Su trabajo consistía en desentrañar mentiras y revelar verdades ocultas a plena vista.

Su mandíbula se frunció con determinación al considerar la doble existencia de Anna. ¿Era otra víctima que esperaba que sucediera o una clave para evitar más violencia? Su instinto le decía que ella era importante, una pieza demasiado importante para pasarla por alto o manejarla mal.

El reloj marcaba momentos que parecían horas mientras Vogel organizaba sus pensamientos junto a los archivos que tenía ante sí. No se trataba solo de atrapar a los delincuentes; Se trataba de proteger lo que permanecía intacto en la sociedad. Se trataba de mantenerse firme donde otros podrían flaquear bajo amenaza y presión.

Vogel se levantó de su silla, estirando los músculos tensos por horas de concentración. Miró hacia el horizonte, los edificios se erguían contra el cielo nocturno, un testigo silencioso de todo lo que sucedía debajo. Los latidos del corazón de la ciudad latían a través de él, alimentando su compromiso de llevar esto a cabo hasta que hasta el último secreto saliera a la luz del día.

Regresó a su escritorio con renovado vigor y tomó un archivo etiquetado con la fecha de mañana, una fecha que podría traer respuestas si todo salía según lo planeado. Sus manos se mantuvieron firmes mientras cerraba cada expediente, apilándolos con precisión, una preparación ritual para lo que le esperaba.

Vogel apagó su lámpara y se adentró en la oscuridad frente a la puerta de su oficina. Su determinación era palpable; Lo siguió como una sombra a través de pasillos vacíos mientras se dirigía a casa, no solo impulsado por el deber, sino por un sentido inquebrantable de que la justicia debe prevalecer sobre el caos y que el miedo nunca debe tener la última palabra.

* * *

Hans Vogel permanecía sentado en la quietud de su despacho, con el zumbido de las luces fluorescentes y el lejano murmullo del turno de noche de la comisaría como única compañía. Se inclinó sobre un archivo extendido sobre su escritorio, cuyo contenido estaba meticulosamente organizado pero su tema era enigmático: una periodista llamada Anna que se había enredado con el Grupo Baader-Meinhof.

Estudió su fotografía, sus ojos tenían una profundidad que sugería capas que aún no se habían quitado. Hans se preguntó qué la impulsaba: ¿era pura hambre periodística o algo más personal? El expediente no respondió; simplemente se hizo eco de las preguntas con el silencio.

Golpeó el escritorio con los dedos, contemplando su siguiente movimiento. Su instinto le decía que Anna era clave para entender los laberínticos planes del grupo, pero tenía que andar con cuidado. Un enfoque descarado podría asustarla o, lo que es peor, empujarla más profundamente a su redil.

Hans se levantó y se acercó a un armario cerrado con llave, sacando una pequeña grabadora y una cinta nueva. Necesitaba una operación encubierta que pudiera cerrar la brecha entre Anna y él sin alertarla a ella, o a ellos, de su presencia.

Al regresar a su escritorio, comenzó a dictar suavemente en la grabadora, esbozando su plan paso a paso. Emplearía sutiles técnicas de vigilancia para recopilar más información sobre los movimientos de Anna y las interacciones con los miembros del grupo. Hans decidió que también utilizaría informantes, ojos y oídos en el terreno que pudieran pasar desapercibidos en mítines o reuniones en las que ella pudiera aparecer.

Mientras hablaba en la grabadora, Hans pensó en lo que se necesitaría para acercarse lo suficiente a Anna sin comprometer su seguridad o su investigación. Tal vez se podría introducir en su entorno a un agente encubierto, uno que pudiera observar sin llamar la atención. ¿Pero quién? La elección tenía que ser precisa; Alguien capaz de navegar por ambos mundos con delicadeza.

Dejó de grabar y se recostó, con los ojos entrecerrados por sus pensamientos. Hans se dio cuenta de que quienquiera que eligiera necesitaría una historia de fondo plausible que pudiera resistir el escrutinio tanto de Anna como de cualquier miembro de Baader-Meinhof que sospechara de las caras nuevas.

La sala estaba en silencio mientras reflexionaba sobre los posibles candidatos dentro de su equipo, aquellos con experiencia en periodismo o activismo que podrían ocupar ese papel de manera convincente. Era imperativo que este oficial no solo entendiera su asignación, sino que también compartiera el compromiso de Hans con la justicia sin imprudencias.

Con un gesto resuelto para sí mismo, Hans cogió el teléfono y marcó un número de memoria. La línea sonó una vez antes de ser recogida por un oficial conocido por su discreción y adaptabilidad, los rasgos que Hans requería para esta delicada tarea.

—Prepárate para una misión —empezó Hans después de intercambiar formalidades—. "Necesito que te conviertas en alguien nuevo".

Mientras exponía los parámetros de la operación, Hans sintió un destello de anticipación al poner en marcha este plan, un plan que finalmente podría llevarlo a través del laberinto directamente a la verdad de Anna. Era una táctica cargada de incertidumbre, pero que él creía necesaria si alguna vez iban a quitar las capas que rodeaban a esta compleja mujer y evitar el caos que acechaba en las oscuras intenciones del grupo.

Hans colgó el teléfono y volvió a mirar la fotografía de Anna. Había mucho en juego; No había margen para el error. Sin embargo, a pesar de lo desalentadores que eran esas apuestas, palidecían en comparación con lo que podría suceder si no hacía nada en absoluto.

Con todo listo por ahora, Hans guardó bajo llave el expediente de Anna y apagó las luces antes de salir al pasillo, un hombre listo para lo que le esperaba en busca de justicia dentro de las luchas clandestinas de esta ciudad.

Capítulo 20

En la quietud de su apartamento, Anna estaba sentada rodeada de los restos de una vida que creía conocer. Las cartas, descoloridas y delicadas por el tiempo, yacían dispersas entre fotografías que capturaban sonrisas congeladas en el tiempo. Tomó una foto, estudiando los rostros juveniles de sus padres, sus ojos guardando secretos que ahora se derramaban en su regazo.

La habitación estaba repleta de historia, cada artefacto susurraba historias enterradas durante mucho tiempo bajo la fachada de una vida familiar ordinaria. Mientras Anna examinaba las pruebas del pasado de sus padres, el peso de su conexión con el Grupo Baader-Meinhof le oprimía el pecho. ¿Cómo es posible que dos personas que la habían criado con tanto cariño albergaran una historia enredada en violencia y radicalismo?

Desdobló otra carta, la letra recorrió graciosamente la página, un testimonio de pasión y convicción. Las palabras de su padre a su madre hablaban de cambio, de un mundo mejor que creían que podían forjar a partir de las cenizas del viejo. Anna sintió una oleada de empatía; Después de todo, ¿no buscaba también exponer la corrupción y luchar por la justicia?

Sin embargo, la traición le carcomía el corazón. Se lo habían ocultado, negándole el conocimiento de sus verdaderas identidades. Se preguntaba cuánto de su vida actual era una actuación, un acto necesario para proteger a su hija de la sombra de lo que había sido.

Anna trazó su dedo sobre una fotografía en la que sus padres estaban de pie entre otros en una protesta, pancartas ondeando como banderas en una batalla por la justicia. Eran jóvenes entonces, llenos de fuego y esperanza. ¿Alguna vez se arrepintieron de haberlo dejado todo atrás? ¿Vieron alguna chispa de sí mismos en la propia búsqueda de la verdad por parte de Ana?

Dejó escapar un suspiro que no se dio cuenta de que había estado conteniendo y se recostó en el sofá. En estas cartas y fotografías yacían las piezas de un rompecabezas que remodeló no solo la forma en que veía a sus padres, sino también cómo se entendía a sí misma.

Anna se levantó de su lugar entre los recuerdos y se acercó a la ventana. Afuera, la vida en la ciudad continuaba ajena a la agitación dentro de su apartamento y dentro de su corazón. Observó cómo la gente seguía con sus vidas bajo la ilusión de que realmente conocían a las personas más cercanas a ellos.

Volviéndose hacia la habitación ahora llena de pedazos de otra época, Anna decidió enfrentar este nuevo capítulo en la historia de su familia de frente. No podía negar que esta revelación había cambiado algo fundamental dentro de ella, pero no la disuadiría de descubrir verdades, ya fueran relacionadas con la corrupción del ayuntamiento o con quienes la criaron.

Al anochecer y las sombras se extendían por las tablas del suelo, Anna recogió las cartas y las fotografías con cuidado. Los colocó en una vieja caja de zapatos, su propio archivo de verdades ocultas, y la cerró con la sensación de que se trataba de una parte más de la historia que debía contar.

La noche se acercó cuando Anna agarró el bolso de su cámara, la herramienta de su oficio, y salió a ella una vez más. Cualquiera que sea la traición o la comprensión que estas revelaciones provocaron tendrían que esperar hasta que ella retirara las capas en otro frente: los secretos del Grupo Baader-Meinhof aún esperaban ser descubiertos por las tenaces manos de la periodista Eva Richter.

* * *

Anna estaba sentada en su escritorio de trabajo, la luz fluorescente proyectaba un brillo estéril sobre las meticulosas notas que se extendían ante ella. Cada palabra, cada anotación garabateada en los márgenes, era un testimonio de su diligencia como periodista. Sin embargo, sus ojos no trazaron las líneas de información; Miraban a través de ellos, fijos en un punto donde el presente se difuminaba con la introspección.

Sus pensamientos estaban en otra parte, entretejiendo recuerdos y revelaciones recientes que ataban su propia sangre a los mismos radicales que buscaba exponer. El descubrimiento del pasado de sus padres en el Grupo Baader-Meinhof había dejado una huella indeleble en su percepción de la justicia y la verdad. ¿Cuánto de esto era ahora personal? ¿Cuánto fue profesional?

La habitación zumbaba de silencio, interrumpido solo por el lejano ruido de las llaves de otro trabajador nocturno al final del pasillo. Los dedos de Anna tamborileaban suavemente sobre la superficie de madera de su escritorio, un eco rítmico de su agitación interior. Las notas que tenía ante sí guardaban secretos que podían desentrañar todo un movimiento, pero dentro de sus profundidades codificadas yacían individuos, vidas entrelazadas con ideologías y acciones.

El rostro de Lukas parpadeó en su mente. Su contacto se había prolongado más de lo esperado, provocando una calidez que amenazaba con derretir las barreras que ella había erigido cuidadosamente entre Eva Richter y Anna, la periodista. Sus palabras, a veces fervientes, a veces vulnerables, danzaban en su memoria como luciérnagas en una noche de verano.

Sacudió la cabeza en un vano intento de desalojar estos pensamientos. Su mirada volvió a centrarse en los papeles mientras intentaba anclarse de nuevo en los zapatos de Eva Richter, zapatos que habían recorrido caminos cargados de ambigüedad moral e intenciones veladas.

Anna buscó una fotografía entre las notas, un momento capturado de discursos ardientes y puños cerrados en alto, y se permitió un momento para estudiarla. Buscó pistas en sus rostros; ¿Qué los impulsó? ¿Qué temores se esconden detrás de esos ojos? Su lente había visto a través de fachadas antes, pero ahora parecía que había algo más en juego que una simple exposición.

Su lucha se desarrolló en silencio dentro de los confines de esa pequeña área de trabajo. La periodista dentro de Anna luchó con una empatía nacida de la comprensión de su causa, no solo como una noticia, sino como un legado transmitido en susurros secretos de una generación a otra.

Dejó escapar un suspiro que no se había dado cuenta de que había estado conteniendo y comenzó a organizar sus notas una vez más, sistemática y decididamente, con renovada determinación. Cada pieza volvió a encajar en su lugar como piezas de un rompecabezas que estaba destinada a completar.

El reloj avanzaba mientras Anna continuaba trabajando hasta bien entrada la noche. Con cada hora que pasaba, se fortalecía contra la duda y la distracción. Las líneas entre periodista y persona se difuminaron, pero no se rompieron; Se entretejieron en el tejido de alguien comprometido a descubrir verdades, sin importar cuán complejas o cercanas fueran a casa.

Cuando el amanecer insinuó que se acercaba a través de su ventana, Anna recogió sus cosas —la bolsa de la cámara estaba cargada de responsabilidad— y salió a la luz de la mañana. Su camino era incierto, pero siempre avanzaba hacia las verdades que esperaban en los rincones sombríos el toque de la luz del día.

* * *

La ciudad estaba tranquila, salvo por el ocasional susurro de un coche que pasaba a lo lejos. Anna estaba sentada sola en su escritorio, la única luz de la habitación provenía del resplandor de una lámpara solitaria. Proyectaba sombras sobre su rostro mientras revisaba fotografías y garabateaba notas. Sus pensamientos se dirigieron, espontáneamente, a Lukas.

Recordó la forma en que su mano se había sentido en la suya, áspera y cálida. El banco del parque donde se habían sentado parecía ahora a mundos de distancia, pero el recuerdo era tan vívido como si hubiera sucedido hacía unos momentos. Había habido una rara paz entre ellos, una quietud que desmentía el caos de su causa común. Lukas había hablado en voz baja de sus sueños: una vida no estropeada por la lucha o la violencia. Fue un momento de vulnerabilidad que Anna no esperaba de él.

Pero a pesar de lo dulce que era el recuerdo, dolía agudamente de culpa. Anna cerró los ojos, apartando la imagen de la mirada esperanzada de Lukas. ¿Cómo podía reconciliar estos afectos crecientes con las mentiras que la unían? Había estado tan segura cuando asumió este papel, tan decidida a que se hiciera justicia y que la verdad saliera a la luz. Sin embargo, ahora estaba sentada, dividida entre su deber como periodista y el genuino cuidado que sentía por un hombre que solo la conocía como Eva Richter.

El conflicto interno rugía en su interior como una tempestad, cada pensamiento de Lukas calentaba y enfriaba su corazón. Consideró sus interacciones desde que se conocieron; Cada sonrisa compartida y cada conversación seria ahora está manchada de engaño. ¿Realmente podía reclamar alguna superioridad moral cuando ella misma estaba manipulando las emociones para acercarse a la verdad?

Anna cogió el gastado cuaderno de cuero de Frank, el que él le había confiado, y lo abrió en una página en blanco. El bolígrafo flotaba sobre él, temblando ligeramente en su mano. Le faltaban las palabras; ¿Cómo podría articular esta confusión? ¿Cómo podría justificar el uso de los sentimientos de alguien, alguien que bien podría ser solo otro peón en esta enmarañada red, como palanca?

Dejó caer el bolígrafo y dejó escapar un suspiro de frustración. Su afecto por Lukas no formaba parte del plan; Era una anomalía que amenazaba con deshacer todo por lo que había trabajado. Sin embargo, negar su existencia se sentía como negar parte de sí misma, una parte que anhelaba la conexión en medio de un océano de duplicidad.

Anna se levantó bruscamente de su escritorio y caminó por la habitación. Necesitaba aire; Tal vez un paseo le despejaría la cabeza y le ayudaría a resolver esta confusión. Con cada paso que daba hacia la puerta, sentía que la tiraban en dos direcciones opuestas: una hacia Lukas y la verdad que se escondía detrás de su fachada apasionada; el otro, hacia su compromiso inquebrantable de revelar todas las historias ocultas, sin importar cuán personales se volvieran.

Cuando Anna salió a la noche, no había respuestas esperándola, solo más preguntas y una creciente conciencia de que algunas verdades tenían un costo demasiado alto. Sin embargo, a pesar de todo, no pudo evitar preguntarse qué habría pasado si las cosas hubieran sido diferentes, si no hubiera identidades encubiertas o causas revolucionarias entre ellos.

Pero por ahora, esos eran solo pensamientos ociosos perdidos en el viento; Había trabajo por hacer y verdades por descubrir, incluso si esas verdades podían abrir de par en par algo más que historias.

* * *

Anna estaba sentada en su escritorio, la luz de la lámpara proyectaba un pequeño oasis de iluminación en la habitación, por lo demás oscura. Papeles, fotografías y notas yacían esparcidos ante ella, cada pieza era un fragmento del rompecabezas más grande que estaba armando lentamente. Buscó una fotografía, una de las muchas que había tomado en los mítines y reuniones, y sus dedos trazaron los contornos de los rostros que se habían vuelto familiares con el tiempo.

Trató de concentrarse en organizar su información, categorizando la evidencia en montones ordenados que eventualmente podrían convertirse en una historia, una historia que podría sacudir la ciudad hasta la médula. Sin embargo, cada vez que colocaba una foto o alineaba sus notas, sus pensamientos se alejaban de la claridad de la letra impresa en blanco y negro y se adentraban en el gris turbio de sus conflictos personales.

Las rutinas del trabajo periodístico siempre habían sido su refugio, un lugar donde el orden reinaba en medio del caos. Pero ahora, incluso mientras hacía las cosas por inercia, escribiendo pies de foto para fotos, cruzando declaraciones con fechas, el consuelo que buscaba era esquivo. Su mente no dejaba de vagar hacia Lukas y su tacto que permanecía en su piel como una marca indeleble; volver a Markús y su fachada cuidadosamente elaborada que aún no había desentrañado; Volvamos a Karl Weiss y sus conmovedores discursos que parecían a la vez inspiradores e incendiarios.

Hizo una pausa y miró fijamente una foto de Lukas mientras hablaba apasionadamente a una multitud. La conexión que compartían era innegable, una conexión que había traspasado la mera curiosidad profesional y se había convertido en algo más profundo. Fue este enredo emocional lo que más inquietó a Anna; Era un anatema para el desapego que requería su profesión.

Con un suspiro, Anna se obligó a volver al trabajo. Comenzó a trazar posibles pistas en un mapa de la ciudad extendido por la mitad de su escritorio. Los alfileres rojos marcaban los lugares de interés: lugares donde los susurros de la revolución se habían convertido en gritos, donde se producían intercambios encubiertos bajo la atenta mirada de ella.

La rutina aportaba estructura, pero no comodidad. Cada alfiler era un recordatorio no solo de lo que tenía que hacer, sino también de lo que estaba en peligro de convertirse: una parte de su mundo tan profunda que podría perder de vista dónde terminaba Eva Richter y dónde empezaba Anna.

Se recostó en la silla, frotándose los ojos cansados mientras el amanecer insinuaba su llegada a través de los bordes de las persianas cerradas. El trabajo continuaría; Tiene que continuar, por el bien de la verdad y por el de ella. Sin embargo, incluso mientras afirmaba este juramento interior, Anna no podía quitarse de encima el peso que le oprimía el pecho: una mezcla de miedo, deber y un afecto no deseado que amenazaba con comprometer todo lo que representaba.

Reuniendo fuerzas para otro día de lucha contra la injusticia, y tal vez contra sí misma, Anna recogió el cuaderno de Frank de entre el caos de su escritorio. Lo abrió en una página nueva y comenzó a escribir de nuevo; Porque si había poco consuelo en los viejos hábitos, tal vez habría consuelo en las nuevas palabras escritas con una vieja resolución.

* * *

El mapa de la ciudad extendido sobre el escritorio de Anna llevaba las marcas de su investigación: una constelación de notas y fotografías que conectaban los puntos de una narrativa sombría. Se recostó en su silla, su mirada se desvió del mapa a la cámara que se había convertido en una extensión de sí misma. Había capturado momentos de verdad y mentira, imágenes que tenían el poder de influir en la opinión pública, de exponer o de proteger.

Anna cerró los ojos brevemente, luchando con la confusión emocional que la había enredado desde que había comenzado este peligroso viaje. Su mente reprodujo los tiernos momentos con Lukas, la forma en que su voz se quebró cuando habló de una vida libre de lucha, su mano rozando la de ella con una intimidad que iba más allá de su causa compartida. Y luego estaba Markus, un hombre cuya fachada empezaba a mostrar grietas, revelando una vulnerabilidad que resonaba en su propio corazón.

No podía negarlo por más tiempo; Estos hombres se habían convertido en algo más que meros sujetos en su historia. Ahora formaban parte de ella, de la enmarañada red que tejía entre Eva Richter y Anna, periodista e infiltrada. Sin embargo, en medio de estas reflexiones, un sentido del deber la ancló. Era un deber no solo para con su profesión, sino para con aquellos que vivían ajenos a las sombras que se arrastraban por su ciudad.

Anna abrió los ojos y respiró hondo. El aire se sentía fresco y estable mientras llenaba sus pulmones. Lo soltó lentamente, sintiendo que una calma se apoderaba de ella. Cogió con la mano el gastado cuaderno de cuero de Frank, un regalo que ahora simbolizaba mucho más que palabras escritas en papel.

Con dedos decididos, se dirigió a una página en blanco. El silencio a su alrededor parecía palpitar con expectación mientras colocaba el bolígrafo sobre el papel. Este próximo informe sería uno de muchos; Cada palabra está un paso más cerca de revelar verdades ocultas bajo capas de engaño.

La pluma tocó tierra y la tinta comenzó a fluir. Ya no había vacilación en los movimientos de Ana; Cada golpe era deliberado, confiado. Detalló los hechos con precisión mientras entretejía la humanidad de la que había sido testigo: los sueños, las dudas y los deseos que conformaban el complejo tejido de la existencia de este grupo.

Mientras escribía, Anna sintió que una claridad inquebrantable se apoderaba de ella. Su misión era clara: documentarlo todo, cada hecho y cada matiz, y dejar que esas verdades hablaran por sí mismas en blanco y negro.

Este momento no marcó un final, sino una reafirmación, un voto renovado en silencio en medio de las sombras proyectadas por las primeras luces del amanecer. El mundo exterior esperaba las revelaciones de Anna; revelaciones nacidas de una determinación silenciosa que ni siquiera el caos pudo sofocar.

Y cuando finalmente dejó su pluma, no era solo otro informe completado, era un testimonio de la ética periodística que se mantiene firme contra viento y marea. Anna se levantó de su escritorio con una energía decidida; Fuera lo que fuera lo que le esperaba, la encontraría lista para enfrentarlo de frente, por el bien de la verdad y por la justicia que aún no se había cumplido.

esperaba, la encontraría lista para enfrentarlo de frente, por el bien de la verdad y por la justicia que aún no se había cumplido.

Capítulo 21

La habitación estaba en silencio, salvo por el sonido del bolígrafo de Anna arañando la superficie del cuaderno. Se sentó encorvada sobre una serie de notas y mapas que pintaban un sombrío tapiz de los bajos fondos de la ciudad.

Sus ojos se movían entre fotografías y fechas garabateadas, cada pieza era un fragmento de un rompecabezas más grande y ominoso. Era tarde, o tal vez era temprano: el tiempo había perdido su sentido en la urgencia de su tarea. Había quedado tan absorta en su trabajo que el mundo más allá de su apartamento se había desvanecido en un zumbido distante.

Entonces sucedió: un roce accidental de su mano contra una pila de papeles los hizo caer en cascada al suelo en desorden. Cuando se arrodilló para recogerlos, una sola sábana que pasó desapercibida llamó su atención. Era algo inocuo, fácilmente confundible con otra pieza de literatura activista, pero cuando Anna escaneó su contenido, su corazón se apoderó de la repentina comprensión.

El documento describía fechas, horas y lugares con meticuloso detalle. No se trataba solo de retórica o propaganda; Era un plan, un plan para el caos que deletreaba un ataque con una precisión escalofriante. Su respiración se atascó en su garganta mientras trazaba las líneas en el mapa con un dedo tembloroso.

La mente de Anna se aceleró con el peso de este conocimiento. Ahora comprendía que tenía en sus manos no solo una historia, sino también vidas, innumerables rostros invisibles que quedarían atrapados en el fuego cruzado si no actuaba. Sus instintos periodísticos luchaban contra el deber cívico; No había lugar para dudas.

Se recompuso y se puso de pie rápidamente, agarrando el papel como un veredicto condenatorio. Había mucho que hacer y peligrosamente poco tiempo para hacerlo. Su cámara yacía olvidada sobre el escritorio mientras se volvía hacia la puerta: esta vez serían las palabras y no las imágenes las que podrían marcar la diferencia.

Anna se movió rápidamente por su apartamento para prepararse para lo que vendría después. La revelación había cambiado algo fundamental dentro de ella: la búsqueda de la verdad se había convertido de repente en una carrera contra el tiempo mismo.

* * *

Anna permaneció inmóvil, las palabras del documento se difuminaron ante sus ojos mientras el peso de su significado se asentaba sobre ella. El rumor de la violencia potencial, una vez distante, se había cristalizado en un peligro claro y presente. Su corazón se aceleró, no con la emoción de una historia descubierta, sino con el temor de un conocimiento que tenía un costo mucho mayor de lo que había previsto.

La habitación a su alrededor se sintió repentinamente claustrofóbica, como si las paredes mismas estuvieran presionando con la urgencia de la situación. Imaginó calles llenas de gente, sus rutinas diarias ajenas a la sombra del caos inminente. Los niños se reían de camino a la escuela, los vendedores abrían sus tiendas para comerciar otro día, todos marcados sin saberlo por el espectro de un ataque que ahora tenía en sus manos.

La expresión de Anna estaba marcada por una profunda preocupación; Era un mapa del conflicto interno. Sus ojos, por lo general agudos de determinación, ahora parpadeaban con una pizca de miedo. No tema por sí misma, sino por aquellos que podrían verse atrapados en una vorágine imprevista.

Casi podía oír los ecos de las explosiones que aún no habían ocurrido, ver el caos que desatarían sobre vidas inocentes. La ciudad que conocía tan bien se transformó en un cuadro de pánico y dolor: la sola idea hizo que su estómago se contrajera en rebelión.

Como periodista, Anna siempre había buscado la verdad como si fuera un faro, una luz que guiaba y traía claridad y justicia a quienes moraban en la oscuridad. Pero esta verdad era un presagio de destrucción; Llevaba consigo una responsabilidad que no podía haber imaginado cuando se embarcó por primera vez en este camino.

La quietud en su apartamento era opresiva mientras Anna estaba sentada sola en su escritorio. El tic-tac del reloj ya no era solo un marcador del paso del tiempo, sino que parecía contar hacia algo ominoso. Cerró los ojos brevemente, respiró hondo tratando de estabilizarse contra los pensamientos tumultuosos que amenazaban con hacer zozobrar su compostura.

Sus manos temblaron levemente cuando las levantó del documento, un testimonio silencioso de su gravedad. No se trataba de un artículo o una exposición más; Era la vida y la muerte inscrita en el papel. Anna comprendió entonces que cualquier decisión que tomara a continuación alteraría irreversiblemente no solo la trayectoria de su historia, sino también las vidas humanas reales.

Volvió a mirar el documento como si esperara que su contenido hubiera cambiado, que de alguna manera presentara un camino más fácil a seguir. Pero la realidad seguía siendo inflexible; Lo que estaba en juego no cambió.

Con la determinación endurecida dentro de ella, Anna se levantó de su escritorio y buscó la bolsa de su cámara, una compañera constante a lo largo de innumerables historias. Sin embargo, ahora se sentía más pesada que nunca, cargada no solo con el equipo, sino también con la carga de lo que debía hacer a continuación.

Su mente corría a través de posibilidades, cada una más desalentadora que la anterior. ¿Podría evitar este ataque? ¿Debería alertar a alguien? ¿En quién se puede confiar? Las preguntas giraban como buitres sobre una presa demasiado aturdida para moverse.

Pero Anna sabía una cosa con certeza: la inacción ya no era una opción, no cuando había tanto en riesgo. Con cada segundo que pasaba, las vidas pendían precariamente en equilibrio, un equilibrio que solo ella tenía el poder de inclinar hacia la seguridad o la calamidad.

Decidida pero agobiada por las consecuencias, Anna se adentró en el día una vez más, un día como ningún otro, donde cada paso llevaba consigo una urgencia nacida de saber demasiado y preocuparse aún más.

* * *

Anna estaba de pie junto a la ventana, sus ojos trazando la silueta de la ciudad mientras el amanecer la pintaba con tonos dorados y rosas. La habitación detrás de ella era un testimonio de su doble vida, abarrotada de notas y fotografías que susurraban sobre peligros y secretos aún por contar. Respiró hondo, tratando de calmar la agitación que rugía en su interior.

Los recuerdos de Lukas surgieron espontáneamente, como fotografías reveladas en un cuarto oscuro. Su risa, una melodía que resonaba en lo más recóndito de su mente; su toque, una calidez que perduraba en su piel; sus ideales, una llama que reflejaba su propia pasión por el cambio. Habían compartido momentos de vulnerabilidad que trascendían su causa, donde susurros de sueños y miedos tejían un tapiz íntimo entre ellos.

Sin embargo, mientras Anna contemplaba la ciudad que se despertaba, sintió que el filo del deber atravesaba el tejido de esos recuerdos. Su papel era claro: documentar, exponer, ser los ojos a través de los cuales el mundo vería la verdad. Pero Lukas se había convertido en algo más que un sujeto en su lente; Se había convertido en parte de su narrativa de maneras que ella no había anticipado.

Se apartó de la ventana, sintiéndose atrapada entre las paredes de su apartamento y las que había construido alrededor de su corazón. ¿Cómo podría reconciliar estas lealtades que la empujaban en direcciones opuestas? Su compromiso con el periodismo exigía desapego; Era la piedra angular sobre la que había construido su carrera. Sin embargo, allí estaba ella, enredada en una red tejida a partir de hilos de afecto y lealtad.

La cámara estaba sobre la mesa, junto al gastado cuaderno de cuero de Frank, testigo silencioso tanto de la confesión como de la estrategia. Cogió la cámara, su peso le resultaba familiar y le resultaba familiar. Era una extensión de sí misma, un instrumento a través del cual captaba fragmentos de la realidad. Pero no podía fotografiar la batalla interna que se libraba en su interior.

Anna estaba sentada en su escritorio, acunando su cabeza entre sus manos como si quisiera exprimir el conflicto que palpitaba como un dolor persistente. Pensó en Lukas, en la convicción de su voz mientras hablaba de su causa, en la mirada de él sosteniendo la de ella con una intensidad que amenazaba con deshacer toda pretensión profesional.

El conflicto interno era palpable; Flotaba en el aire como el humo después de que se ha apagado un fuego, presente aunque ya no esté en llamas. Su corazón luchaba contra la razón, instándola a considerar lo que podría ser si las circunstancias fueran diferentes.

Pero Anna sabía mejor que la mayoría que la vida no estaba hecha de 'si'. A pesar de lo mucho que Lukas había llegado a significar para ella, no podía permitir que los sentimientos personales nublaran su juicio o comprometieran su misión. Había demasiado en juego; Había vidas en riesgo, incluidas las de aquellos que se vieron atrapados involuntariamente en el fuego cruzado de ideales que salieron mal.

Con la determinación puesta en cada línea de su cuerpo, Anna se levantó del escritorio. Guardó tiernos recuerdos como armas secretas para otro momento, un momento en el que podría permitirse esos lujos de nuevo. Por ahora, solo había un camino a seguir: uno en el que el deber se mantuviera firme contra la marea del deseo.

Dejó el cuaderno de Frank abierto en la fecha de hoy, una página en blanco a la espera de verdades aún no contadas, mientras salía a otro día en el que cada momento encerraba tanto promesas como peligros.

* * *

El estruendo de la ciudad se disipó cuando Anna se dirigió a un lugar apartado, un pequeño parque escondido entre los imponentes edificios que nunca dormía. Era un marcado contraste con la cacofonía del almacén, donde las voces fervientes habían chocado y se habían fusionado en una sinfonía de disidencia. Aquí, los únicos sonidos eran el susurro de las hojas y el zumbido lejano del tráfico, una canción de cuna para los cansados.

Encontró un banco, su frío hierro no ofrecía ningún consuelo, pero era un bienvenido respiro de estar entre los que creían en la acción a cualquier precio. Se sentó, sintiendo el peso de sus decisiones presionarla como el frío del aire de la tarde. La noche la envolvió como un sudario, ofreciéndole anonimato y un escape momentáneo de su disfraz de Eva Richter.

Anna cerró los ojos y respiró hondo. Exhaló lentamente, tratando de calmar la confusión interior. Sus pensamientos se dirigieron a Lukas: sus apasionadas súplicas de cambio, que una vez habían despertado algo dentro de ella, ahora la dejaban con una inquietante sensación de premonición. Las líneas entre su verdadero yo y Eva se difuminaban más con cada día que pasaba.

Abrió los ojos y contempló el cielo nocturno, encontrando consuelo en su inmensidad. Las estrellas parecían indiferentes a las luchas humanas, pero su presencia constante era de alguna manera tranquilizadora en medio del caos por el que navegaba a diario.

Su mente corría a través de escenarios como páginas en el cuaderno desgastado de Frank: cada decisión conducía a consecuencias que no estaba segura de poder soportar. Pero la indecisión era un lujo que no podía permitirse. El grupo planeaba atacar pronto; vidas pendidas en equilibrio en el precipicio de los ideales que se volvieron extremos.

En este espacio tranquilo, Anna encontró claridad. Siempre se había sentido impulsada por la verdad, un faro que la guiaba a través de aguas traicioneras, y ahora más que nunca, necesitaba aferrarse a esa luz. Con renovada determinación, supo lo que debía hacer: reunir pruebas suficientes para detenerlos sin comprometer a aquellos que, sin saberlo, se habían convertido en parte de su vida.

Anna se levantó del banco, sintiendo que todos los músculos protestaban contra el movimiento, como si ellos también temieran lo que les esperaba. Sus pasos fueron medidos al dejar atrás la serenidad de la soledad para la tempestad que esperaba su regreso. Cada paso resonaba con determinación; Cada respiración fortalecía su espíritu.

El aislamiento había puesto de relieve no sólo la gravedad sino también la urgencia de su decisión. No podía dejarse llevar por el idealismo soñador de Lukas ni dejarse llevar por la ambigüedad persuasiva de Markus. Tenía que actuar, y pronto, o arriesgarse a perderse en una resaca de revolución de la que tal vez no hubiera resurgir.

Cuando Anna emergió de la soledad hacia el resplandor de las farolas que puntuaban la oscuridad de la ciudad, llevó consigo un juramento silencioso: buscar la verdad en medio de las mentiras y mantenerse firme contra la tormenta que se avecinaba.

* * *

Anna estaba sola, con el peso del documento en sus manos como un ancla de plomo a la realidad. Esbozó un ataque, uno que podría desgarrar el tejido de la ciudad y dejar nada más que caos y angustia a su paso. Su mente se aceleró, sabiendo bien que lo que tenía en sus manos era algo más que papel y tinta: era un mapa de una posible devastación.

Había estado caminando por el filo de la navaja, tejiendo vidas con identidades duales, cada paso una delicada danza entre la verdad y el engaño. Ahora, había llegado el momento de salir de ese borde y entrar en la dura luz de la acción. Comprendió las consecuencias; Cada movimiento que hiciera de aquí en adelante podría deshacer todo por lo que había trabajado. Su tapadera podría ser descubierta, su relación con Lukas podría desmoronarse y su vida tal y como la conocía podría terminar.

Sin embargo, mientras permanecía allí, una determinación cristalizó dentro de ella como el hielo que se forma en una rama invernal. Fue clara, tajante, una decisión que eliminó toda duda. Ella detendría este ataque. Haría lo que creyera que era correcto.

Respirando hondo y llenando sus pulmones con el aire fresco del amanecer que se avecinaba, Anna se permitió un momento para considerar todo el espectro de repercusiones en las que podrían incurrir sus acciones. Ya no se trataba solo de ella; Se trataba de personas desprevenidas cuyas vidas estaban siendo jugadas sin saberlo por aquellos en los que se había infiltrado.

La habitación a su alrededor se sintió repentinamente constrictiva, como si las paredes se estuvieran apretando con silenciosa anticipación de su próximo movimiento. Se sacudió la sensación y se volvió hacia su escritorio, donde el gastado cuaderno de cuero de Frank yacía abierto en medio de fotografías y artículos dispersos, cada pieza era un fragmento de una narrativa más amplia que estaba reconstruyendo.

Anna cogió el cuaderno y escribió su plan con minucioso detalle. Tendría que reunir más pruebas sin alertar a nadie dentro del grupo de sus intenciones ni despertar sospechas que pudieran conducir a su verdadera identidad como Anna, no como Eva Richter, el personaje que había creado con tanto cuidado.

Con cada palabra escrita, Anna se sentía más atada a su misión que nunca. No había lugar para vacilaciones o dudas; Este curso requería precisión y sigilo.

Miró el mapa de la ciudad clavado en la pared, uno marcado con notas y lugares que ahora parecían ominosos en lugar de informativos. Trazó posibles rutas y escondites, identificando puntos estratégicos en los que podía intervenir sin ponerse directamente en peligro, aunque esa seguridad era, en el mejor de los casos, escasa.

El bolso de su cámara estaba junto a la puerta, una modesta cartera negra que había sido su compañera constante durante todo este viaje a la oscuridad. No solo contenía lentes y películas, sino también secretos capturados en fotogramas fijos, secretos que podían cambiarlo todo.

Anna recogió la bolsa con una intención decidida; Su peso se sentía tranquilizador contra su hombro, un recordatorio de por qué eligió este camino en el periodismo: iluminar lugares donde reinaban las sombras.

Cuando Anna salió de su apartamento en el amanecer, no hubo fanfarria ni signos externos de heroísmo, solo una mujer decidida a hacer lo que se debe hacer por la verdad y la justicia. El sol de la mañana pintaba vetas doradas a través de una ciudad despierta ajena a lo que se avecinaba, una ciudad que Anna juró proteger en silencio mientras se fundía en sus calles una vez más.

Capítulo 22

Markús estaba sentado en la habitación bañada en sombras, mientras las paredes resonaban con susurros tonos de conspiración. El aire estaba cargado de un olor a expectación y, a su alrededor, los líderes del grupo se reunieron, con sus rostros en sombría determinación. Confiaban implícitamente en Markús, y sus ojos nunca vacilaron mientras le daban su papel clave en el ataque planeado. Su corazón se aceleró, pero su rostro seguía siendo una máscara de compostura.

Escuchó atentamente mientras detallaban los pasos de su plan, un plan para el caos diseñado para sacudir los cimientos de la ciudad. Sus dedos tamborileaban suavemente sobre la superficie de la mesa, una sinfonía silenciosa que acompañaba la gravedad de sus palabras. Sabía que cada movimiento que tramaban dejaría una marca indeleble en innumerables vidas.

Los miembros del grupo se acercaron más, bajando aún más la voz mientras hablaban del momento y los objetivos, ajenos a la verdadera lealtad de Markus. Lo veían como uno de los suyos, un compañero inquebrantable en su cruzada contra lo que percibían como una sociedad injusta.

Mientras discutían sobre tácticas de distracción y rutas de escape, la expresión de Markús delataba un destello de vacilación, una mueca casi imperceptible que desapareció tan rápido como había aparecido. Era suficiente para recordarle el precario filo que caminaba entre la lealtad y la traición.

Hablaban de solidaridad y sacrificio, palabras que alguna vez removieron algo dentro de él, pero que ahora se sentían vacías frente a su conflicto interno. Markús asintió con la cabeza a intervalos apropiados, sin revelar nada mientras todo lo que había dentro de él pedía a gritos que se actuara, una acción que pudiera evitar el desastre pero que suponía un gran riesgo personal.

Su papel era claro: central y crucial para el éxito o el fracaso de la operación. Sería instrumental en desencadenar eventos que podrían alterar el curso de la historia o detenerla por completo.

La reunión se levantó con firmes apretones de manos y miradas aceradas que sellaron su pacto. Los demás se dispersaron en la noche, dejando a Markús solo con sus pensamientos, un hombre atrapado entre dos mundos con una decisión que podía desmoronar ambos.

Se levantó lentamente de la silla, sintiendo el peso de su engañosa existencia más que nunca. El aire de la noche lo golpeó como una bofetada fría cuando salió al callejón detrás del almacén, una figura solitaria que se preparaba contra la marea de una tormenta inminente.

* * *

Markús se quedó solo en el almacén vacío, mientras los últimos ecos de las voces de los conspiradores se desvanecían en las sombras. Acababa de dejar atrás una apariencia de camaradería, una habitación donde las manos se entrelazaban en solidaridad y los ojos ardían con un propósito compartido. Pero ahora, en su soledad, el fervor de la convicción colectiva se sentía como un recuerdo lejano.

Se paseó entre cajas que alguna vez contuvieron contrabando y que ahora solo llevaban polvo y silencio. Cada paso era medido, como si estuviera caminando por una línea que solo él podía ver, una que separaba su fachada pública de sus dudas privadas. El peso de su tarea lo oprimía con una intensidad sofocante.

Markús se pasó una mano por el pelo, que se le pegaba a los dedos con el sudor de la ansiedad. Había desempeñado bien su papel; Las seguridades y las estrategias habían salido de su lengua con una facilidad practicada. Sin embargo, detrás de cada palabra había un abismo de incertidumbre. El impacto potencial de su ataque planeado se cernía sobre él: una sombra que amenazaba con tragarse cualquier vestigio de paz.

Vidas inocentes, el pensamiento lo atravesó como fragmentos de vidrio a través de la tela. Las vidas que no se vieran afectadas por su lucha quedarían atrapadas en una vorágine que no ellos crearían. Hombres, mujeres, niños, rostros sin nombre, destellaban ante él en un desfile silencioso de posibles víctimas. ¿Cuántos momentos se romperían bajo la fuerza de sus acciones? ¿Cuántos futuros se extinguirían o se alterarían para siempre?

La camaradería que le quedaba se basaba en ideales que decían defender la vida, pero que ahora se acercaban peligrosamente a quitársela indiscriminadamente. Markús se sentía un extraño entre aquellos a los que llamaba aliados, un hombre que mantenía su confianza mientras cuestionaba sus métodos.

Se acercó a una pequeña ventana manchada de suciedad y contempló el paisaje urbano que se extendía más allá de las paredes del almacén. Las luces parpadeaban como estrellas lejanas contra el cielo nocturno, cada una marcando una historia que se desarrollaba en su propio rincón del mundo.

Markús exhaló lentamente, observando cómo su aliento se empañaba en el cristal antes de disiparse en la nada, una metáfora de la fragilidad humana que no se le escapaba.

¿Podría llevar a cabo esta tarea sabiendo lo que podría significar? ¿Podría soportar el peso de las vidas destrozadas por la violencia? Mientras estaba allí solo, Markús comprendió que cualquier decisión que tomara dejaría una huella indeleble en él.

La camaradería le hizo señas como un canto de sirena, pero Markús sabía muy bien que algunas canciones llevaban a los marineros a naufragar sobre rocas dentadas. Con cada momento que pasaba en esta tranquila reflexión, la gravedad de lo que le esperaba pesaba más en su conciencia.

Se apartó de la ventana, su determinación se endureció como el acero templado por el fuego. Había que tomar decisiones y tomar medidas, decisiones que podrían alterar no solo su destino, sino el de muchos otros.

Markús recogió un cartel abandonado del suelo —un remanente de alguna protesta olvidada— y trazó sus letras en negrita con la yema del dedo. La tinta se sentía áspera bajo su piel, un recordatorio táctil de las convicciones grabadas en lo más profundo de su ser.

Su soledad contrastaba con la hermandad de la que se había apartado hacía unos momentos; Sin embargo, dentro de este silencio yacía la claridad, un momento de duda que aún podría cambiarlo todo.

* * *

Markús se deslizó por el estrecho callejón, el aire húmedo se aferraba a su abrigo mientras se movía con un sigilo ensayado. Su corazón latía a un ritmo constante contra sus costillas, cada pulso se hacía eco de la gravedad de su doble vida. Los sonidos nocturnos de la ciudad amortiguaron sus pasos cuando se acercó a una puerta anodina marcada solo por pintura descascarada y los restos de un letrero olvidado.

En el interior, la habitación zumbaba con la tensión silenciosa de la anticipación. Dos figuras estaban sentadas en las sombras, con sus rostros oscurecidos por la oscuridad. Observaban a Markús con una intensidad que le hacía ser muy consciente de cada respiración que respiraba en sus pulmones.

—Informe —exigió uno de ellos, con voz cortante y carente de calidez—.

Markús desdobló los documentos que había traído consigo, con las manos firmes a pesar de la agitación que reinaba en su interior. Relató los últimos acontecimientos, y sus palabras pintaron un cuadro de un grupo al borde de la acción, de planes susurrados en rincones oscuros y un fervor que rayaba en el fanatismo.

Sus cuidadores escuchaban sin interrupción, su silencio era tan pesado como cadenas. Necesitaban más: más detalles, más garantías, más pruebas para satisfacer su insaciable apetito de control.

—¿Y qué hay de su próximo movimiento? —insistió el segundo adiestrador, inclinándose hacia delante en la escasa luz. Tenía los ojos penetrantes, buscando cualquier atisbo de vacilación en el comportamiento de Markús.

Markús lo miró a los ojos sin inmutarse. "Están planeando un mitin", comenzó, cuidando de mantener la calma. "Se supone que es pacífico, pero algunos miembros hablan de convertirlo en algo... más".

Los cuidadores intercambiaron miradas que decían mucho por su brevedad, una conversación silenciosa que Markús no pudo descifrar, pero que sintió en lo más profundo de su médula.

"Necesitamos nombres", insistió el primer manejador. "¿Quién está impulsando la violencia? ¿A quién podemos apuntar para desmantelar esto desde adentro?"

Markús reflexionó un momento antes de responder. Les dio nombres, pero no todos. Retuvo a aquellos cuyas dudas reflejaban las suyas o a aquellos cuyas convicciones habían comenzado a flaquear bajo el peso de su conciencia.

Al concluir su reunión, la mente de Markús se aceleró con preguntas sobre el bien y el mal: las líneas borrosas entre el deber y la moralidad tiraban de él como corrientes opuestas. Sus manejadores esperaban de él una lealtad inquebrantable y una transparencia total; Sin embargo, allí estaba, albergando secretos incluso mientras traicionaba a otros.

Salió al aire frío de la noche una vez más, dejando atrás la atmósfera opresiva de esa pequeña habitación. La ciudad se cernía a su alrededor, una vasta extensión llena de vidas desprevenidas, y Markús se sentía a la vez protector y traidor en sus brazos.

Se fundió de nuevo en las sombras de las que venía, sabiendo que cada paso lo llevaba más lejos por un camino del que tal vez no hubiera retorno. La ciudad le susurró sus secretos como si reconociera a un alma gemela, una que caminaba en la oscuridad para servir a la luz, pero que se encontraba perdida en algún punto intermedio.

* * *

Markús recordó el día en que se le acercó por primera vez, un hombre más joven con un corazón ferviente y una mente llena de ideales. Le habían prometido un propósito, la oportunidad de ser parte de algo más grande que él mismo. Y él les había creído.

Ahora, años más tarde, se encontró atrapado en una red de su propia creación, sirviendo a dos amos en un juego peligroso. Sus convicciones anteriores, una vez tan claras e inflexibles, ahora chocaban contra los bordes irregulares de la realidad. El grupo se había convertido en su familia, su causa en la suya propia. Pero, ¿a qué precio? Los medios que había empleado, los secretos que guardaba enterrados en lo más profundo de su ser, ¿servían a la justicia o la traicionaban?

Recordó el subidón de adrenalina durante los mítines, la camaradería que los unía contra enemigos comunes. Esos recuerdos eran ahora como fantasmas, que lo perseguían con susurros de lo que podría haber sido, de lo que debería haber sido. Los ideales que lo habían atraído estaban empantanados en acciones que ya no podía justificar.

Cuando Markús se removió en su silla, ésta crujió bajo su peso, un sutil recordatorio de la carga que llevaba dentro. Pensó en los manipuladores que confiaban en él para obtener información que pudiera evitar una catástrofe. Su frío pragmatismo no ofrecía ningún consuelo; Lo único que hizo fue agudizar sus dudas sobre si alguna causa valía la pena para los sacrificios que se le exigían.

Su conflicto interno se desarrollaba a través de sus rasgos. ¿Podría haber redención para un hombre atrapado entre dos mundos? Markús sabía que cada pieza de inteligencia que transmitía salvaba vidas, pero también destrozaba su alma.

Llevaba una foto guardada en el bolsillo: la imagen de alguien querido cuya sonrisa era un bálsamo para su espíritu cansado. Lo cogió ahora, con los dedos temblorosos mientras desplegaban el papel arrugado. Allí estaba ella, un faro en medio de mares tormentosos. Ella representaba todo lo que era puro e inmaculado por su duplicidad.

La habitación pareció cerrarse sobre Markús mientras luchaba con estos pensamientos: su idealismo pasado chocaba violentamente con las obligaciones presentes y los temores por lo que podría deparar el mañana. Cuando se levantó de la silla y se acercó a la ventana que daba a los latidos del corazón de la ciudad, Markús se dio cuenta de que no había respuestas fáciles.

Sin embargo, a medida que la noche descendía sobre él y las estrellas comenzaban a atravesar la oscuridad, Markús decidió encontrar claridad en medio del caos, navegar por este laberinto no solo como agente o informante, sino como un hombre que busca la absolución de sus actos pasados mientras forja un camino hacia un futuro incierto en el que tal vez los fines finalmente se alinearían con los medios.

* * *

Markús se hallaba al borde del precipicio de su propia conciencia, y la encrucijada que tenía ante sí no era una mera metáfora, sino una cruda realidad. El almacén estaba ahora en silencio, salvo por el débil eco de las voces de los conspiradores que acababan de abandonar el espacio. El aire flotaba cargado con el residuo de sus planes, cada palabra era un peso sobre sus hombros.

Consideró el camino trazado ante él por aquellos que buscaban orquestar el caos. Su papel era claro, asignado con una crueldad casi casual, como si las vidas que podrían ser perturbadas no fueran más que peones en un plan más grande. Sin embargo, mientras recorría con el dedo la fría superficie metálica de la mesa donde se habían extendido los mapas y los planos hacía unos momentos, Markús sintió un temblor de vacilación.

Seguir adelante significaba ir más allá de un punto de no retorno. No se trataba solo de lealtad a una causa que alguna vez creyó justa o lealtad a un grupo que se había convertido en su familia en todo menos en sangre. Se trataba de cruzar una línea de la que no podía haber retirada, de convertirse en un arquitecto del terror, en un agente de daño.

Y luego estaban los riesgos para sí mismo: la exposición, la captura, tal vez incluso la muerte. Markús siempre había sabido que su viaje a este mundo clandestino conllevaba peligros, pero una cosa era aceptar el riesgo en abstracto y otra enfrentarse a su inminente llegada.

Pero más allá del peligro personal había un dilema moral mayor: las consecuencias más amplias de sus acciones. ¿Cuántas vidas quedarían atrapadas en la red que él ayudó a tejer? ¿Podría él cargar con la responsabilidad de tal devastación? El pensamiento lo arañaba con dedos helados.

Markús caminaba de un lado a otro, y cada paso resonaba en las paredes como un tambor en cuenta atrás para llegar a un momento irreversible en el tiempo. Pensó en Anna —Eva Richter— y se preguntó qué decisión tomaría si se quedara donde él estaba ahora. ¿Se aferraría a su integridad periodística y buscaría la verdad a toda costa? ¿O vería a través de su disfraz y lo condenaría como otro radical perdido por su propio celo?

La decisión se cernía sobre él como una nube de tormenta a punto de estallar. Cerró los ojos y vio destellos de mítines pasados, rostros llenos de esperanza y rabia a partes iguales. Escuchó discursos que alguna vez lo inspiraron, pero que ahora sonaban huecos en sus oídos.

Al abrir de nuevo los ojos, Markús se encontró solo con el peso de una acción inminente sobre él. Sabía lo que esperaban de él aquellos que confiaban en él, o pensaban que lo hacían, pero ¿podía cumplir con tales expectativas sabiendo lo que sabía ahora?

Markús permaneció inmóvil durante lo que le pareció una eternidad hasta que, por fin, se acercó a la puerta. Su decisión aún no se había tomado, cada paso se sentía más pesado que el anterior. Necesitaba aire; Necesitaba un espacio lejos de este lugar donde se trazaban los planes y se sellaban los destinos.

Salió al aire fresco de la noche y respiró hondo, mirando las estrellas esparcidas por un cielo indiferente. En su silencioso resplandor, Markús buscó orientación o tal vez absolución para los pensamientos que aún no habían puesto en práctica.

Su corazón latía con fuerza en su pecho, un recordatorio de que estaba vivo y que con la vida venía la elección. La decisión se cernía sobre él: ¿seguir adelante con su papel en este ataque o intervenir para detenerlo desde adentro?

La ciudad permanecía en silencio a su alrededor, como si contuviera la respiración a la espera de lo que estaba por venir, del mismo modo que Markús contuvo la respiración mientras se enfrentaba a decisiones cuyos ecos reverberarían mucho más allá de esa noche.

Capítulo 23

El café, silencioso y casi vacío, pareció contener la respiración cuando Anna se sentó frente a Clara. Podía ver la preocupación grabada en lo más profundo de los ojos de Clara, un espejo de la inquietud que había comenzado a anidar en su propio corazón.

—Has cambiado, Anna —dijo Clara, con voz firme pero entrecortada por un inconfundible temblor de preocupación—. El vapor de su taza de café se enroscó hacia arriba, desapareciendo en la nada, tal como temía que Anna lo hiciera si continuaba por ese camino.

Anna se encontró con la mirada de Clara. Sabía lo que se avecinaba: una confrontación que debía haberse producido hace mucho tiempo. El aire entre ellos estaba cargado de palabras no dichas, cargado con el peso de las decisiones tomadas y aún por hacer.

—Clara, sé que estás preocupada —empezó Anna, su voz no delataba nada de la tormenta que se desataba en su interior—. "Pero sigo siendo yo. Sigo siendo el periodista que busca la verdad, sin importar lo fea o peligrosa que sea".

Clara se inclinó hacia delante, con los codos apoyados en la mesa, como si se preparara para resistir la fuerza de la determinación de Anna. "¿Pero a qué costo? Estás caminando por una línea muy delgada entre descubrir la verdad y convertirte en parte de su narrativa".

Anna sintió un escozor ante las palabras de Clara, la sugerencia de que podría perderse en este mundo de medias verdades y alianzas encubiertas. No se le escapó que cada paso que daba para descubrir los secretos del Grupo Baader-Meinhof la atraía más a su red.

—Soy consciente de los riesgos —respondió Anna secamente, con las manos apretadas alrededor de su propia taza de café, un débil intento de arraigarse en esta realidad en la que las líneas se difuminaban cada día más.

Clara extendió la mano hacia el otro lado de la mesa y colocó una mano suave sobre la de Anna. "Simplemente no quiero verte convertirte en uno de ellos".

El toque estaba destinado a consolar, pero solo sirvió como un recordatorio de todo lo que estaba en juego. La piel bajo los dedos de Clara se sentía extraña, como si ahora perteneciera a Eva Richter más que a Anna.

"No lo haré", le aseguró Anna a su amiga —y a sí misma— con una convicción que esperaba sonara más segura de lo que se sentía. "Sé dónde está mi lealtad".

Mientras permanecían sentadas en silencio durante un momento más, Anna pensó en lo compleja que era la lealtad, en que podía atar o cegar a uno según el lado en el que uno estuviera. Miró más allá de Clara, a través de la ventana del café, donde la vida se movía, ajena a la agitación que se gestaba dentro de esas paredes.

Clara retiró la mano y asintió lentamente, como si aceptara una promesa tácita o tal vez reconociera la inevitabilidad de las cosas que escapaban a su control. El café permanecía quieto y silencioso a su alrededor, y su vacío reflejaba su solemne intercambio, un cuadro de resolución con un telón de fondo de dudas y miedo.

* * *

—Estoy haciendo lo que hay que hacer —dijo Anna, con una voz mezcla de convicción y un temblor inconfundible que delataba su conflicto interno—. "Si no soy yo, ¿entonces quién? Alguien tiene que denunciar la corrupción dentro de la ciudad".

Clara se inclinó hacia delante, con la mirada inquebrantable. —¿Pero a qué precio, Anna? Estás caminando por el filo de la navaja".

Las palabras tocaron una fibra sensible, haciéndose eco de los susurros de duda que permanecían en el fondo de la mente de Anna. No podía permitirse tales pensamientos; Su determinación tenía que ser de acero.

"El costo es necesario", replicó. "Las historias que estoy persiguiendo... Son más grandes que la seguridad o la comodidad de cualquier persona".

—Pero tú estás cambiando —insistió Clara—. "¿No puedes verlo? Los ideales del grupo, su forma de vida, se filtran en ti".

Anna apretó la mandíbula, sintiendo que una oleada de defensa se elevaba dentro de ella. Sabía que Clara hablaba preocupada, pero la sugerencia de que se estaba perdiendo a sí misma le dolía una acusación que se negaba a aceptar.

"Yo tengo el control", insistió, aunque su voz vaciló ligeramente mientras hablaba. "No he olvidado quién soy ni por qué empecé esto".

Clara extendió la mano hacia el otro lado de la mesa y apoyó una mano sobre la de Anna, un gesto cargado de calidez y gravedad.

—¿Y qué hay de Lukas? —preguntó Clara en voz baja. —¿Qué papel juega en todo esto?

Anna sintió una punzada en el pecho al mencionar su nombre. Lukas se había convertido en una variable inesperada en sus planes cuidadosamente trazados, un elemento de caos en un mundo ya tumultuoso.

—Es parte de la historia —dijo Anna después de un momento de vacilación, esperando que su rostro no delatara la profundidad de sus sentimientos por él—.

—¿Solo una parte de la historia? Clara empujó suave pero firmemente.

Anna retiró la mano de Clara y se recostó en su silla, apartando la mirada momentáneamente antes de fijar a Clara en una mirada decidida.

—Sí —dijo ella bruscamente—. "Eso es todo lo que puede ser".

Clara asintió lentamente, pero no parecía convencida. Observó atentamente a Anna como si tratara de leer los capítulos aún no escritos de la saga que se desarrollaba ante ellos.

Anna se sentía expuesta bajo el escrutinio de Clara y no quería nada más que huir de este interrogatorio disfrazado de preocupación. Pero sabía que marcharse no haría más que confirmar los temores de Clara: que se estaba convirtiendo en otra persona por completo.

En lugar de eso, Anna se quedó quieta y se encontró con la mirada de Clara con renovada determinación.

– Agradezco tu preocupación -admitió Anna en voz baja-. "Pero créanme cuando digo que soy consciente de cada paso que doy y sus implicaciones".

Hablaba con pasión, cada palabra cuidadosamente elegida para enmascarar el temblor que amenazaba con aflorar una vez más: una batalla interna entre el deber inquebrantable y la duda que se arrastraba.

Clara escuchó atentamente, dejando que el silencio se quedara en silencio por un momento después de que Anna terminara de hablar, un reconocimiento silencioso de la complejidad que tenía entre manos antes de finalmente romperlo con un suspiro.

—Espero que tengas razón —dijo Clara en voz baja—. "Por tu bien, y por todos aquellos que ni siquiera saben que confían en ti".

* * *

La luz de la tarde se filtraba a través de las ventanas del café, proyectando un cálido resplandor sobre la mesa donde Anna y Clara estaban sentadas. El murmullo de las conversaciones a su alrededor proporcionaba un suave telón de fondo a la seriedad de los suyos. Los ojos de Clara tenían un peso de preocupación mientras se inclinaba hacia delante, sus palabras deliberadas y cargadas de implicación.

—Conoces los riesgos, Anna —dijo Clara en voz baja—. "¿Te acuerdas de Thompson? Se adentró demasiado en el subsuelo y no pudo salir. Perdió su carrera... su familia".

Las manos de Anna se apretaron alrededor de su taza de café, sus nudillos se pusieron blancos. Había escuchado estas historias antes, historias de periodistas que difuminaban las líneas con demasiada frecuencia y pagaban caro por ello. Sin embargo, escucharlas de Clara las hizo más reales, más amenazadoras.

—Y Davis —continuó Clara—. "Ella inventó fuentes para obtener su historia. Cuando se enteraron, no fue solo su integridad la que sufrió; Era la reputación de toda la profesión".

Anna sintió un escalofrío que le recorría la espalda a pesar de la calidez del café. Siempre se había enorgullecido de su compromiso con la verdad y la justicia, pero los recordatorios de Clara de aquellos que habían caído en desgracia resonaban en su mente como una campana de advertencia.

—No eres inmune a ese tipo de consecuencias —insistió Clara—. "Puede que pienses que tienes el control ahora, pero ¿qué pasa después? ¿Y si ya no puedes separar a Anna de Eva?

La mirada de Anna pasó por delante de Clara y se dirigió a la bulliciosa calle. Podía ver a la gente en su día a día, ajena a las oscuras corrientes subterráneas en las que se metía para exponer verdades que de otro modo podrían permanecer ocultas.

Clara extendió la mano por encima de la mesa y colocó una mano sobre la de Anna. —Estoy preocupada por ti —dijo en voz baja—.

Anna volvió a encontrarse con la mirada de Clara; No se podía negar el temblor en su propia voz cuando hablaba. "Sé lo que estoy haciendo", dijo, pero incluso mientras lo decía, podía sentir que su confianza flaqueaba.

La intensidad en los ojos de Clara no disminuyó. "¿Pero a qué precio?", preguntó.

Anna se apartó un poco; Quería creer que era diferente de los que habían perdido el rumbo, que su brújula moral era firme. Pero debajo de esa certeza yacía una semilla de duda que había comenzado a echar raíces en lo profundo de su conciencia.

—No voy a cruzar esas líneas —afirmó Anna, más para convencerse a sí misma que para tranquilizar a Clara—.

* * *

El café bullía con el murmullo de las conversaciones y el tintineo de la porcelana, un marcado contraste con la intensidad de su pequeña mesa. Los ojos de Clara, por lo general brillantes de humor y calidez, ahora brillaban con lágrimas que reflejaban su miedo. La visión atravesó el corazón de Anna como fragmentos de hielo.

—Tengo miedo —susurró Clara, con la voz temblorosa tanto como las manos envueltas alrededor de la taza de café—. "Me temo que te perderé por esto... esta locura. La Anna que conozco parece que se está escapando".

Anna sintió que se le formaba un nudo en la garganta. Sabía que los riesgos de su misión habían tensado su amistad, amenazando con romper los lazos que antes parecían irrompibles.

—No me perderás —dijo Anna con firmeza, pero incluso ella oyó el sonido hueco de sus palabras—. —Esto es lo que hago, Clara. Es lo que soy".

—¿Pero merece la pena? La voz de Clara se quebró bajo la tensión de las súplicas tácitas. "¿Hay alguna historia que valga más que tu vida?"

La calidez del café no hizo nada para disipar el frío que se apoderó de Anna. Extendió la mano hacia el otro lado de la mesa, vacilando en el aire antes de posarse suavemente en el brazo de Clara, un ancla en un mar de incertidumbre.

"Puedo manejarlo", dijo, aunque se sintió más como un mantra para convencerse a sí misma que como un consuelo para Clara.

Clara sacudió la cabeza lentamente, con la mirada clavada en la mano de Anna como si fuera un salvavidas que estaba demasiado asustada para agarrar.

"Cada vez que sales por esa puerta, no sé si..." Su voz se apagó mientras parpadeaba rápidamente, luchando por contener las lágrimas que amenazaban con derramarse.

Anna sintió un escozor detrás de sus propios ojos y se dispuso a no llorar. No podía permitirse el lujo de llorar; Eran un lujo en una vida en la que la vulnerabilidad emocional podía significar la diferencia entre la vida y la muerte.

—Lo prometo —empezó Anna, pero ¿qué podía prometer? ¿Seguridad? ¿Un final rápido para esta misión? Esas eran garantías que no podía dar, no la verdad.

En lugar de eso, apretó suavemente el brazo de Clara y le ofreció una sonrisa que no llegó a sus ojos. "Prometo tener cuidado".

Clara asintió lentamente, secándose una lágrima que había traicionado su determinación. Ambos sabían que las promesas eran cosas frágiles, fáciles de hacer y de romper con la misma facilidad.

La división entre ellos se sentía ahora como un océano: Anna en una orilla se comprometía a descubrir verdades ocultas a toda costa, y Clara en otra, deseando nada más que Anna regresara sana y salva de cada marea peligrosa.

Se quedaron en la mesa mucho después de que su café se hubiera enfriado, dos amigos atrapados en una tormenta emocional, uno decidido a perseguir las tempestades de la verdad y la justicia; el otro solo esperaba que ambos sobrevivieran.

* * *

Anna se alejó del café, con pasos lentos, a la altura de la pesada cadencia de sus pensamientos. La ciudad zumbaba a su alrededor, pero el ruido parecía lejano, amortiguado por el peso de los miedos de Clara y su propia lucha interna. Los edificios se elevaban por encima mientras ella vagaba sin rumbo por las calles, sus fachadas familiares ahora parecían espectadores indiferentes a su agitación.

Sintió la sutil vibración de los latidos del corazón de la ciudad bajo sus pies, un ritmo de vida que continuaba independientemente de las batallas personales de cada uno. La conversación con Clara permanecía en su mente como una niebla obstinada, cuya humedad se aferraba a sus pensamientos.

Las palabras de Clara resonaron en los oídos de Anna: un coro de preocupación y advertencia que no podía quitarse de encima fácilmente. Los rostros con los que se cruzaba eran borrosos, sus facciones y expresiones insignificantes en el contexto de su contemplación. Sabía que Clara tenía razón en preocuparse; No se trataba de una historia más que perseguir, sino de un descenso a un mundo que exigía de ella algo más que la mera observación.

Mientras caminaba, Anna se sentía como si estuviera a caballo entre dos mundos: un pie en la seguridad de las calles conocidas y el otro entrando en un abismo donde los ideales chocaban con la realidad. El rostro de Lukas brilló ante sus ojos, un mosaico de convicción y encanto que de alguna manera había encontrado su camino bajo su piel. ¿Se estaba perdiendo en Eva Richter? ¿Podría mantener la línea entre quién era y quién necesitaba ser para esta historia?

La periodista que hay en ella sabía que el desapego era esencial, pero como Eva Richter, el desapego se hacía cada vez más difícil con cada día que pasaba. Con cada capa añadida a la personalidad de Eva, un pedazo de Anna parecía erosionarse, como la arena que se desliza entre los dedos a pesar de los intentos desesperados por aferrarse.

Se detuvo en una intersección, observando distraídamente cómo la gente cruzaba en todas direcciones, una metáfora de las opciones y los caminos que uno podía tomar. Sin embargo, para Anna, todos los caminos parecían conducir a una incertidumbre más profunda.

Finalmente, Anna se encontró de pie frente a un escaparate. Miró su reflejo: una imagen fantasmal superpuesta a maniquíes vestidos con atuendos vibrantes detrás del vidrio. El reflejo mostraba a una mujer atrapada entre dos mundos; El disfraz de Eva miró a Anna con los ojos llenos de preguntas.

Su expresión era solemne; no tenía rastro ni de Anna ni de Eva, sino de alguien nuevo, una persona forjada en el crisol del trabajo encubierto y la profunda responsabilidad. Sus ojos contenían historias que aún no se habían contado y secretos que aún no se habían descubierto, historias que podían cambiar vidas o destrozarlas.

El escaparate se convirtió en un silencioso confidente del momento de duda de Anna. ¿Valió la pena? ¿Los riesgos? ¿La ambigüedad moral? ¿Podría evitar el daño mientras camina en el filo de la navaja entre la verdad y el engaño?

Una farola parpadeó en lo alto a medida que se acercaba el anochecer, proyectando un brillo desigual en el rostro de Anna, un claroscuro que reflejaba su conflicto interno. Y allí permaneció durante lo que pareció una eternidad hasta que, finalmente, se apartó del cristal con una tranquila resolución grabada en sus facciones.

Anna volvió a ponerse en movimiento en medio de la multitud de la noche, su camino hacia adelante era incierto, pero su voluntad inquebrantable mientras navegaba a través de tonos grises hacia lo que esperaba que fuera claridad o redención, o tal vez ambas.

Capítulo 24

La ciudad se había convertido en un murmullo cuando Anna y Lukas se encontraron en una alcoba apartada, lejos de las miradas indiscretas de sus camaradas. Las paredes estaban desnudas, intactas por los grafitis que marcaban la mayoría de sus lugares de reunión. Era como si este pequeño rincón del mundo les perteneciera solo a ellos, un raro santuario en medio del caos.

Lukas se volvió hacia ella, su fuego habitual se atenuó hasta convertirse en un parpadeo vulnerable. Su voz, a menudo levantada con fervor durante las discusiones grupales, ahora sonaba más suave, vacilante. Miró a Anna como si la viera por primera vez, con la mirada escrutadora.

"Siempre he creído en la causa", comenzó, "pero hay algo más que ha estado creciendo dentro de mí, algo inesperado".

El corazón de Anna latía contra su pecho. Ella era Eva Richter en esos momentos, pero la mirada de Lukas le quitó capas de su alias hasta que se sintió como nada más que Anna: una mujer con un cuaderno lleno de secretos y una cámara que capturaba verdades.

Lukas respiró hondo y pareció cargar con el peso de sus siguientes palabras. "Eres tú", confesó. Tenía las manos abiertas y desprevenidas, como si le ofreciera su propio espíritu. "Has cambiado algo en mí".

Anna lo miró con los ojos muy abiertos, sintiendo que el suelo se movía bajo sus pies. Había estado tan concentrada en su misión, en mantener la fachada de Eva Richter, que no se había permitido considerar a Lukas más allá de un tema de investigación.

—No espero nada —continuó Lukas rápidamente, como si temiera que ella pudiera retirarse a las sombras—. Pero necesitaba que lo supieras.

El silencio se extendió entre ellos como una cuerda floja mientras Anna luchaba con lo que pendía de un hilo. Su mente se aceleró:

¿era esta otra capa de engaño? ¿Una verdad no contada? ¿O era simplemente una emoción humana que se filtraba a través de las grietas de sus frentes blindados?

Escudriñó su rostro en busca de algún signo de artificio, pero no encontró ninguno; sólo la honestidad cruda grabada en sus facciones. Y eso la asustaba más que cualquier riesgo que hubiera corrido hasta ese momento.

– Gracias por confiarme esto -dijo finalmente Anna, con una voz apenas superior a un susurro-. La parte de ella entrenada para buscar historias quería profundizar en esta confesión, para comprender sus raíces e implicaciones, pero otra parte le advirtió del peligro de difuminar las líneas.

Lukas asintió lentamente, como si se preparara para el rechazo, o tal vez para nada, un eco en una habitación vacía. Había desnudado su corazón sin saber si sería cobijado o destrozado.

Anna estaba allí con él bajo el cielo tranquilo, lidiando con esta nueva revelación y su lugar dentro del intrincado tapiz de mentiras y verdades que tejía a diario. Cuando abandonaron su lugar apartado para reunirse con los demás, ella llevó la confesión de Lukas como un delicado secreto, un susurro que podía silenciar o amplificar el caos dentro de su mundo.

* * *

Anna permanecía a la sombra de la alcoba, las palabras de Lukas seguían vibrando en el aire entre ellos. Su confesión, cruda y sin vigilancia, colgaba como una cosa tangible que ella casi podía alcanzar y tocar. Sintió un temblor que la recorría, no de miedo, sino de reconocimiento. La calidez de su mirada parecía envolverla, un consuelo inesperado en el frío de su lugar secreto de encuentro.

Se sintió conmovida, más de lo que había previsto, más de lo que le hubiera gustado admitir. Estaba ahí, en sus ojos, en la forma en que se suavizaban ante sus palabras, en la forma en que buscaban sinceridad en su rostro. Sin embargo, por mucho que quisiera apoyarse en esa calidez, corresponder con abandono, otra parte de ella se contuvo. Era la parte que se aferraba a la bolsa de su cámara como un salvavidas, la parte que garabateaba notas en el desgastado cuaderno de cuero de Frank hasta altas horas de la noche.

Anna trató de hablar, de dar voz a la agitación que había en su interior. Por lo general, las palabras le resultaban fáciles —las palabras eran su oficio—, pero ahora vacilaban en sus labios. —Lukas —comenzó, e incluso para sus propios oídos sonó como una súplica de comprensión.

Él extendió la mano como para cerrar la brecha entre ellos con su toque, pero ella retrocedió casi imperceptiblemente. Su afecto por él era innegable; Había crecido silenciosamente en los rincones oscuros de sus experiencias compartidas. Sin embargo, junto a ella se enroscaba su responsabilidad como periodista, una responsabilidad con la verdad que exigía distancia y objetividad.

"Yo..." Anna volvió a hacer una pausa, sintiendo como si cada palabra estuviera siendo sacada de lo más profundo de su pecho. "No puedo fingir que no me afecta lo que has dicho". Su voz era ahora firme, pero teñida de algo solemne.

Lukas la observó con una intensidad que hizo que su corazón se acelerara y su determinación flaqueara. Parecía tan seguro de sí mismo, de ellos, que eso no hizo más que agudizar el conflicto de Anna.

—Pero ya sabes para qué estoy aquí —continuó con esfuerzo—. "La historia... La verdad... Tiene que ser lo primero". Su declaración se sintió vacía incluso cuando la dijo, porque ¿no era él también parte de esa verdad? ¿No fue esta conexión inesperada entre ellos una pieza del rompecabezas más grande?

Vio que su expresión cambiaba, una mezcla de decepción y respeto, mientras procesaba lo que ella había dicho. Allí no había enojo; Lukas entendía el deber tan bien como ella.

Anna sabía lo que requería este momento: claridad y fuerza. Sin embargo, esas cosas se sentían fuera de su alcance en medio del remolino de emociones que amenazaban con apoderarse de su disciplinado exterior. Tragó saliva contra el nudo que se le formaba en la garganta.

Permanecieron allí en silencio durante un largo momento, un periodista y un activista unidos por algo más que secretos y sombras. Cuando Lukas finalmente asintió y se alejó, Anna sintió que algo dentro de ella se desplazaba imperceptiblemente hacia él, pero permanecía arraigado en su lugar.

Lo vio marcharse con una mezcla de alivio y arrepentimiento agitándose en su interior: alivio por haber mantenido el control sobre la situación, lamento por haber tenido tanto costo. Y cuando él desapareció en las laberínticas calles más allá de su santuario de alcoba, Anna se recompuso una vez más.

La bolsa de su cámara colgada de un hombro se sentía ahora más pesada, lastrada no solo por los objetivos y la película, sino también por las palabras no dichas y los sentimientos inexplorados. Respiró hondo antes de salir a la luz que se desvanecía, y su determinación se solidificó una vez más con cada paso que daba para descubrir secretos que yacían ocultos entre susurros de revolución y murmullos de cambio.

* * *

Las tranquilas calles de la ciudad parecían reflejar la soledad que había envuelto a Anna. El ruido de la redacción, el caos de las protestas e incluso el fervor de las reuniones clandestinas se desvanecieron en un zumbido lejano mientras caminaba sola, sus pasos eran un suave eco en el pavimento. Cada paso era medido, cada pausa deliberada, una manifestación física de su deliberación interna.

La mente de Anna se desvió hacia Lukas, su imagen parpadeando como una vela en los pasillos de sus pensamientos. La forma en que sus ojos buscaban la verdad al igual que los de ella, cómo su voz tenía una convicción que resonaba con sus propios ideales. Pero ahora, esos momentos compartidos estaban teñidos de una compleja paleta de emociones y ética. Su confesión había cambiado algo imperceptible dentro de ella; Era a la vez un ancla y una tempestad, estabilizadora e inquietante.

Se detuvo en una esquina de la calle, contemplando los árboles esqueléticos que bordeaban el camino. Permanecían de pie contra el cielo que se oscurecía, con sus ramas desnudas como terminaciones nerviosas expuestas al aire frío. En su vulnerabilidad, se vio a sí misma, despojada de pretensiones y lidiando con la crudeza de su propia realidad.

¿Qué significó para su misión? Esta relación con Lukas, ¿podría considerarse como tal? Era algo más que un simple hilo en el tejido de su investigación; se había entretejido en lo más profundo de su ser. El periodista que llevaba en ella reprendió este enredo; La objetividad era primordial, las emociones eran distracciones. Sin embargo, como Eva Richter, se había permitido sentir algo genuino por Lukas en medio de todo el engaño.

Anna reanudó el paseo, dejando que el silencio a su alrededor se asentara como polvo sobre muebles viejos. Reflexionó sobre si podría separar a Anna de Eva, la periodista de la mujer que se sintió atraída por una activista con ideales que se hacían eco de los suyos, pero con métodos que divergían de lo que ella podía aceptar.

¿Podría usar esta conexión para infiltrarse aún más en el grupo? ¿Para descubrir sus planes y prevenir cualquier tipo de violencia que pretendieran? La idea le revolvió el estómago. Usar los sentimientos de Lukas sería una traición diferente a cualquier subterfugio periodístico que hubiera cometido.

Cuando la noche descendió sobre la ciudad como un sudario, Anna se encontró de pie frente a un banco vacío del parque. Se sentó lentamente, sintiendo que cada centímetro era un intruso en este espacio tranquilo destinado a amantes y soñadores, no a periodistas cansados y agobiados por la conciencia.

Se echó hacia atrás y cerró los ojos brevemente, permitiéndose un momento de respiro de la confusión interior. Cuando volvió a abrirlos, había claridad en su mirada, una firmeza que se había forjado en el fuego de innumerables historias y batallas tácitas.

Anna sabía que no importaba cuán entrelazadas se hubieran vuelto sus vidas o cuánta empatía sintiera por la causa de Lukas, había líneas que no cruzaría, por el bien del periodismo y por la paz de su propia alma.

Con una última mirada a las calles vacías que no tenían respuestas, pero que resonaban con preguntas, Anna se puso de pie. Se alejó del banco con pasos decididos, cada uno de los cuales la llevó de regreso a un mundo donde la verdad esperaba a su cronista y donde las decisiones difíciles pavimentaban caminos aún no tomados.

* * *

La confesión de Lukas permaneció en sus pensamientos como una melodía que no podía quitarse de encima. Sus palabras, pronunciadas con tanta vulnerabilidad, se hacían eco de los sentimientos que temía confrontar dentro de sí misma. No era sólo la misión la que pendía de un hilo; También era su seguridad. Anna sabía que enredos como estos a menudo significaban un desastre en su línea de trabajo.

Recordó un encargo de hace años, una campaña política empañada por el escándalo y el engaño. Se había acercado a un miembro idealista del personal, cuya brillante creencia en el cambio reflejaba lo que ahora veía en Lukas. La confianza de la empleada había sido su boleto al corazón de la historia, pero cuando la campaña implosionó bajo acusaciones de corrupción, su amistad se desmoronó junto con ella. La historia fue un éxito; La relación fue un daño colateral.

Luego estuvo la protesta ambiental, donde conoció a un apasionado defensor de los paisajes heridos de la Tierra. Compartieron conversaciones susurradas bajo cielos estrellados y fervientes debates mientras tomaban tazas de café amargo. Pero a medida que su artículo tomaba forma, revelando verdades desagradables sobre los métodos de algunos manifestantes, también cambió el comportamiento de la defensora, de la calidez a la gélida traición.

Estos recuerdos eran duros recordatorios de por qué mantenía una fortaleza alrededor de su corazón, un baluarte contra los riesgos de dejar entrar a alguien. Con Lukas, sin embargo, las murallas que una vez se mantuvieron inflexibles comenzaron a mostrar grietas.

Anna se recostó en la silla y suspiró profundamente. Momentos con Lukas, risas compartidas en circunstancias tensas, miradas robadas que decían mucho, estos fragmentos de felicidad eran preciosos pero peligrosos. No podía permitirse la distracción ni la debilidad; no cuando tanto dependía de su capacidad para permanecer desapegada.

Sin embargo, las dudas se deslizaron en la determinación de Anna como enredaderas insidiosas que se tejen a través de la fachada de un edificio abandonado. ¿Y si esta vez fuera diferente? ¿Y si la influencia de Lukas no fuera solo un lastre, sino también un activo? ¿Podrían sus ideas llevarla más profundamente a la historia? ¿O su conexión nublaría su juicio y los pondría en peligro a ambos?

Cogió el gastado cuaderno de cuero de Frank —el peso de sus páginas estaba cargado de significado— y anotó sus pensamientos y temores. A medida que cada palabra se desangraba en el papel, se sentía como un intento de exorcizar los demonios que amenazaban con consumirla desde adentro.

Anna cerró el cuaderno y se puso de pie, cruzando hacia la ventana donde la noche envolvía el paisaje urbano ante ella. Las luces parpadeantes de abajo no ofrecían consuelo; Eran distantes y fríos como estrellas indiferentes a las penurias humanas.

Su cámara yacía sobre la mesa junto a las llaves y las monedas sueltas: un centinela silencioso que esperaba acción. Mientras Anna lo miraba, la determinación eclipsó lentamente la duda; cualquier felicidad que compartiera con Lukas tendría que esperar detrás de la llamada del deber.

Se puso un abrigo que parecía más una armadura que una tela y agarró la bolsa de su cámara con manos resueltas. Esta noche podría contener respuestas o más preguntas, solo una cosa era segura: Anna las enfrentaría de frente, guiada por la búsqueda inquebrantable de la verdad de un periodista en medio de un laberinto siempre cambiante de incertidumbre y riesgo.

* * *

La puerta de su apartamento se cerró tras ella, y el sonido resonó con firmeza en el silencioso espacio. Lo que una vez fue su refugio, lleno de la comodidad de la rutina y la familiaridad del hogar, ahora parecía una cámara de decisiones difíciles. Cada rincón contenía susurros de decisiones que esperaban ser tomadas, cada sombra parecía extenderse con el peso de las consecuencias que aún no se habían enfrentado.

Anna permaneció inmóvil un momento, dejando que el silencio se apoderara de ella. Podía sentir las líneas de batalla que se dibujaban dentro de ella; Cada respiro que tomaba parecía cargado de determinación y renuncia a partes iguales. Con pasos deliberados, se acercó a su escritorio, la superficie de madera llena de artefactos de su doble existencia: fotografías que contaban historias que no estaba segura de querer saber, notas garabateadas con información que tenían el poder suficiente como para alterar vidas.

Se sentó pesadamente, la silla gimió debajo de ella como si también sintiera la carga de lo que estaba a punto de suceder. Ante ella yacía una hoja de papel en blanco y un bolígrafo, un marcado contraste con el caos que los rodeaba. Anna extendió la mano, rozando con los dedos estas sencillas herramientas que llevarían un mensaje cargado de costes emocionales.

Pensó en Lukas, con su rostro serio parpadeando en su mente. Su confesión había inquietado algo profundo dentro de ella, una sensación de conexión que no había anticipado cuando se embarcó por primera vez en esta misión. La verdad era un juego peligroso para ambos, pero las emociones eran una apuesta aún más arriesgada, una que no podía ser atemperada por la razón o la objetividad.

Anna respiró hondo y empezó a escribir. Cada palabra estaba grabada con claridad y propósito; No había lugar para la ambigüedad en lo que necesitaba transmitir. La carta no era solo un mensaje, sino también un ancla, un medio para que Anna se atara a los principios que habían guiado su trabajo como periodista desde el principio.

Mientras escribía, la mano de Anna estaba firme pero no exenta de emoción; cada pincelada de tinta llevaba el peso de todo lo que sentía por Lukas: el respeto, la admiración y, quizás, algo aún más tierno. Pero también llevaba la firmeza de su resolución; Ya no se trataba solo de ellos, sino de algo más grande de lo que cualquiera de los dos podía reclamar por sí solo.

Con cada frase desnuda en el papel, la decisión de Anna se solidificaba. Ella caminaría por este camino con integridad, sin importar cuánto exigiera de su corazón. Su papel como Eva Richter se había convertido en algo más que un alias, se había convertido en parte de lo que era: una periodista comprometida a descubrir verdades sin importar cuán peligrosas o personales pudieran ser.

Las últimas palabras cayeron sobre la página como soldados que toman sus posiciones antes de una batalla, equilibrados y resueltos. Anna se despidió no solo con su nombre, sino también con una promesa, una promesa que reflejaba tanto lo que había sido como lo que ahora debía llegar a ser.

Dobló la carta con cuidado, escondiendo las emociones en sus pliegues, una misiva de un alma atrapada entre dos mundos. Cuando Anna se levantó de su escritorio, había una determinación evidente grabada en cada línea de su rostro, un testimonio de las decisiones tomadas y los costos entendidos.

Con una carta en la mano y una bolsa de cámara colgada de un hombro, Anna se alejó de lo que una vez había sido una simple soledad y se adentró en una noche llena de revelaciones inminentes, su decisión quedó clara no solo en el papel sino también dentro de sí misma: seguir la verdad dondequiera que la llevara y soportar su peso sin importar cuán pesada se volviera.

Capítulo 25

Anna estaba de pie en el centro de su apartamento, el zumbido de la ciudad se reducía a un débil susurro contra sus ventanas. Estaba rodeada de su propia creación: una fortaleza de notas garabateadas en papel, fotografías con rostros marcados en rojo y mapas con líneas que trazaban las venas de una trama oculta. Su mirada se movió de una evidencia a otra, cada una de las cuales era un fragmento de una historia que solo ella podía reconstruir.

El peso de su decisión la oprimía como el aire pesado antes de una tormenta. Intervenir era arrojarse al abismo, desafiar a fuerzas más peligrosas que las que jamás había enfrentado. El silencio que la rodeaba estaba cargado de conocimiento de lo que estaba a punto de hacer. Su corazón se aceleró al aceptar lo inevitable: entraría en la refriega, como una figura solitaria en medio de una marea de violencia y caos.

Con manos firmes, Anna extendió un mapa sobre la mesa del comedor, anclando sus esquinas con lo que tenía a su alcance: una taza de café, su cámara, incluso el gastado cuaderno de cuero de Frank. Se inclinó sobre él, trazando rutas con el dedo como si conjurara un hechizo para contener la oscuridad que amenazaba con engullir la ciudad que había jurado proteger.

Su determinación se solidificó como el hielo en el cristal. No habría retirada, ni dudas; Ahora solo había movimiento hacia adelante. Anna tomó su bolígrafo y comenzó a esbozar una estrategia. Esbozó cronogramas y puntos de intervención, cada golpe era un acto de desafío contra aquellos que buscaban daño.

El silencioso tic-tac del reloj de su apartamento se convirtió en un metrónomo para sus pensamientos, metódicos e inflexibles. Anna sabía que una vez puesto en marcha, no habría vuelta atrás en este camino. O bien saldría con vidas inocentes protegidas o bien se convertiría en una víctima más de una guerra invisible librada en las sombras.

Con cada detalle que añadía a su plan, la respiración de Anna se hacía más deliberada; Era como si se estuviera estabilizando al borde de un precipicio. La habitación a su alrededor parecía encogerse, las paredes se cerraban con la magnitud de lo que estaba a punto de emprender.

Hizo una pausa por un momento, permitiéndose el lujo de cerrar los ojos y sentir el pulso en su cuello, un recordatorio de que estaba viva y que la vida misma dependía de decisiones como estas.

Cuando Anna volvió a abrir los ojos, estaban claros y concentrados. Recogió sus notas y las guardó en una cartera junto a su cámara, las herramientas de la verdad ahora reutilizadas para la salvación.

Cuando el amanecer se deslizó por el horizonte, Anna se acercó a la puerta. La ciudad la esperaba, inconsciente pero totalmente dependiente de lo que ella haría a continuación. Su mano encontró el pomo de la puerta frío bajo su toque; Con una última mirada a su santuario convertido en centro de mando, le dio la vuelta y salió al abrazo de Daybreak, su decisión se manifestó con hechos.

* * *

Todavía no habían despuntado las primeras luces del alba cuando Ana comenzó sus meticulosos preparativos. Su apartamento, que alguna vez fue un lugar de consuelo, ahora se transformó en un centro de comando para la operación que estaba a punto de emprender. Se movía por la habitación con precisión metódica, cada paso calculado y decidido.

Abrió cajones y armarios, recuperando elementos que la ayudarían en el campo: una cámara compacta con un potente objetivo zoom para capturar pruebas a distancia, una grabadora de audio lo suficientemente pequeña como para ocultarla en la palma de su mano, y una serie de lentes y baterías. Revisó cada artículo con cuidado, asegurándose de que estuvieran en perfecto estado de funcionamiento.

Su elección de ropa fue deliberada: una sudadera con capucha oscura para mezclarse con las sombras y jeans que permitieran facilidad de movimiento. Se puso un par de zapatillas anodinas que no llamarían la atención, pero que le proporcionaron la comodidad necesaria para escapadas rápidas.

Sobre la mesa había mapas de la ciudad marcados con anotaciones escritas con su pulcra letra: posibles rutas, áreas de interés, puntos donde el peligro podría ser más frecuente. Trazó estas líneas con el dedo, memorizándolas. Cada salida y entrada estaba grabada en su mente; Cada callejón podía servir como una vía de escape o una trampa.

Empacó todo en una mochila resistente que había visto su parte de desgaste, pero que seguía siendo confiable. En él estaba su cuaderno de notas de periodista, el regalo de Frank, un depósito de observaciones y reflexiones que algún día podrían contar la historia completa de lo que estaba a punto de presenciar.

Mientras abría la cremallera de la bolsa, Anna se detuvo un momento para considerar la gravedad de lo que le esperaba. Ya no se trataba solo de capturar imágenes o grabar voces; Se trataba de entrar en la refriega, alterando potencialmente el curso de los acontecimientos con sus acciones.

Su reflejo en el espejo mostraba a una mujer cambiada por lo que había visto y aprendido: periodista todavía, pero ahora también agente de intervención. Había cruzado líneas antes, caminó por los bordes entre el observador y el participante. El día de hoy no prometía ser diferente, excepto que hoy había más en juego que nunca.

Con una última mirada alrededor de su apartamento —las fotografías en las paredes le recordaban por qué hizo lo que hizo—,

Anna se colgó la mochila al hombro. Respiró hondo, permitiéndose un momento más de quietud antes de salir al frío previo al amanecer.

La puerta se cerró tras ella con un suave chasquido que resonó como una finalidad a través de la habitación vacía. Era hora de moverse, de actuar, y Anna lo hizo con toda la determinación que pudo reunir.

* * *

Anna se sentó en el borde de la cama. Miró fijamente la pared, donde había un mapa, salpicado de anotaciones y ubicaciones marcadas con un círculo. Sus dedos trazaron una ruta en silencio, deteniéndose en varios puntos mientras imaginaba el desarrollo de los acontecimientos del día. Su respiración era lenta y constante, una calma practicada que hacía poco para calmar la tormenta que se avecinaba en su interior.

El peso de sus decisiones la oprimía como una fuerza física. Las personas que había llegado a conocer, sus rostros, sus historias, destellaron ante sus ojos. Ya no eran sólo sujetos de una investigación; se habían convertido en parte de su mundo. Especialmente Lukas.

Lukas, con sus ojos serios y sus ideales apasionados que resonaban tan profundamente con el propio anhelo de cambio de Anna. Su caricia permaneció en su piel, un recordatorio fantasmal de su vulnerabilidad compartida en momentos robados lejos de miradas indiscretas. Sin embargo, ahora tenía que reconciliar esa ternura con la necesidad de su misión: evitar que ejecutaran un ataque que destrozaría vidas.

Pensó en lo que significaría para Lukas revelar sus planes. ¿Lo entendería? ¿Podría perdonar alguna vez la traición? ¿Y qué hay de Markus y Karl Weiss? Sus ambiciones y motivaciones se enredaron en la conciencia de Anna como alambre de púas, afilado e inflexible.

Un suspiro escapó de sus labios mientras cerraba los ojos, permitiéndose un momento para ser Anna, no Eva Richter, no la periodista con el deber de informar al público, sino simplemente Anna, que anhelaba la conexión y temía el aislamiento en igual medida.

Las relaciones que había formado eran reales para ella, a pesar de estar construidas sobre una base de engaño. Se preocupaba por estas personas más de lo que se atrevía a admitir en voz alta. Pero Anna sabía que permitir que esos apegos nublaran su juicio podría resultar catastrófico.

Su determinación se endureció cuando volvió a abrir los ojos. El mapa esperaba su atención: un campo de batalla de futuros potenciales dependiendo de cómo se desarrollara este día. No podía permitir que los sentimientos personales impidieran lo que había que hacer.

Con tranquila determinación, Anna se puso de pie y recogió sus cosas: cámara, grabadora, todas herramientas de su oficio, pero también armas contra el silencio y la ignorancia. Deslizó el cuaderno de Frank en su bolso junto a ellos; Su gastada funda de cuero se sentía tranquilizadora bajo sus dedos.

Al salir del apartamento, cerrando la puerta tras de sí con un clic decisivo, Anna supo que lo que sucediera hoy lo cambiaría todo, incluida su vida. Pero algunas verdades eran demasiado importantes para permanecer ocultas, incluso si eso significaba sacrificar partes de sí misma en el proceso.

Sus pasos eran decididos mientras se abría paso a través de las calles de la ciudad que se despertaban hacia un horizonte incierto. Hoy se trataba de prevenir el daño; sobre salvar vidas, incluso si eso significaba romper corazones en el camino.

* * *

La ciudad dormía mientras Anna se movía a través de la tenue luz de la mañana, sus pasos silenciosos contra el cemento. Había memorizado sus patrones, sus idas y venidas, el ritmo de su secreto. Hoy, usaría ese conocimiento para fracturar sutilmente sus planes.

Los ojos de Anna se dirigieron al almacén en la distancia, su silueta era un claro recordatorio de la trama que pretendía desentrañar. El grupo confiaba en sus rutinas, en la seguridad de la repetición. Pero Anna sabía que incluso los planes más cuidadosos tenían puntos débiles, momentos en los que se podía tirar de un solo hilo para aflojar toda la tela.

Metió la mano en su bolso y rozó con los dedos el frío metal de su cámara antes de encontrar lo que buscaba: un pequeño dispositivo no más grande que una caja de cerillas. Había estudiado su funcionamiento con meticuloso cuidado, comprendiendo su capacidad de perturbación silenciosa.

Su corazón se aceleró cuando se acercó a una camioneta anodina estacionada en un callejón utilizado para transportar materiales cruciales para las actividades del grupo. El vehículo permaneció desatendido en estas primeras horas, y su conductor probablemente descansaba antes de las tareas del día. Anna se arrodilló junto a uno de sus neumáticos y colocó el dispositivo discretamente dentro del hueco de la rueda. Era un mecanismo simple diseñado para liberar aire lentamente, un retraso en lugar de un pinchazo inmediato que causaría la confusión y la pérdida de tiempo sin despertar sospechas.

Anna se puso de pie y examinó su obra con ojo crítico. No había evidencia de manipulación, no había señales de que algo anduviera mal. Respiró hondo y se permitió un momento para apreciar la silenciosa perturbación que había causado: un golpe silencioso contra un enemigo invisible.

Con pasos cuidadosos, se dirigió a otra parte de la ciudad donde los eslóganes de los grafitis marcaban el territorio y la intención. El grupo utilizó estos mensajes como señales, como gritos de guerra para aquellos que sabían cómo leerlos. Anna había pasado noches estudiando sus símbolos y ahora sostenía un bote de pintura que combinaba con el tono desgastado de la pared.

Trabajó rápida pero deliberadamente, alterando un símbolo clave tan sutilmente que solo aquellos bien versados en su idioma se darían cuenta: la urgencia ahora se había apagado, transformada en un llamado a la paciencia.

Mientras volvía a colocar la tapa de su bote de pintura, Anna sintió que una incómoda mezcla de satisfacción y aprensión se apoderaba de ella. Había asumido riesgos significativos antes del amanecer, pero eran movimientos calculados destinados a sembrar semillas de retraso sin ser detectada.

Se alejó de la pared marcada con grafitis y regresó a las laberínticas calles que conducían a la seguridad, al anonimato entre los vendedores y los madrugadores. Su plan se puso en marcha; Ahora venía la espera, observando si daría fruto o si traería consecuencias imprevistas sobre su cabeza.

La ciudad se agitó a su alrededor mientras Anna se mezclaba con su pulso una vez más, un fantasma dentro de su máquina, y por ahora, sin ser detectada por aquellos que podrían buscar venganza por sus actos encubiertos de sabotaje. Sus acciones de esta mañana no fueron más que susurros contra una tormenta, sin embargo, los susurros pueden cambiar los vientos si se pronuncian con suficiente astucia y determinación.

* * *

El tenue resplandor de una sola lámpara iluminaba la habitación donde Anna estaba sentada, a solas con sus pensamientos. El aire flotaba cargado con la quietud de la expectación, un silencio tan profundo que parecía oprimir sus oídos. Se sentó en el borde de una silla vieja y chirriante, con las manos apretadas con fuerza en el regazo.

Esta era la calma antes de la tormenta. Los momentos se extendían ante ella como un abismo que había que cruzar, donde cada segundo era a la vez demasiado rápido e interminablemente lento. Su plan, una compleja red de acciones y reacciones meticulosamente elaboradas para perturbar sin destruir, se puso en marcha. Todo lo que quedaba era la espera, la tortuosa brecha entre la acción y la consecuencia.

La mirada de Anna se posó sobre el escaso mobiliario de la habitación. Cada objeto parecía contener la respiración junto con ella: la alfombra gastada bajo sus pies, la pintura descascarada de las paredes, incluso las motas de polvo que bailaban perezosamente a la luz de la lámpara. Todos ellos fueron testigos mudos de lo que vendría.

Pensó en Lukas y en su último encuentro; Su tacto aún permanecía en su piel, una sensación fantasmal que amenazaba con desmoronar su determinación. El vínculo que compartían se había convertido en un ancla en un mar de incertidumbre. Sin embargo, también era un peso peligroso que podía hundirla si lo permitía.

Un destello de duda se deslizó en la mente de Anna mientras pensaba en lo que podría suceder después de esa noche. Sus acciones podían salvar vidas o podían cortar lazos irreparablemente: no había forma de predecir qué hilos se cortarían y cuáles se mantendrían firmes. Pero ella había elegido este camino con los ojos bien abiertos; Sabía que no podía haber vuelta atrás.

El reloj de la pared marcaba el tiempo con una precisión implacable. Cada minuto se acercaba a un futuro desconocido que había ayudado a forjar, pero que ya no podía controlar. La responsabilidad pesaba sobre ella como un manto, pesada y solemne.

Anna se puso de pie lentamente, sus movimientos deliberados mientras se echaba al hombro la bolsa de su cámara, un testimonio de su papel como observadora y participante en estos eventos. Respiró hondo, dejando que llenara sus pulmones antes de soltarlo lentamente, tratando de estabilizarse para lo que estaba por venir.

Su reflejo quedó atrapado en un fragmento de espejo apoyado contra la pared, sus facciones firmes pero subrayadas por un inconfundible rastro de aprensión. Allí también había miedo, acechando detrás de los ojos firmes, un temor no por ella misma, sino por todo lo que dependía del trabajo de esa noche.

La habitación parecía encogerse a su alrededor a medida que pasaba el tiempo; cada tictac del reloj se amplificaba por el silencio hasta que sonaba como un trueno en los oídos de Anna. Se acercó a la puerta, sintiendo que cada músculo se tensaba por la preparación.

Mientras se acercaba al pomo de la puerta, Anna se detuvo por última vez. Era el precipicio entre dos mundos: uno en el que el mañana no era más que otro día y otro irrevocablemente alterado por lo que ella había puesto en marcha.

Apagó la lámpara, sumiendo la habitación en la oscuridad, salvo por los destellos de luz que se filtraban a través de las persianas rotas de las farolas del exterior, un recordatorio de que la vida persistía incluso en los rincones sombríos.

Capítulo 26

Hans Vogel estaba sentado solo en la estrecha sala de vigilancia, cuyas paredes estaban llenas de monitores que proyectaban un resplandor apagado sobre los papeles y fotografías dispersos que cubrían su escritorio. Los examinó con meticulosa atención, sus dedos rozaron las imágenes capturadas en los rincones sombríos y bajo el duro resplandor de las farolas. Cada pieza de evidencia era un fragmento, una parte de un rompecabezas que se había dedicado a resolver.

La habitación estaba en silencio, salvo por el suave zumbido de los equipos electrónicos y el ocasional crujido del papel mientras Vogel reorganizaba los documentos que tenía ante sí. Sus ojos, agudizados por años de trabajo de investigación, pasaban de una foto a otra, buscando patrones, rostros que aparecían con demasiada frecuencia, comportamientos que no encajaban.

Mientras buscaba otra pila de informes de vigilancia, su mano se detuvo en el aire. Una serie de fotos llamaron su atención: una mujer cuya postura hablaba de propósito y determinación. La mirada de Vogel se entrecerró mientras colocaba cada fotografía una al lado de la otra. Los disfraces de la mujer variaban —un cambio de peinado aquí, una forma diferente de vestir allá—, pero era su comportamiento lo que la traicionaba.

Vogel conocía esa postura; Lo había visto en alguna parte antes. Era la misma determinación que había observado en otra serie de fotografías, las que pertenecían a Anna, la periodista cuya reputación de buscar verdades ocultas era tan conocida como respetada.

Su expresión permaneció impasible mientras cruzaba fechas y lugares entre el paradero conocido de Anna y las actividades del grupo en el que se había infiltrado. La conexión comenzó a solidificarse con cada detalle coincidente: un evento aquí en el que se la había visto con una cámara en la mano; Allí, una protesta en la que había emergido entre la multitud.

Tomó un informe de vigilancia y lo escaneó rápidamente; Las notas de un agente detallaban cómo habían visto a Anna —o Eva Richter, como la conocían entre los radicales— entregando algo pequeño a uno de ellos. El corazón de Vogel latía sin parar; Esto no fue solo casualidad o coincidencia. Estaba profundamente involucrada, más de lo que cualquier periodista debería estarlo.

Las piezas se unieron en la mente de Vogel como una sinfonía que alcanza su crescendo. Las horas que pasaba rastreando movimientos, recopilando información, todo conducía a ella. Su expresión pasó de una intensa concentración a una comprensión incipiente cuando identificó a Anna en medio de varios disfraces.

Se reclinó en su silla y dejó escapar un suspiro silencioso. Este descubrimiento lo cambió todo. Las implicaciones eran enormes, no solo para Anna, sino también para la investigación que ahora se tambaleaba en el filo de la navaja entre la seguridad pública y la preservación de la tapadera de un informante.

Vogel se levantó de su silla con determinación. Había que hacer llamadas, diseñar estrategias, decisiones que se propagarían a través de las vidas y alterarían el curso irreparablemente. Pero primero, había pruebas que asegurar; esta conexión entre Anna y el grupo no podía dejarse desatendida.

Con una última mirada a las fotos extendidas ante él, Vogel salió a la luz del amanecer que se filtraba a través de las persianas entrecerradas. Su misión era clara: garantizar que la justicia prevaleciera sin sacrificar más de lo necesario en su altar.

* * *

La sala zumbó con un zumbido bajo y urgente mientras el equipo de Hans Vogel se reunía alrededor de la larga y abarrotada mesa. La evidencia, un mosaico de fotos y notas garabateadas, yacía esparcida por la superficie como piezas de un rompecabezas a la espera de ser resueltas. El aire estaba cargado de expectación, cada miembro era consciente de que la reunión de la mañana podría cambiar la dirección de toda su operación.

Vogel estaba de pie en la cabecera de la mesa, su presencia llamaba la atención a pesar de su apariencia modesta. Siempre había creído en la mezcla con el fondo, lo que facilitaba la observación de los demás. Ahora, mientras todos los ojos se fijaban en él, sentía el peso de sus expectativas.

—Gracias por venir con tan poca antelación —empezó Vogel, con voz mesurada pero clara—. Dejó que su mirada recorriera los rostros que tenía delante: hombres y mujeres dedicados que lo habían seguido a través de innumerables casos, confiando en sus instintos y liderazgo.

"Tenemos una nueva pista", continuó, tomando una foto de la mesa y sosteniéndola para que todos la vieran. Era la de Anna, una mujer a la que habían observado pero que nunca habían sospechado hasta ahora. Vogel observó cómo algunos rostros se daban cuenta de que otros se acercaban, intrigados por este inesperado acontecimiento.

"Anna ha sido un fantasma en nuestra investigación, presente en todo momento, pero nunca del todo a nuestro alcance". Su dedo golpeó ligeramente su imagen como si tratara de sacarla del propio papel. "Es inteligente, cautelosa... Pero ha cometido un desliz.

La sala permaneció en silencio, cada persona pendiente de las palabras de Vogel.

"Nuestra vigilancia sugiere que ella está más metida en esto de lo que esperábamos", dijo. "Ella no solo está informando; Se ha convertido en parte de su narrativa".

Los murmullos surgieron del equipo mientras absorbían esta información. Vogel colocó la foto de Anna y desplegó un mapa de la ciudad marcado con varios lugares: los lugares frecuentados y escondites del grupo.

"Reforzamos nuestra red", instruyó Vogel, señalando áreas específicas en el mapa donde intensificarían la vigilancia. "Necesitamos ojos en cada esquina que frecuentan. Pero debemos andar con cuidado". Su tono era resuelto pero teñido de cautela. "Anna es nuestra clave para desentrañar este grupo desde dentro. No podemos darnos el lujo de asustarlos a ellos o a ella".

Miró a su alrededor a su equipo una vez más, asegurándose de que tenía toda su atención antes de continuar.

"No vamos a interceptar todavía", declaró con firmeza. "Construiremos nuestro caso hasta que tengamos pruebas innegables de sus intenciones y su papel dentro de ellas".

Un detective más joven levantó ligeramente la mano, en señal de respeto por la antigüedad de Vogel antes de hablar fuera de turno.

"Señor, si ella está tan involucrada como usted sugiere... ¿No deberíamos traerla ahora? ¿Para interrogar?

Vogel sacudió la cabeza lentamente.

"No", respondió con firmeza. "Si nos movemos demasiado pronto sin pruebas concretas o sin entender su verdadera participación... Lo arriesgamos todo".

La sala volvió a quedar en silencio cuando la directiva de Vogel se posó sobre ellos como un velo.

"Somos guardianes de la paz", les recordó Vogel solemnemente. "Nuestras acciones deben ser precisas; nuestras decisiones justas".

Con renovada determinación reflejada en sus ojos y grabada en cada línea de su rostro, Hans Vogel se preparó para navegar por el traicionero camino que tenía por delante, uno que podría desmantelar una amenaza radical o enredar a un periodista inocente atrapado en un fuego cruzado ideológico.

Dobló el mapa con cuidado y lo volvió a colocar sobre la mesa entre las pruebas dispersas.

"Prepárense", concluyó. "Aquí es donde se pone a prueba nuestra vigilancia".

Y con esa nota final resonando en sus oídos, cada miembro del equipo de Hans Vogel se dispersó para poner en práctica su parte en su plan estratégico, un plan que dependía de la paciencia y la precisión en igual medida.

* * *

Hans Vogel estaba al frente de la operación como un centinela silencioso, con la mirada fija en el conjunto de pantallas que iluminaban la oscura habitación. Su equipo se movía con una eficiencia silenciosa que hablaba de largas horas y entrenamiento disciplinado, cada miembro absorto en su tarea. Eran sombras en una ciudad que nunca dormía, llevando a cabo su trabajo sin ser vistos por aquellos a quienes perseguían.

En un rincón, un par de agentes se encorvaban sobre un grupo de monitores, con auriculares en los oídos mientras revisaban un flujo de comunicaciones. Escuchaban el lenguaje codificado, las intenciones veladas enterradas en conversaciones casuales. Cada fragmento era una clave potencial para desbloquear los planes del Grupo Baader-Meinhof.

En otro lugar, otro miembro del equipo estaba rastreando llamadas telefónicas, trazando una red que se extendía como una intrincada red por toda la ciudad. Vogel sabía que era solo cuestión de tiempo antes de que un hilo conductor volviera a Anna, Eva Richter, cuya doble vida la había entretejido profundamente en este tapiz de secreto.

Afuera, bajo el manto de la noche, los agentes se mezclaban con las sombras mientras seguían a los sospechosos a través de calles sinuosas. Se midió cada paso, se controló cada respiración; Eran fantasmas que seguían a fantasmas, sin dejar huella para que los cautelosos la encontraran.

Los ojos de Vogel nunca se apartaron de su vigilia. El peso de la responsabilidad recaía sobre él: un movimiento en falso podría tener repercusiones en su operación o, lo que es peor, poner en peligro vidas. Entendió que Anna era clave; Estuvo a caballo entre dos mundos: uno en el que su pluma luchó contra la corrupción y otro envuelto en el radicalismo y la rebelión.

Mientras el amanecer se deslizaba por el horizonte, pintando el cielo con rayas de naranja y rosa, Vogel permaneció anclado a su puesto. Sentía que cada momento pasaba con aguda conciencia; El tiempo fue a la vez un aliado y un adversario en este juego. Su enfoque era inflexible mientras anticipaba el próximo movimiento de Anna.

A través de una de las líneas de seguridad se recibió una llamada: sus agentes habían visto a Anna saliendo de su apartamento. Se comportaba con un propósito, pero también con un aire de precaución que delataba su conciencia del peligro potencial. El equipo la observó a través de lentes desde lejos, documentando su viaje sin intervención.

La sala zumbaba con voces bajas y el silencioso tintineo de los teclados mientras la inteligencia fluía en tiempo real, un mosaico que se formaba pieza por pieza bajo la atenta mirada de Vogel. Cada agente desempeñó su papel a la perfección bajo sus directrices, muy consciente de que un desliz podía desentrañarlo todo.

Vogel conocía bien esta danza: el delicado equilibrio entre mirar y ser visto, entre aprender secretos y guardarlos. Hoy eran vigilantes; Mañana podrían ser los que se mueven. Pero por ahora, supervisó su vigilancia mejorada con una determinación constante.

El sol se elevó por completo sobre el paisaje urbano cuando Vogel se reclinó en su silla por un momento, un reconocimiento para sí mismo de que ese día sería largo y lleno de tensión. Luego se inclinó de nuevo hacia delante, con los ojos agudos y la mente acelerada hacia lo que podría venir a continuación para Anna y para todos los que navegaban juntos en esta enmarañada red.

* * *

Hans Vogel observaba los monitores con ojo de halcón, cada pantalla era una ventana a las venas de la ciudad donde Anna se movía, sin saberlo pero instintivamente evasiva. Su equipo había tendido una trampa de vigilancia, una red tejida a partir de sombras y silencio, diseñada para atrapar sin alarmar. Vogel había visto muchos resbalar antes, pero Anna era diferente; Bailaba al borde de sus manos con una gracia casi sobrenatural.

Recorría las calles con determinación, con pasos firmes y seguros. Hans observó mientras se acercaba a una intersección, donde los agentes la esperaban. El aire flotaba cargado de expectación. La trampa estaba tendida; Todo lo que se necesitaba era que diera unos pasos más.

Pero se detuvo: inclinó ligeramente la cabeza, miró hacia un callejón y luego volvió a la bulliciosa calle. Giró bruscamente sobre sus talones, desviándose hacia un camino menos transitado que serpenteaba a través de viejos edificios y calles secundarias olvidadas. Era como si la ciudad le susurrara sus secretos a ella sola, alejándola del peligro.

Los labios de Vogel se apretaron en una delgada línea. Su respeto por las evasivas de Anna crecía con cada giro que daba a través de la laberíntica ciudad. Se movía como el agua que fluye alrededor de las rocas, sin fisuras y adaptable, y sus instintos de periodista le servían de escudo invisible.

En la quietud de la sala de vigilancia, Vogel se reclinó en su silla, golpeando con los dedos el reposabrazos. Sabía que este juego del gato y el ratón estaba lejos de terminar. Anna los había evadido esta vez, pero habría más oportunidades. No pudo dejar de admirar su tenacidad; Reflejaba su propia dedicación a su trabajo.

—Estuvo a punto —murmuró en voz baja sin dirigirse a nadie en particular—.

La sala zumbaba con suaves zumbidos electrónicos y murmullos de agentes que se comunicaban a través de auriculares. Vogel se enderezó y se ajustó las gafas, concentrándose una vez más en la tarea que tenía entre manos. Su equipo aprendería de este casi fallo: tenían que ser mejores, más agudos.

Anna podría haberse escapado de sus dedos hoy, pero mañana era otro día en esta intrincada danza de persecución y evasión. Hans Vogel estaría preparado, tenía que estarlo, porque cuando sus caminos se cruzaran de nuevo en esta maraña de telarañas, ambos se entretejieron en las profundidades de la ciudad.

* * *

La oficina, tenuemente iluminada por el singular resplandor de una lámpara de escritorio, era una fortaleza de soledad donde Hans Vogel se encontraba más a gusto. Lo rodeaban tableros de pruebas y expedientes de casos, cada uno de los cuales era un testimonio de la compleja red que tenía la tarea de desentrañar. Vogel se reclinó en su silla, el cuero crujía bajo su peso mientras inspeccionaba la sala, un centro de mando donde se forjaban estrategias y se sopesaban las decisiones con la gravedad que merecían.

Su mirada se detuvo en una fotografía en particular, clavada en medio de otras, pero distinta en su significado. Era Anna, o Eva Richter, como la conocían entre los radicales. La imagen la captó a media zancada, una figura de determinación y enigma. Los ojos de Vogel se entrecerraron al considerar su doble existencia; un pie a la luz de la verdad que trató de revelar como periodista, el otro ensombrecido por los negocios clandestinos del Grupo Baader-Meinhof.

Vogel ya había visto esto antes: la forma en que las líneas se difuminaban para aquellos que bailaban demasiado cerca del peligro. Comprendió la peligrosa seducción de una causa, después de haber sido testigo de cómo las buenas intenciones allanaban caminos hacia la ruina. Sin embargo, el caso de Anna le intrigó más allá de los precedentes habituales; Había algo en su determinación que se hacía eco de la suya: una búsqueda implacable compartida.

Se levantó de su silla y se acercó a un tablero de evidencias, trazando líneas que conectaban los rostros con lugares y eventos, un mosaico de intenciones y consecuencias. El dedo de Vogel se detuvo en un hilo que conducía a la imagen de Anna. Su papel fue fundamental; Guardaba secretos que podían desmantelar o detonar.

A pesar de los meticulosos esfuerzos de vigilancia de su equipo, Anna demostró ser esquiva, deslizándose a través de sus redes con una intuición desconcertante. Cada cuasi fallo no hacía más que agudizar la determinación de Vogel; Admiraba su oficio, pero sabía que la admiración no podía atemperar el deber.

Volviéndose hacia su escritorio, Vogel se sentó una vez más y buscó un bolígrafo. Garabateó notas en los márgenes de un informe, ideas que surgieron en la soledad de su oficina, donde los susurros de la revolución se encontraron con los susurros del interior que instaban a la cautela y la precisión.

La quietud estaba acentuada por el tic-tac del reloj en su pared, un recordatorio de que el tiempo podía ser aliado o adversario. Cada tictac parecía afirmar la determinación de Vogel; Hablaba no sólo de momentos que pasaban, sino de momentos que conducían a una confrontación inevitable.

La mano de Vogel se posó sobre los expedientes llenos de narraciones que exigían finales, algunos escritos en la justicia, otros en la tragedia. Su papel como guardián contra el caos exigía vigilancia y, a menudo, requería sacrificios que no deseaba a nadie, ni siquiera a aquellos atrapados por el fervor radical.

La habitación se sentía más pequeña a medida que los pensamientos pesaban mucho sobre él: las implicaciones de las acciones tomadas o no tomadas se cernían sobre él. Pero dentro de esta fortaleza de soledad y pensamiento, Hans Vogel encontró claridad en medio de la complejidad. Con cada pieza de evidencia escudriñada y cada estrategia considerada, su compromiso se solidificó.

Descubriría la verdadera identidad de Anna sin inclinar su mano ni quebrantar su espíritu, una delicada danza entre cazador y presa en la que el respeto se enhebraba en cada movimiento calculado. La noche sería larga, llena de reflexión y anticipación, pero Hans Vogel estaba listo, con su determinación tan inquebrantable como siempre, para enfrentar cualquier cosa que trajera el amanecer con una dedicación inquebrantable a la verdad y el orden.

Capítulo 27

En las entrañas de un almacén abandonado, donde el olor a moho y revolución flotaba pesado en el aire, Anna se encontró entre las filas de los que creían en un cambio drástico. Karl estaba de pie junto al podio improvisado, su voz rebotaba en las paredes desmoronadas con un fervor que hacía vibrar el aire mismo. La muchedumbre reunida, un mosaico de almas inquietas, estaba pendiente de cada una de sus palabras.

Los ojos de Anna recorrieron los rostros iluminados por una luz descarnada, la luz que parecía coronar a Karl mientras esbozaba su próxima operación. Su cámara se sentía como un ancla en sus manos, un recordatorio tangible de su papel como testigo y cronista. Sin embargo, a medida que las palabras de Karl se oscurecían con intenciones de violencia, su agarre se hizo más fuerte hasta que sus nudillos se blanquearon.

La operación no fue solo una protesta o una sentada; Fue un asalto a estructuras que consideraban símbolos de opresión. Mientras hablaba de la destrucción como un medio para alcanzar un fin, el estómago de Anna se retorció en un nudo. Podía sentir que se veía arrastrada a la gravedad de su retórica, cada frase era un peso añadido a su conciencia.

Su cámara colgaba de su cuello como una piedra de molino mientras escuchaba a Karl tejer narrativas de resistencia y retribución en un tapiz que muchos a su alrededor parecían ansiosos por colgar sobre sus hombros. Asintieron con la cabeza, con los ojos encendidos por el propósito —¿o era desesperación?— y murmuraron palabras de asentimiento.

Anna escudriñó la habitación, observando las salidas y los rostros, algunos enmascarados por sombras o pañuelos. El anonimato otorgó coraje a algunos y sirvió de armadura a otros. Se pregunta cuántos están buscando justicia y cuántos están buscando venganza.

La voz de Karl fue in crescendo con promesas de agitación que limpiarían los pecados de la sociedad con fuego y furia. Un escalofrío colectivo recorrió la multitud, una mezcla de anticipación y temor, y por un momento, Anna también lo sintió.

Tragó saliva contra la bilis que le subía a la garganta. Su mente se llenó de imágenes de lo que podría venir: llamas lamiendo fachadas de piedra, vidrios rompiéndose como gotas de lluvia al revés, gritos perdidos en medio del caos. Esto no era solo activismo; Era una guerra disfrazada de ideología.

Su mano se movió instintivamente hacia la bolsa de su cámara, las yemas de los dedos rozaron el gastado cuaderno de cuero de Frank que se encontraba dentro, un testimonio silencioso de su verdadera lealtad. Con cada segundo que pasaba, Anna sentía que la brecha dentro de ella se ensanchaba: un abismo entre el periodista y el conspirador.

Karl terminó de hablar, dejando tras de sí un eco que golpeó la determinación de Anna. Exhaló lentamente mientras los aplausos estallaban a su alrededor, un sonido atronador que la hizo estremecerse ligeramente.

Miró a Karl una vez más; Su silueta se cortaba bruscamente contra la luz descarnada detrás de él: un hombre convertido en símbolo ante sus propios ojos. Y Ana supo entonces que ya no era sólo una observadora; Ella se había convertido en parte de esta historia, una historia que amenazaba con caer en una espiral más allá del control de cualquiera.

A medida que la reunión se dispersaba en conversaciones en voz baja y preparativos apresurados, Anna se quedó en su lugar un momento más de lo necesario. El conflicto en su interior dibujaba líneas en su rostro, un espejo que reflejaba la pasión de Karl retorcida por la duda.

Echó un último vistazo a su alrededor antes de escabullirse desapercibida hacia los rincones sombríos, cada uno de sus pasos se hacía eco de una promesa silenciosa de evitar que la oscuridad que se estaba gestando se derramara sobre las calles inocentes fuera de este lugar de reunión clandestino.

* * *

El fervor del discurso de Karl reverberó por todo el almacén, una cacofonía de justa cólera y resuelta determinación. Sus palabras pintaron visiones de cambio, un futuro arrebatado de las manos de potencias opresoras por cualquier medio necesario. La multitud que rodeaba a Anna se llenó de energía, una sola entidad movida por orden de Karl.

Anna estaba de pie entre ellos, cámara en mano, su papel de periodista en guerra con la escena que se desarrollaba ante ella. Cuanto más hablaba Karl de la violencia como la clave de su liberación, más se difuminaban las líneas éticas dentro de ella. Los rostros que la rodeaban brillaban con convicción; estaban listos para actuar, para luchar, para seguir a Karl en cualquier caos que los llevara.

No podía acallar la inquietud de su corazón, una inquietud nacida de presenciar la creciente intensidad que amenazaba con desbordarse hasta convertirse en algo incontrolable. El cuaderno de Frank se sentía pesado en su bolso, un ancla a su verdadero propósito allí. Era Eva Richter en apariencia y manierismo, pero Anna en su esencia: una buscadora de la verdad que tenía reverencia por la vida por encima de todo.

Karl's voice reached a crescendo, calling for action against the symbols that chained them to subjugation. It was then that Anna felt a surge within her—something primal and urgent—that compelled her to stand against the tide.

Her voice broke through the din, steady but laced with emotion that betrayed her inner turmoil. "Isn't there another way? Violence only begets violence. What about those who will suffer as a result—not just our oppressors but innocent people caught in between?"

The room fell into an abrupt silence as heads turned towards Anna with expressions ranging from shock to intrigue. Some faces contorted with indignation at her audacity; others seemed contemplative, as if she had voiced a concern they dared not acknowledge themselves.

Karl's eyes locked onto hers—a sharp intensity cutting through the quiet—weighing the woman who dared challenge his authority in front of his disciples. The air hung thick with tension as Anna held his gaze, neither defiant nor submissive but resolute in her search for answers beyond what was being offered.

The silence stretched on—a silent standoff where ideologies clashed without a word being spoken. Anna stood alone amidst a sea of faces turned towards her, waiting for Karl's response and bracing herself for what might follow after piercing the veil of unchallenged fervor with a simple question rooted in humanity.

* * *

In the stillness that followed Anna's challenge, Karl stood tall, the silence around them as heavy as the dust motes hanging in the air. The eyes of every person in the warehouse rested on him, waiting for his response. Anna felt her pulse quicken, her fingers tightening around her camera. This was a pivotal moment; she could feel it deep in her bones.

Karl's face was a mask of composure, but Anna caught a flicker of something else beneath—was it irritation? Fear? Whatever it was, he masked it quickly with a practiced smile that had no doubt swayed many before.

"My friends," Karl began, his voice carrying through the space with an ease that spoke of countless speeches delivered in rooms just like this one. "I understand the concerns that have been raised." His gaze swept over the crowd before landing back on Anna. "We all want to minimize harm, don't we? But we must not forget what we are fighting against—the true violence is the oppression we face every day."

Anna watched as heads nodded along with Karl's words. His ability to spin fear into fervor was undeniable. He spoke of sacrifice and struggle as if they were noble companions rather than brutal adversaries.

"The symbols we target," Karl continued, "are not mere buildings or statues. They represent the chains that bind us—the chains we seek to break so that all may be free." His voice rose with conviction, his hands gesturing emphatically.

Anna remained unmoved by the performance. She had heard this rhetoric before; she knew how words could be wielded like weapons to rouse people to action without considering the cost. Karl was a master at painting pictures with his words—pictures so vivid and compelling that they could make you forget about the world outside this warehouse.

"But what of those who might be caught in the crossfire?" Anna countered quietly, unwilling to let him wrap up his narrative without challenge.

Karl met her eyes again, and for a moment, there was an unspoken acknowledgment between them—an acknowledgment of two people each playing their role in this theater of revolution.

"Change is never without risk," he replied smoothly. "And yes, there may be unintended consequences." He paused for effect before delivering his final blow: "But isn't it better to act and bring about change than to stand idly by while injustice reigns?"

His question hung in the air like a challenge to anyone who might dare oppose him. Anna felt her resolve harden; she couldn't let charisma cloud judgment—not when there were lives at stake.

The room erupted into murmurs as members discussed among themselves. Karl's skillful oration had done its work; doubt was sown where there had been certainty just moments ago.

Anna knew then that her task would not be easy—she would have to tread carefully if she were to uncover and report the truth without becoming another pawn in Karl's game. She gripped Frank's notebook tighter in her bag, feeling its weight like an anchor amidst shifting tides.

As she blended back into the crowd, camera ready to document whatever came next, Anna knew she had witnessed more than just a speech; she had seen firsthand how power could be held—and contested—in this struggle for hearts and minds.

* * *

The air in the warehouse was electric with Karl's fervor, his voice ricocheting off the bare walls, stirring a tempest in the hearts of those who gathered. Anna felt it too, the pull of his words, seductive and potent in their promise of change. Yet beneath the surface of his revolutionary zeal lay a truth she could not ignore—the cost of such change measured in human lives.

Her fingers tightened around her camera, a lifeline to her purpose. She was here as a journalist, an observer, but how could she remain silent when the talk turned to violence? How could she stand as witness to plans that would sow chaos in the streets where innocents walked?

Karl's voice reached a crescendo, speaking of necessary sacrifices for the greater good. Anna felt a knot form in her stomach. This was the moment; she had to speak.

"Karl," Anna's voice cut through the noise, surprisingly steady. "Have we considered the moral implications of what we're advocating? What about those who stand outside this fight? The innocent who might suffer?"

The room shifted uneasily as eyes turned towards her. Her question hung in the air—a challenge to their unity.

Karl's expression changed subtly, his eyes narrowing as he faced Anna. Some members shifted on their feet, nodding slowly as they considered her words.

Anna pressed on, fueled by a mix of fear and conviction. "I understand fighting against oppression—I do—but if our actions lead to harm for those we claim to fight for, what justice are we serving?"

Murmurs spread like wildfire among some members who glanced at each other with dawning realization. They were revolutionaries, yes, but did they intend to become oppressors themselves?

Others looked towards Karl for guidance, their belief in him unshaken by Anna's argument. The tension thickened, and Anna could feel it straining against the silence that followed her plea.

Karl stepped forward, addressing Anna directly now. His response would be critical—not just for her standing within this group but for how this ideological clash would shape their path forward.

Anna held her breath as Karl opened his mouth to speak. Would he acknowledge her concerns or dismiss them outright? The answer would reveal not just his character but also how far this group was willing to go—and how much she might have already lost herself within their ranks.

Anna's heart hammered in her chest as she waited for Karl's response. She had laid bare the moral quandary that haunted her, a test not only of the group's resolve but of her own convictions.

The words she had spoken felt like a betrayal to the trust they had placed in her as Eva Richter, yet silence would have been a betrayal of herself.

Karl's face, once open and charismatic, now closed off like a steel trap. His eyes locked onto hers with an intensity that sent a chill down Anna's spine. The murmurs around them ceased as Karl raised his voice, the timbre dark and laced with scorn.

"A traitor," he declared, his finger pointing accusingly at Anna. "You speak of morality and innocence as if they have a place in war. You're weak, afraid to dirty your hands for the sake of progress."

Anna recoiled as if struck. His words cut through her, branding her efforts and intentions as cowardice. The group's eyes were upon her now, some filled with doubt, others with anger. She searched their faces for an ally but found none; she was alone in this den of conviction.

"Perhaps it is best you vanish," Karl continued, his voice dripping with disdain. "Disappear before your weakness undermines our cause."

The word 'traitor' echoed in Anna's mind—a scarlet letter marking her not just within these walls but against the backdrop of her entire career. How could she explain this to Frank? To Clara? They had warned her about going too deep—now here she was, drowning in the very depths she had sought to navigate.

Her grip on the camera tightened until her knuckles whitened—this small piece of machinery was suddenly her only lifeline back to who she was: Anna the journalist, seeker of truths hidden in shadows cast by fiery rhetoric.

With each breath that grew steadier in her lungs, Anna felt the return of resolve that had guided her into this perilous world. She might be branded a traitor by Karl and his followers, but she knew there was strength in standing alone for what was right.

Without another word to Karl or the group that watched with bated breath, Anna shouldered her camera bag and moved towards the exit. Her steps were measured—each one carrying the weight of the truth she intended to reveal and the stories yet untold.

She could feel Karl's gaze on her back as she walked away—a piercing stare that sought to unravel her determination—but Anna would not let it. As she stepped out into the night air, free from the stifling confines of ideology gone astray, she felt an odd mixture of fear and freedom.

This was not defeat; it was a beginning—a cliff from which she would dive into whatever came next with eyes wide open and pen ready to document every moment.

* * *

Anna lingered at the back as the warehouse emptied, her presence almost ghost-like amidst the departing crowd. The air was thick with a palpable, unresolved tension that clung to the cold concrete walls long after Karl's final words had faded into silence. Members shuffled out in small clusters, their footsteps echoing unevenly in the vast space.

Some walked with heads bowed, deep in thought, perhaps questioning the path they were on or considering Anna's challenge to their leader. Others left with a briskness that spoke of agitation; their whispers were sharp, their gestures animated. The unity that Karl had so masterfully woven seemed frayed at its edges.

Anna watched them go, her camera hanging heavily by her side—a silent witness to the evening's events. She felt an acute sense of isolation as she realized her confrontation with Karl had marked her as an outsider within this volatile assembly. She had not just questioned a leader; she had dared to question their collective cause.

As she moved towards the exit, her footsteps were deliberate, each one reinforcing the distance between herself and them. Anna's mind raced with thoughts of what she had done, of what was still to come. The notebook in her bag seemed heavier now, filled with more than just observations—it bore the weight of decisions and their consequences.

She stepped out into the night, the cool air a stark contrast to the heated atmosphere she left behind. The city's sounds felt distant, as if muffled by the burden of what she carried within her—a burden made of truths yet to be told and lies yet to be uncovered.

The rift within the group mirrored one within herself: between Anna, who sought truth and justice through journalism, and Eva Richter, who was now entangled in a web of radical activism and burgeoning sympathies. She wrapped her coat tighter around herself as if it could shield her from this internal conflict.

Anna knew that from here on out, every step was a precarious balance on a tightrope strung across an abyss of moral ambiguity. With each revelation came risk; with each article published or photograph taken, there lay potential for upheaval—both external and internal.

Her solitary figure merged with the shadows as she walked away from the warehouse. She left behind an arena of ideological struggle for a quieter battle—one waged silently within her own heart and mind.

Chapter 28

Anna stood alone in the silence of her apartment, the quiet only disturbed by the soft ticking of a wall clock. Papers, photographs, and maps lay scattered across the room like leaves after a storm, each piece a fragment of the puzzle she had been meticulously piecing together for months.

Her eyes moved over the city map pinned to the wall, its streets and buildings marked with notes in red ink. Each annotation was a whisper of the impending chaos that threatened to engulf the city she loved. Anna's fingers traced over one circle in particular, then stopped. She took a deep breath, feeling it fill her lungs with resolve.

It was time to act.

With every fiber of her being resisting the weight of what she was about to do, Anna gathered her strength. She had come too far to falter now; too many people remained unaware of the danger looming over them. As a journalist, she had always sought to uncover hidden truths, but this—this was more than an exposé. This was a matter of life and death.

Anna reached for Frank's worn leather notebook, its pages filled with her handwriting, notes on every lead and conversation. It was more than just evidence; it was a testament to her journey into this underground world—a journey that had blurred lines she once thought clear.

She knew that by stepping forward, she risked losing everything: her cover as Eva Richter could crumble, her relationship with Lukas could shatter, and her own life might hang in balance. But as Anna looked around at the stark reality laid bare in her apartment, she understood that there were things more important than self-preservation—innocence that needed shielding and peace that required defending.

Gripping the camera that had become an extension of herself throughout this ordeal, Anna felt its familiar weight grounding her. It was more than a tool; it was a witness to both beauty and horror, capable of capturing moments that words could never fully express.

She reached for her phone—a device she'd used sparingly these past weeks—and dialed a number committed to memory but never before called. The line rang once before being picked up on the other end.

"Frank," Anna said with clarity and purpose ringing in her voice. "It's time."

There were no second thoughts or hesitations as she spoke further details into the receiver. The plan they had discussed as a distant possibility was now immediate and real. Anna provided coordinates, times—each piece of information another step towards stopping an unthinkable act.

After hanging up, Anna collected all she would need: keys, wallet, notebook... Her camera hung securely around her neck as she stepped toward the door. There was no looking back now; everything hinged on what happened next.

She left behind an apartment strewn with evidence and stepped out into dawn's first light—a solitary figure driven by duty and fortified by an unwavering commitment to truth and justice. Anna's determination set in motion actions that could alter many fates—including her own—but courage pushed any doubts aside as she disappeared into the awakening cityscape.

* * *

In the early hours, the city lay asleep, its streets deserted, bathed in the orange glow of street lamps. Anna moved through the shadows with a practiced grace that betrayed her familiarity with the art of being unseen. She clutched a small toolkit, its contents rattling softly with each step. She had studied their plans, knew their routines, and as the first light of dawn threatened to breach the horizon, she was ready to act.

The target was a nondescript van parked in an alley; it was crucial to their operation. She approached it from behind, keeping an eye out for any signs of life. Her heart hammered in her chest not from fear but from a deep sense of purpose. With nimble fingers, she removed the valve caps from the tires and used a tiny device to deflate them slowly—just enough to cause a delay but not enough to draw immediate attention.

Anna slipped away from the van as silently as she had come, her next objective clear in her mind. She knew they used graffiti as markers for communication—a language she had learned to read and now write. She found their symbol on a nearby wall and subtly altered it with quick strokes of spray paint. To any passerby or even members of the group, it would look unchanged at first glance. But those who knew would see the difference and doubt would seep into their plan.

She continued like this for an hour more, moving through their network of signals spread across the city's underbelly, leaving behind a trail of misdirection and confusion. With each act of quiet rebellion, Anna felt an intense clarity. This was more than journalism; this was active prevention—a line crossed for the greater good.

As she made her way back through the awakening city, there was no immediate sign that her interference had taken effect. But she knew it would not be long before they discovered the setbacks—the small sabotages that would ripple through their operation.

The first rays of sunlight crept over rooftops as Anna reached her apartment building. She ascended the stairs wearily but with an unshakeable conviction that what she had done was necessary. She locked her door behind her and leaned against it, allowing herself a moment to breathe.

Outside in the city she loved and fought for in her own way, confusion took root among those who sought to harm it. Plans were unraveling; meetings were missed; trust within the group wavered. And somewhere among them all was Lukas—his face flickered in Anna's mind—and with him came a pang of sorrow for what might have been lost between them.

Anna shook off these thoughts as daylight claimed its dominion over night's territory. She gathered her camera and notes—the tools of her trade—and prepared herself for what would come after disrupting their plan: exposing them entirely while keeping herself hidden within plain sight.

Today she had cast stones into still waters.

* * *

The early morning air was crisp, the city still hushed as it lay on the brink of dawn. Anna, with her camera bag slung over her shoulder and Frank's notebook tucked securely against her side, navigated the quiet streets with purpose. She had just engaged in a delicate sabotage, deflating tires and altering symbols in a silent act of defiance against the group's impending violence.

Her heart raced with adrenaline, but she forced herself to walk with calm deliberation, to blend into the surroundings that were beginning to stir with the first signs of life. The city was unaware of the chaos she had just averted, and Anna felt the weight of that ignorance heavy on her shoulders.

She turned into an alleyway shortcut, her mind racing through the possible repercussions of her actions. Could they trace it back to her? Would Lukas ever forgive this betrayal? The questions churned in her mind like a relentless storm.

A noise startled her from her thoughts—a shuffling step from behind a dumpster. She stiffened, every muscle tensing as she realized she was not alone. A figure emerged from the shadows—a group member known for his quiet observance and sharp eyes.

He froze at the sight of her, his breath catching in a sharp intake that sliced through the silence between them. Their eyes locked, and Anna saw recognition flicker across his face like a match struck in darkness.

Time seemed to stretch into infinity as they stood there. The atmosphere shifted palpably; what moments before was an ordinary alley now felt like a stage set for confrontation.

The man's hand shot up, fingers splayed wide as he called out an alarm. "Intruder!" His voice ricocheted off the walls around them, loud enough to wake sleeping demons.

Anna's heart pounded in her ears as heads turned and doors opened along the length of the alleyway. The group members spilled out into the dim light—eyes narrowing, faces hardening as they zeroed in on Anna.

Anger rippled through them like wildfire through dry brush. She backed away slowly, realizing too late that she had been drawn into their world more deeply than she'd intended—no longer just an observer but now part of their narrative.

Her mind raced for an escape route or a plausible explanation that could diffuse their rising fury. But deep down she knew any words would be futile against their fervent belief and simmering rage. Her journalistic instincts screamed at her to capture this moment even as it threatened to engulf her; every instinct told her to run while she could still blend into anonymity once more.

Anna reached for her camera involuntarily; it was both shield and weapon in this unfolding drama—one last desperate act of truth-seeking even as danger closed in around her.

* * *

The realization hit Anna like a cold wave—the eyes that followed her were not those of mere passersby but of hunters. The recognition in the group member's face had been unmistakable. She had been exposed, and with that knowledge, an icy thread of fear wove itself into her heart.

She turned sharply on her heel, the soles of her shoes slapping against the cobblestone street. Her mind raced, adrenaline coursing through her veins as she mapped out a route in her head. Anna knew the city like the back of her hand, every alley and shortcut embedded in her memory from countless days spent weaving through its labyrinthine heart for stories.

The sounds of pursuit grew louder behind her—shouts bouncing off the walls, the rapid footsteps of those who sought to catch her. She ducked into an alleyway she knew was seldom traveled this early in the morning, squeezing through a narrow gap between buildings that opened up to a series of backstreets.

Anna's breath came fast and ragged as she emerged onto another street, casting quick glances over her shoulder. They were still behind her but hadn't caught up yet. She took advantage of every twist and turn, every small opening that could slow them down or throw them off her trail.

She could hear them closing in—could almost feel their breath on her neck—and she pushed herself harder. Her legs pumped furiously as she rounded another corner, a cat darting out from beneath a dumpster nearly tripping her up. A curse escaped Anna's lips as she regained balance and continued to run.

Her heart hammered against her ribs as if trying to escape just as desperately as she was. There was no time for fear now; every ounce of focus was on escape.

A shout rang out from behind—too close for comfort—and Anna risked a glance back to see one of the group members nearly upon her. She veered suddenly, diving into another alleyway littered with refuse and stacked crates. The scent of rotting food filled the air but Anna barely noticed; survival was all that mattered.

She clambered over obstacles with an agility born of desperation, praying for an exit or hiding place. Ahead lay a chain-link fence topped with barbed wire—a dead end for most—but not for Anna.

With a burst of strength she didn't know she possessed, Anna scaled the fence with surprising speed despite its sharp deterrents at the top. The metal bit into flesh but pain was inconsequential now; it only fueled her ascent.

On the other side, she landed heavily on discarded cardboard boxes that crumpled under her weight. Without pausing to assess any damage, Anna continued to run.

The sun began to crest above the skyline, sending shafts of light down onto streets that offered no sanctuary for a woman marked by both sides of an underground war.

Anna knew they would not relent—their mission was clear and now so was hers: survive and tell the story no matter what it took. With each close call and narrow escape, Anna's resolve hardened like steel tempered by fire.

The city unfolded before her—a maze that had once been comforting in its familiarity now felt like a trap closing around her—but one thing remained true: this city was hers as much as it was theirs.

She darted across another street just ahead of oncoming traffic that honked angrily in protest at her sudden appearance. But there was no time for apologies or fear—only forward motion mattered now.

Her pursuers' voices faded momentarily as she put distance between them, giving Anna a brief respite that allowed hope to flare in her chest—a hope that whispered promises of evasion and survival amidst this desperate escape through streets stained with both history and blood.

* * *

In the dimly lit room, Anna's chest heaved as she pressed her back against the cool, rough wall. She slid down to the floor, her legs giving way to exhaustion. The silence enveloped her, stark against the pounding of her heart that filled her ears only moments before. She drew in deep breaths, each one steadying the adrenaline that still coursed through her veins like wildfire.

The room was nondescript—a forgotten place where the dust had settled into every crevice and corner. It could have been anywhere in the city, and yet it was nowhere at all; a perfect temporary haven for someone who had just evaded capture.

She thought of Lukas, his face etched with confusion and betrayal when she disrupted their plans. There was no going back now; she had chosen her path. The bonds she'd formed while undercover were torn asunder by the necessity of her actions—actions that had likely saved lives but at a significant personal cost.

Anna pulled Frank's worn leather notebook from her bag and turned it over in her hands. The pages contained truths that others wished to keep hidden, but they also held a mirror to her own duplicity. Her identity as Eva Richter was compromised, burned away by the very truth she sought to reveal.

The weight of isolation pressed heavily on her shoulders as she considered her relationships within the group—relationships now irreparably damaged. Lukas's earnest face haunted her; his ideals and passions were real even if hers had been a carefully constructed facade. Could there have been another way? A path where honesty didn't come at such a steep price?

Her future as a journalist teetered on the brink of jeopardy. She'd crossed lines that many in her profession would not dare approach.

The story she'd woven into existence now threatened to unravel, pulling apart the threads of both her career and personal life.

What next? That was the question that loomed over Anna like an ominous cloud. She couldn't stay hidden forever—the city outside these walls was vast but offered few places for someone like her to disappear unnoticed.

Anna opened Frank's notebook to an empty page. The blankness stared back at her—a canvas awaiting its fate just as she awaited hers. With a deep inhale that steadied her resolve, she poised herself to write not just another story in an ongoing saga but perhaps an epilogue for Eva Richter.

Closing the notebook without marking it, Anna stood up slowly, feeling every muscle protest after the night's exertions. Her silhouette merged with shadows cast by objects forgotten by time and circumstance—just like how she felt at this moment: obscured and uncertain.

Yet beneath that uncertainty lay an unyielding core—a journalist driven by truth and justice no matter how dark or convoluted the journey became. She picked up her camera bag with a newfound sense of purpose despite the risks ahead.

Anna looked around once more before stepping toward the door. She knew this temporary refuge could only offer solace for so long before she needed to move again—to confront whatever awaited outside in both light and darkness.

The door creaked open and closed behind her with a soft click—the sound sealing away this momentary pause in a life otherwise marked by chaos and conviction. Her next move was uncertain, but one thing remained clear: Anna would continue forward because turning back was no longer an option.

* * *

The city breathed a sigh of relief, the tension that had once thickened the air now dissipating like morning fog under the rising sun. Anna stood at a distance, her camera hanging heavily around her neck, no longer just an observer but a catalyst in the narrative that had unfolded. The Baader-Meinhof members, those comrades she had come to know under false pretenses, were now subdued by handcuffs and the law's firm grip. The sight was a stark contrast to the fervent gatherings in dimly lit warehouses where impassioned speeches once ignited hearts.

Hans Vogel watched as his meticulous work culminated in the closure of countless files on his desk. His investigation had come full circle with the arrests, providing answers to questions that had long gnawed at him. The woman known as Eva Richter, or Anna as he had discovered, had played her part well—too well perhaps for his liking—but ultimately, it was his team's vigilance that brought about this day. As he stood by, overseeing the operation's end, he felt the weight of responsibility ease from his shoulders.

Karl Weiss was among those apprehended, his charismatic presence now dimmed by reality's harsh light. As he was led away, there was a brief moment when his eyes met Anna's across the divide of their choices. In that silent exchange lay an acknowledgment of their respective battles fought in pursuit of ideals—ideals that had driven them to opposite sides of an invisible war.

Anna felt a pang of something akin to regret as she witnessed Karl's fall from revolutionary leader to captive dissident. He had believed so fiercely in change; it was hard not to admire such conviction even as she opposed its methods.

With her cover blown and her role within the Baader-Meinhof Group concluded in a maelstrom of betrayal and truth, Anna knew there would be no returning to those who once trusted her with their secrets. Her notebook brimmed with stories yet untold, lives interwoven with hers through circumstance and deception—a testament to her time spent in shadows.

As dusk approached and the last of the group members were escorted into vehicles destined for places far removed from their utopian dreams, Anna turned away from the scene. Her thoughts wandered to Lukas—the man whose ideals had once resonated with hers—and how different things might have been under another guise.

The chapter closed on this piece of her life as inevitably as night follows day. There would be no quiet reflection or period of rest for Anna; journalism did not afford such luxuries. Instead, she gathered her strength and moved forward toward whatever assignment awaited next.

A new dawn broke over the city skyline as Anna stepped into Frank's office once more. He greeted her with a nod steeped in respect for what she'd accomplished—and survived. They spoke little of what had passed; there was an understanding between them that some stories bore scars too deep for words.

Frank slid a folder across his cluttered desk toward her—a fresh assignment already calling her name. She opened it slowly; every new story was another dive into unknown waters.

Anna took up Frank's mantle without hesitation; it was what she did—chase after truths hidden within layers upon layers of human complexity and ambition. With each step away from yesterday's chaos and toward tomorrow's promise, she carried with her an unwavering commitment to her craft—a beacon amidst life's ever-shifting tides.

And so she walked out into a new day armed with nothing but her camera and an insatiable hunger for truth—the lifeblood of any journalist worth their salt.